从故事到研究：
叙事探究如何做

ENGAGING IN NARRATIVE INQUIRY

［加］D. 瑾·克兰迪宁（D. Jean Clandinin） 著

徐泉 ［加］李易(Yi Li) 译
［加］李易(Yi Li) 审校

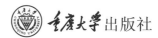

重庆大学出版社

Engaging in Narrative Inquiry　　By:D. Jean Clandinin

ISBN:978-1611321609

Copright©2013 by Left Coast Press，Inc.

All rights reserved. This translation published under license;and any other copyright， trademark or other notice instructed by Left Coast Press，Inc.

本书简体中文版专有出版权由 Left Coast Press，Inc. 授予重庆大学出版社，未经出版者书面许可，不得以任何形式复制。

版贸核渝字（2014）第 173 号。

图书在版编目（CIP）数据

从故事到研究：叙事探究如何做 / (加)D. 瑾·克兰迪宁(D. Jean Clandinin)著；徐泉, (加)李易(Yi Li)译.-- 重庆：重庆大学出版社，2023.8
（万卷方法）

书名原文：Engaging in Narrative Inquiry

ISBN 978-7-5689-3893-8

Ⅰ. ①从… Ⅱ. ①D…②徐…③李… Ⅲ. ①叙述学—研究 Ⅳ. ①I045

中国国家版本馆CIP数据核字（2023）第095143号

从故事到研究：叙事探究如何做

［加］D. 瑾·克兰迪宁（D. Jean Clandinin）　著

徐泉　［加］李易（Yi Li）译

［加］李易（Yi Li）审校

策划编辑：林佳木

责任编辑：林佳木　　版式设计：林佳木

责任校对：王　倩　　责任印制：张　策

＊

重庆大学出版社出版发行

出版人：陈晓阳

社址：重庆市沙坪坝区大学城西路21号

邮编：401331

电话：（023）88617190　88617185（中小学）

传真：（023）88617186　88617166

网址：http://www.cqup.com.cn

邮箱：fxk@cqup.com.cn（营销中心）

全国新华书店经销

重庆升光电力印务有限公司印刷

＊

开本：700mm×1000mm　1/16　印张：17.25　字数：265千

2023年8月第1版　　2023年8月第1次印刷

ISBN 978-7-5689-3893-8　定价：58.00元

译者简介

    徐泉，1996 年本科毕业，任教于黄冈师范学院外国语学院，2002 年硕士毕业，任教于华中师范大学外国语学院，2011 年获英语语言文学博士学位。2013—2014 年于阿尔伯塔大学教师教育与发展研究中心访学，合作导师为 D. 瑾·克兰迪宁教授。现为华中师范大学外国语学院英语系教授、博士生导师。研究领域包括第二语言发展、外语教师认知发展、外语教育教学理论与实践等。研究理论取向为复杂动态系统理论与经验现象观，研究方法为量化研究与叙事探究。已出版专著与教材十余部，发表论文三十余篇。他为博硕士生开设外语教育研究前沿、外语教师认知发展、外语教育学、学位论文写作等课程，为本科生开设英语学科教学论、外语教育调查与统计、外语教学活动设计等课程。

    李易（英文名：Yi Li），1989 年本科毕业于上海外语学院（现上海外国语大学）英语系语言文学专业，在同济大学外语系英语教研室任教近 10 年后，于 1998 年 9 月到加拿大阿尔伯塔大学教育学院中等教育系攻读教育学硕士学位，主攻第二语言教育，于 2001 年获得硕士学位，2006 年获得博士学位。她从 2000 年 1 月开始跟随 D. 瑾·克兰迪宁教授学习使用叙事探究从事质性研究已经有 23 年，她的硕士和博士论文以及博士后研究都运用了叙事探究。她曾于 2004 年 9 月至 2006 年 6 月在克兰迪宁创立并领导的教师教育与发展研究中心任职霍尔维茨教师教育研究学者，这段经历使她更深入地了解和掌握了叙事探究。目前她是加拿大曼尼托巴大学教育学院课程与教学系的终身教授，研究领域包括英语教学法、叙事探究、教师教育与发展、国际教育、希望研究。她为博士和硕士研究生开设的课程包括叙事探究在教育研究中的应用、第二语言习得理论与研究等。

关于作者

D. 瑾·克兰迪宁（D. Jean Clandinin）

加拿大阿尔伯塔大学教师教育与发展研究中心的主任和教授。她曾经是小学教师，也当过小学校内辅导员和心理咨询员。到目前为止，她已独自或与他人合作撰写了 10 部作品，其中 4 本是与麦克·康纳利（Michael Connelly）一起合作的，他们还合写了很多的著作章节和论文。他们最近一次的合作是出版于 2000 年的《叙事探究：质性研究中的经验和故事》（*Narratire Inquiry: Experience and story in Qualitatire Research*）。她的第一本专著基于她的博士学位论文，第二本专著基于一个试验性的教师教育项目的研究。2006 年，她与 7 位原来的学生合著出版了《谱写多样化的身份：师生生活交织的叙事探究》（*Composing Diverse Identities: Narrative Inquiries into the Interwoven Lives of Children and Teachers*），该书基于对城市学校教师和学生的多年研究而写成，获得了"2006 年度美国教育研究协会叙事研究特别兴趣组杰出著作奖"和"2007 年度美国教育研究协会课程研究组（B 组）杰出著作奖"。2007 年，克兰迪宁教授主编了《叙事探究手册：绘制一张方法论之地图》（*Handbook of Narrative Inquiry: Mapping a Methodology*，该书由 Sage 公司出版）。她最近的著作《课程建构的诸多地点》（*Places of Curriculum Making*，2011 年出版）使她再次获得了"2012 年度美国教育研究协会叙事研究特别兴趣组杰出著作奖"。本书出版时，她正在写作一部关于高中辍学者经历研究的新书。

克兰迪宁教授曾任美国教育研究协会（AERA）B 组（课程研究组）的副主席。1993 年，她获得"美国教育研究协会早期事业成就奖"。1999 年，她获得"加拿大教育协会惠氏教育研究奖"。2002 年，她获得"美国教育研究协会 B 组终身事业成就奖"。此外，她还是"2001 年度卡普兰研究成就奖""2004 年度基拉姆学者奖""2008 年度阿尔伯塔大学拉里·比彻姆奖""2009 年度基拉姆最佳导师奖""2010 年度阿尔伯塔大学研究生教学优秀奖"等奖项的获得者。她还进行了五个项目的研究：关于学生、家庭和教师的学校故事的互相交汇的多地点叙事探究；培训医生的叙事性反思实践项目；高中辍学青年经历的叙事探究；原住民青年和家庭的教育经历研究；新教师离职改行经历研究。

克兰迪宁教授还和玛丽·琳·汉米尔顿（Mary Lynn Hamilton）共同主编了《教学与教师教育》（*Teaching and Teacher Education*）学术期刊。

在教育学科领域，克兰迪宁教授的研究对教师知识、教师教育和叙事探究等相关领域已经产生了深远的影响。她关于教师个人实践性知识的研究业已改变了我们对教师在课堂课程建构中所扮演角色的理解，也改变了我们对于将个人实践性知识融入教师教育项目的必要性的理解。她对叙事探究作为一种方法论在社会科学研究领域中的发展起到了决定性的作用。

本书导读

20 世纪末期，社会科学研究领域对经典科学研究范式的反思促成了多种新兴研究视角和范式的出现。"叙述探究"（Narrative Inquiry）是诸多新兴研究范式中的一种。它产生于社会科学研究领域的叙事革命浪潮和教师教育研究的土壤中，在国际上已经成为了教育和教师教育研究领域的经典方法论，并逐渐开始在公共卫生和社会学领域应用。

无论是教育学科中学生的学习，还是教师教育领域中教师的学习，归根到底是人的发展问题。发展离不开所处的环境，也离不开各自个性化的经验历程。发展过程既涉及外部的宏观与微观环境，也涉及内部的情感、价值、审美等诸多因素，是一种非常复杂的社会现象。研究这种复杂现象，如果仅仅采用以因素分离为特征、以线性因果关系为目标的机械逻辑实证主义研究方法，难免会使研究实验室化，脱离发展的具体性、经验性实践土壤，使研究发现与结果难以整体解释和解决学习者发展中的复杂问题。这是一个需要研究者反思并且在研究历程中"抬头看路"的问题，也是本书读者需要理解到的，叙事探究与传统实证研究在范式上的区别。

开展叙事探究，意味着研究者不再以自笛卡尔、牛顿以来的现代自然科学研究范式来研究社会现象，而是以符合社会现象复杂性特征的方法来研究复杂的社会现象，以期获得深入、完整的理解和解释，而不是看似科学严密、实则支离破碎的点滴发现和结论。读者在学习叙事探究方法论的过程中，始终需要注意其背后的情景化、个人化和建构性的认识论思想，以及现象经验化的本体论观点。

本书原版于 2013 年出版，中译本第一版书名直译为《进行叙事探究》，由重庆大学出版社于 2015 年出版。虽然在 21 世纪初，叙事探究已经被引入中国，但以此为方法论的研究在头十年并不多见。在 2013 至 2022 年的十年间，以叙事研究 (Narrative Research) 为方法论的成果数量有很大的增长，其中以叙事探究为方法论的成果也得到较大的发展。博硕士学位论文的数量较多，学术期刊论文亦有 200 余篇，其中约占一半发表于核心期刊，并呈上升趋势。发表于核心期刊的论文涵盖教育、语言文学、新闻与传媒、社会学、经济学和哲学等学科领域。其中教育学领域的研究成果最多，覆盖了教育理论、教育管理、高等教育、初等教育、职业教育等全部二级学科，研究的主题涉及教师专业化、课程研究、教师知识、教师身份建构、教学改革、教师情感、专业发展共同体、教师学习等与教育教学有关的宏观与微观问题。

本书的突出特点在于其实践性。书中通过例示与分析，重点讲解了叙事探究在研究项目中的实现方法和方式。本次中译本再版，书名改变了，其原因亦在于突出本书在学习叙事探究方法中的实用性和指导性。

本书适合致力于走出传统机械逻辑实证主义藩篱、追求研究方法和研究发现创新性的社会科学研究者阅读，也适合广大基础教育和高等教育教师阅读学习，用以研究自身的教育教学问题，发展自己，提升教学业务水平与能力。

刚刚接触叙事探究的读者，可以从第 2 章开始阅读，首先了解和学习叙事探究的方法，最后阅读"导言"、第 1 章和"后记"，以理解叙事探究的认识论和本体论思想。对叙事探究已有一定程度掌握的读者可先阅读"后记"，了解叙事探究与其他叙事研究类方法的异同，然后阅读"导言"和"第 1 章"，理解叙事探究的认识论和方法论思想，最后阅读中间的章节，以深入理解在叙事探究方法论的应用中所体现和贯穿始终的认识论和本体论思想。

全书包含 12 章及"导言"和"后记"。根据内容，可以分为三个部分：第一部分包含"导言"和第 1 章，论述叙事探究的思想理念；第二部分包含第 2 至 12 章，解释叙事探究在研究中的应用，即方法；第三部分是"后记"，回顾和总结叙事探究在国际社会科学研究叙事浪潮中的位置。

"导言"阐述了叙事探究的哲学基础、目标和定义。作者指出，叙事探究首先是一种经验现象观，然后才是一种经验研究的方法论。它基于杜威的经验哲学，探究的本体是经验，认为经验是通过叙事的方式谱写出来的现象，因此，要研究经验，也必须以叙事的方式回到叙事之中去。其认识论观点核心是经验的延续性（从先前的经验中产生，并引出后续的经验）、互动性（在与个人、社会和物质环境的不断互动中产生和变动）和关系性（与他人及环境形成联系）。因此，与传统逻辑实证主义方法论不同，叙事探究的目标并不是形成独立于知情者、对现实唯一忠实的客观表征，而是揭示人们经验的形成与其所处场景之间的关系。基于此，克兰迪宁将叙事探究定义为：一种将人类生活经验看作是重要知识和理解的来源并且对其进行研究的方法论，是一种理解经验的方式，研究者和参与者在某一段时间之中，在一个或一系列的地点，与周围环境进行社会性互动的合作。

本章需要重点理解叙事探究背后的经验观。在阅读时，可以通过反思，总结自己在过往研究或观察分析现象问题时所使用方法背后的基本假设，将之与本章阐述的思想观点进行对比。在总结基本假设时，不妨思考这样一些问题：新知识的获得究竟是学习者在具体情景中的主动建构，还是知识本身自动的呈现？所获得的知识究竟是社会现象特征或本质本身，还是学习者在具体情境中与情景互动的经验？

第1章"生活、讲述和重新讲述：叙事探究的过程"主要论述经验形成的关系性基本特征。作者提出，关系性是人们生活及经验形成的基本形式，例如，我们生活在相互连接、嵌套式的故事之中；个人和他／她的经验世界互相联系；过去、现在和将来时间连续一体；人与地点不可分离；事件和感觉联系一起；个人与他人、与物质世界相联系；文化、机构、语言和家庭叙事之间相互联系。因此，作者指出，作为一种方法论的叙事探究本身也是一种关系形式，在探究中体现为：参与者和探究者双方的经验故事及背景情况联系在一起；探究的过程是探究者与参与者共同研究和协作的过程；探究的成果是双方在时间性、社会性和地点三个关系平台中共同谱写的作品。本章还辨析了"思考故事"和"用故事思考"的区别，指出前者将叙事看作客体，而后者视其为一个过程，叙事探究的出发点是"用故事思考"。

本章需要重点理解叙事探究中的关系性特征。阅读时，可以思考叙事探究在全局设计中，需要注意的四个方面的关系性。第一，研究参与者现在经历与过往经验之间的关联，以及对未来的影响。第二，研究参与者内在心理世界与外部世界经历体验之间的关联。第三，外部世界中，与研究参与者相联系的不同地点、场景之间的关联。第四，探究者与研究参与者之间的关联。

第2章"设计和实践一项叙事探究"从整体上提出和解释了一项叙事探究需要注意的问题。包括以下七个方面：叙事探究的生活或讲述起点；叙事探究设计之初所需考虑的个人、实践和社会意义；叙事探究的五个环节（探究疑惑、进入参与者生活、从现场到现场文本、从现场文本到临时性研究文本、从临时性研究文本到最终研究文本）；叙事现象的特征；叙事探究的时间性、社会性和地点三个平台；贯穿探究始终的关系性体现；以特质和个体为重点的叙事探究定位。通过本章的讲解，读者可以从宏观上把握进行叙事探究时所要注意的七个方面。这七个方面在随后的第3至12章中分别进行了例文示范和分析说明。

本章需要重点掌握叙事探究设计的七项内容。它们大体对应于传统逻辑实证研究中的研究背景、研究意义、研究问题、研究过程、数据收集方法、数据分析方法和讨论等方面，读者可据此比较分析叙事探究与传统逻辑实证主义研究范式的异同。本章难点是数据分析中如何实现和体现时间性、社会性和地点三个平台的关系性。

第3章"叙事性开端：与迪恩的一次午餐对话"提供了通过生活和自传式思考过程，形成一个叙事探究疑惑的范例。本章展示了作为叙事探究开端的自传性叙事探究对于研究者确定研究疑惑、阐明研究的个人意义、搭建读者理解研究疑惑和研究发现的平台三方面所起的作用，并具体展示怎样通过自传性叙事探究"在生活经验的多重世界中进行多方向的旅行（拓展）"。

本章需要重点掌握叙事探究的起点。阅读时，读者可通过本章所提供的案例，以叙事探究者的身份学习和思考如何进行叙事探究的选题、如何形成研究疑惑。并基于自己的生活经验和反思，逐渐明晰研究疑惑，明确该探究对于探究者个人自身的意义。难点在于研究者与研究参与者经历之间如何进行联接。

第4章题为"解包'叙事性开端：与迪恩的一次午餐对话'"。在一项叙事探究中，作为研究者的"我"究竟是谁？本章以第3章提供的范例为基础，解释了在叙事探究的初期，围绕这一问题进行自传性叙事探究的重要性，指出自传性叙事探究是帮助研究者定位研究疑惑、挖掘研究意义的必经之路。以第3章的范例为基础，本章还详细说明了研究者如何在自身生活经验的多重世界中，围绕时间性、社会性和地点三个维度进行多方向的旅行（拓展），以此认识过去、现在和未来的自己，从研究的个人意义中挖掘出有代表性的实践意义和社会意义。第3、4两章聚焦于"研究意义"和"研究环节"中的"研究疑惑"，例示和说明了叙事探究中研究者如何选题和挖掘研究意义。

本章需要重点理解为什么叙事探究的起点是研究者个人，以及怎样从研究者个人的生活经验和反思之中出发，生发和凝炼研究疑惑。阅读时，可以学习如何从探究者自身出发，通过与研究参与者的共通性经历之间的联接，一步一步地聚焦、凝炼出研究疑惑。在此过程中，在明晰探究对于研究者本人的意义的同时，以研究参与者为媒介和依托，拓展明确探究的实践意义和社会意义。难点是在明确研究疑惑和三个层面研究意义的过程中，如何围绕三个维度做多方向的思维旅行（拓展）。

第5章题为"开端于讲述故事：安德鲁的篮球故事"。叙事探究可以开端于生活，也可以开端于故事讲述。本章提供了一个开端于故事讲述的叙事探究范例。这篇叙述从时间性、社会性和地点三个维度对原始数据做了分析，以九个小标题呈现。

本章需要重点熟悉叙事探究报告的一种开端方式：故事讲述。阅读时，可以依托该章提供的范例，揣摩和思考以故事讲述的方式作为叙事探究报告写作开端时，选择何种故事及如何选择故事的问题。还可以分析范例中选择作为开端的故事在长度、与探究者之间关系方面的特点。难点是如何识别和确定所选故事中包含的张力（tension）。

第6章题为"解包'开端于讲述故事：安德鲁的篮球故事'"。通过解包这个故事，本章分析和解释在以故事讲述为开端的叙事探究中，研究者怎样从时间性、社会性和地点三个维度收集和思考现场记录、纪念品、访谈等原始数据资料，并基于这些原始资料谱写出叙事报告。该章还解释了在一项有多名参与者的探究中，怎样在横跨多个参与者的个体叙事报告中，从时间性、社会性和地点三个维度找寻共同的线索。第5、6两章通过例示和分析，说明了研究者如何在一项以故事讲述为开端的叙事探究中收集和分析多种不同数据、形成叙事报告的过程，解释突出"进入参与者生活"和"从现场到现场文本"这两个研究环节，以及开端于故事讲述的叙事探究中的"三个平台（维度）"的运用。

本章需要重点掌握以故事为开端的叙事探究报告中数据收集和分析的方法。阅读时，可以了解叙事探究中数据的来源类型，掌握从时间性、社会性和地点三个维度思考并确定单个研究参与者数据范围的方法，并掌握从上述三个维度对研究参与者个案数据和跨个案数据进行分析的方法。难点在于，如何在繁杂、海量的可收集数据中，确定需要收集的数据。

第7章"开端于生活故事：参观'要塞'"提供了一个开端于生活故事的叙事探究范例。探究者生活在小学3、4年级的师生之中，研究基于学生多样性生活基础的师生之间课程协商建构的问题。

本章需要重点熟悉叙事探究报告的另一种开端方式：生活故事。阅读时，可以依托该章提供的范例，揣摩和思考以生活故事为开端的叙事探究，如何在探究者与研究参与者一起生活的诸多经历中，选择适合的共同生活片段，写作现场文本，并最终加工为研究报告文本。难点在于，如何确定进入现场文本的共同生活片段，如何对其进行分析和筛选，确定最终研究报告文本的片段。

第8章的"解包"对第7章的范例进行了详细的剖析，重点解释了叙事探究中数据分析的方法和过程。从现场文本到最终研究文本是一个包含一系列步骤的过程。以该论文为例：第一步，带着研究疑惑，阅读现场文本，以期寻找和辨识那些在生活的基础上建构课程的瞬间；第二步，以叙事张力 (tension) 为主要线索，在叙事探究三个维度空间的框架下，聚焦现场文本中凸显出来的在特定时间和地点中生活的交汇，然后探寻那些生活和课程内容的关系性；第三步，从全部的现场记录中选出有代表性的三个案例，以它们为单位，将时间性、社会性和地点相互穿插的三个平台中与它们有关的故事关联到一起，对它们的课程建构分别进行解释；第四步，在现场文本、对现场文本的分析、对三名学生案例的解释的基础上，重返课程建构的时刻，围绕着生活课程协商中的难点对研究疑惑形成回应；第五步，论文回到理论探讨，回答"那又如何 (so what)"的问题。在第 7、8 两章中，作者通过例示和分析，说明了研究者如何在一项开端于生活故事的叙事探究中，通过一系列步骤对叙事数据进行分析的过程，解释突出了"从现场文本到临时性研究文本"和"从临时性研究文本到最终研究文本"两个研究环节，以及开端于生活故事的叙事探究中的"三个平台"的运用问题。

本章需要重点掌握以现场文本为起点，以叙事探究报告为终点的数据分析和文本写作过程。阅读时，在理解五个步骤之间循序渐进关系的基础上，掌握每个步骤需要完成的任务。第一步内，掌握从现场文本中析出与研究疑惑有关数据的方法。第二步内，掌握以张力为线索凝聚生活片段与研究疑惑相交点的方法。第三步内，掌握从诸多现场记录中挑选出具有代表性生活片段的方法。第四步内，掌握以代表性生活片段为依托，对研究疑惑进行分析和解答的方法。需要注意的是，叙事探究中对研究疑惑的分析和解答，并不意味着像传统逻辑实证主义研究一样，可以给出明显而确定的答案。第五步内，掌握如何以本探究的发现为基础，拓展上升至理论层面的方法。本章内容涵盖了叙事探究报告写作的全过程，是叙事探究最具挑战性的环节，各步骤所涉及的方法是叙事探究者必须熟练掌握运用的。

第 9 章"自传式叙事探究：敲门砖还是救赎故事？"呈现了一项自传式叙

事探究的范例。这是一项以研究者自身为参与者的特殊的叙事探究。

本章需要重点熟悉和掌握叙事探究的一种特殊形式：自传性叙事探究。叙事探究可以是以探究者自身反思为起点，对研究参与者的研究，也可以是将自己作为研究对象的自传性探究。阅读本章的范例时，可以分析和掌握自传性叙事探究中，研究疑惑如何形成，生活过的故事片段如何选择，如何对这些片段进行跨时间性、社会性和地点的三维分析，如何通过对多个生活片段的聚焦分析来解答研究疑惑，如何从对研究疑惑的解答拓展至理论或社会公平等意义更高的层面。

第 10 章"解包'自传式叙事探究：敲门砖还是救赎故事？'"以第 9 章的自传式叙事范例为材料，论述和解释了叙事作为一种现象的特征。作者指出三点。第一，叙事中的故事受到约束：怎样讲述以及讲述什么受到文化习俗和语言使用的影响，并反映讲述者所处文化的主流思想；对过去故事的讲述受到现在利益、需求和愿望等的影响；受众影响着所选择讲述的人物和情节。第二，记忆和想象交织在一起：叙事并不是对过去经历的客观再现，而是对过去事件连贯性的重构，这种连贯性或许更多地取决于在叙事中我们所填充进去的内容，而不是客观内容本身的复制。对故事的回忆和讲述过程，是一个将过去的经历置于现在的情境中，进行理解和再理解的过程。第三，在叙事探究中，研究者应该意识到故事的讲述会受到记忆和想象交织的影响，重视对叙事背景的回忆有助于研究者对故事的进一步分析。第 9、10 两章通过例示和分析，说明了叙事现象的特征，解释了叙事探究对叙事现象的理解和处置。

本章需要重点理解叙事探究中的"叙事"所具有的本质特征。阅读时，可以思考所讲述的故事及故事讲述的方式本身可能受到的局限性，辨析关于生活的记忆与想象相互交织的关系。以此为基础，客观地、批判性地思考叙事探究本身的主观性。阅读时值得注意的一点是，叙事探究无论是其方法论，还是其认识论和本体论思想，都并不否认和特意掩盖社会科学研究中来自研究者和研究参与者等方面的主观性。相反，它认为这种主观性是社科研究本身所固有的性质。

第 11 章"叙事探究内外的关系型伦理"专门论述叙事探究过程中的伦理问题。在叙事探究中，探究者和参与者之间具有相关责任的伦理关系，这种伦理关系贯穿于叙事探究的始终。在探究设计阶段，探究者需要尽可能全面地想象其与参与者即将共同谱写的现场记录中会包含的内容。在探究过程中，探究者和参与者需要进行相互协商，探究者需要保持共情性的倾听、摒弃评判、搁置不信任的态度。无论是现场文本、临时性研究文本，还是正式研究文本中的内容都需得到参与者的确认。在正式研究文本的发表阶段，匿名和保密等事项需要尊重参与者的意见。该章解释叙事探究中的探究者与参与者之间的关系伦理，突出其在探究各环节中的具体落实。

本章需要重点理解叙事探究所蕴含的关系性研究伦理观。通过阅读本章，读者可以理解到在叙事探究中，研究参与者并不是一个个与探究者相隔离、没有情感态度、被探究者研究的他者。在叙事探究的全部过程中，从进入现场之前开始，到最终研究报告的发表，探究者都需要保持与参与者之间的密切关系，以相互尊重、相互信任的态度相处。这是叙事探究的学术伦理规范。

第 12 章"研究文本：重访探究的意义"解释写作最终研究文本时需要注意的问题：研究文本中的概念承诺；声音、签名和受众问题；关注更大的社会、文化、机构、家庭和语言叙事；（探究中的）沉默和空白；拓展研究的社会和理论意义；反馈团队；叙事探究的评判准则。该章聚焦"最终研究文本"，突出最终研究文本的内容和质量标准。

阅读本章时，除了注意发表最终研究文本时所涉及的签名、受众等一般性问题外，还需要注重基于参与者个案的研究发现在社会、文化等更大范围、更高层次的提升与拓展，以此提高研究的社会和理论意义。同时，读者在本章还可以注意到，叙事探究最终研究文本的内容和规范质量有其自身的一套标准，即试金石。这套标准与传统机械逻辑实证主义的研究范式并不相同。

作为本书第三部分的后记"转向叙事探究的反思"，是对教育叙事探究发展的回顾。作者总结了在社会科学研究领域中正在发生的叙事革命。"叙事"作为一个修饰语广泛使用在"叙事分析""叙事研究""叙事探究"等术语中，用来指称知识、范式、数据、访谈和案例研究。在这场革命中，包括叙事探究在内的叙事研究已经逐渐步入研究方法论和方法的"正规军"行列，广泛地应用在人类学、教育学、社会学等研究之中。作者在最后指出，在这场叙事革命中，随着"叙事"的泛用，应该认真界定术语，仔细区别研究者冠以"叙事"的各方法论或方法之间的区别，明确它们各自所依据的本体论和认识论的哲学基础。

　　本章重点理解叙事探究与其他叙事类研究的区别。阅读本章时，读者可以理解到，当今存在诸多冠以"叙事"之名的研究方法。这些方法中，叙事的作用并不相同，叙事的概念被泛用。而叙事探究不仅仅是一种研究的方法论，还是一个具有其独特本体论和认识论思想的完整体系。研究者在运用时，需要注意它与其他叙事方法的区别。

　　作为译者，我们认为该书在内容上有两个突出特点。其一，理论联系实践，以叙事探究的经验现象观和关系性方法论在具体叙事探究实践中的落实为重点；其二，既有实际案例展示，又有分析阐释，两者结合，通俗易懂，是学习叙事探究的优秀读本。

徐泉（华中师范大学）

李易（Yi Li）（加拿大曼尼托巴大学）

2023 年 3 月

致　谢

　　这本书历经多年才最终完成。它以多种方式延续着麦克·康纳利和我于20世纪80年代开始的叙事性思维。我们早期一起合作的关于叙事性思维方面的研究成果集中地体现在2000年出版的《叙事探究：质性研究中的经验和故事》。我努力重拾贯穿于那本书中的线索，并将它们延续到这本书中。让我感到荣幸的是，我和麦克·康纳利合作的几本书被译成了多种文字出版：韩语、中文、意大利语和葡萄牙语。我感谢蔡敏玲（Ming Ling Tsai）、迪尔玛·德梅洛（Dilma De Mello）、田中吉屋（Yoshiya Tanaka）、廉智淑（Ji-Sook Yeom）等学者，他们关于如何将叙事探究的思想翻译成他们各自不同母语文字的问题促使我思考。我们一起寻求各种方法。用不同的语言来表达叙事探究的思想，对我来说，这个翻译过程是一个面对挑战的过程。在这个过程中，我学到了很多。

　　近来这些年，许多我过去的学生，成为了我的同事，每当他们与我一起进行叙事探究，并且对我提出质疑，将这些我独自可能永远不会想到的思想向前发展的时侯，他们就在影响和塑造着我的研究工作。这本书中所参考引用的内容有许多是他们的研究和思想，这些思想是他们通过撰写学位论文和其他出版物而不断持续发展出来的。他们每一位都给我很多可以思考的东西。每一篇博士和硕士论文都使我眼前一亮，看到各种新的可能性。在我和每位叙事探究者一起，进行她（他）的硕士、博士和项目研究时，他们让我对叙事探究始终保持着完全的清醒，思考着叙事探究新发展的可能性。我要特别感谢贾尼斯·休伯（Janice Huber）、玛里琳·休伯（Marilyn Huber）、特鲁迪·卡迪纳尔（Trudy Cardinal）和肖恩·莱萨德（Sean Lessard），我在这本书中详细地引用了他们的相关研究成果。

　　多年以来，我都采用合作教学的形式，叙事探究既是现象又是方法论，深具复杂性，这是我不断学习这种复杂性的方法之一，也让我变得更为清醒的方法之一。我要感谢贾尼斯·休伯、肖恩·墨菲（Shaun Murphy）、薇拉·凯恩（Vera Caine）、肖恩·莱萨德（Sean Lessard）、索尼亚·霍尔（Sonia Houle）、希米·钟（Simmee Chung）、帕姆·斯蒂夫斯（Pam Steeves）和艾登·唐尼（Aiden Downey）。他们和我一起进行幽默有趣的教学，创造出各种不同的方法，在课堂之中、在工作坊之中，鼓励那些对叙事探究缺少了解的学者学习叙事性的思考方式。

每周二，我都有幸能坐在阿尔伯塔大学的教师教育与发展研究中心（Centre for Research for Teacher Education and Development）的大桌子旁边，参加每周一次的"研究问题圆桌会议"（Research Issues Table）。随着对话缓缓地、深刻地在那张大桌子周围展开，我对进行叙事探究究竟意味着什么了解得越来越多，也理解得越来越深刻。在过去的很多年中，很多崭露头角或名声显赫的学者都加入进来，参加过这样的圆桌对话。拥有这样的一个空间，我真的很幸运。如果没有它，我可能不会想到要写现在这本书。

编写《叙事探究手册：绘制一种方法论的地图》一书在多方面拓展了我的思想*。在这本手册中，我和杰里·罗谢克（Jerry Rosiek）合写了一个章节。从他那儿我学到了很多。在我们交谈、写作、修改、阅读、继续交谈、继续写作的一系列过程中，杰里教会了我用他称之为"漂流"（drifting）的方法强调我们想要传达的复杂观点的重要性。编写那本手册也为我创造了一个空间，在那个空间之中，我是围绕着叙事探究展开的、更大的、跨学科的对话中的一份子，并有幸结识了马克·弗里曼（Mark Freeman）、埃米娅·利布里奇（Amia Lieblich）**、莫莉·安德鲁斯（Molly Andrews）和其他一些影响和塑造叙事探究领域的同行。

我也很幸运地成为"美国教育研究协会叙事研究特别兴趣组"（Narrative Research Special Interest Group of the American Educational Research Association）的

---

* 　该书的简体中文译本分拆为两本书《叙事探究——原理、技术与实例》《叙事探究——焦点话题与应用领域》，由北京师范大学出版社于 2012 年出版。——译者注

** 　《叙事研究：阅读、分析和诠释》是利布里奇的代表作，已由重庆大学出版社引进。

一员，并能一直得到"加拿大社会科学及人文研究委员会"（Social Sciences and Humanities Research Council of Canada）持续的研究资助。如果没有这些机构的不断支持和帮助，我们用以发展这些叙事探究思想的那些研究项目便无从而得，因而也难有叙事探究的今天。

我一直都要感谢那些叙事探究项目的参与者们，感谢他们给予我很多的信任，并允许我跟他们在一起，进入他们的生活之中。他们之中有中小学生、青年、学生父母、教师、医生，还有其他的人。正是由于他们，叙事探究才能得以发展。

克斯蒂·布莱克默（Kirstie Blackmore）和劳伦·斯塔科（Lauren Starko）为本书的编辑提供了帮助。她们协助我做文字处理工作已经有许多年，对她们，我要说声谢谢。

最后，我要感谢我家人们的支持。三年前，我成为了祖母。我的孙子开始谱写他的人生故事，这也提醒着我，作为叙事探究者，我们所做的工作是多么的重要。我为我的生活中能有这样的家庭而满怀感激。

D. 瑾·克兰迪宁

2013 年 3 月

目　录

导　言

叙事探究——经验研究的一种观念和方法论

　　我和麦克·康纳利合著的《叙事探究：质性研究的经验和故事》一书出版于 2000 年，而追根溯源，我们对叙事探究的思考始于 1990 年我们合作发表的那篇论文（Connelly & Clandinin，1990）。以那篇论文为标志，我们将叙事探究既看成是一种方法论，又看成是一种叙事性理解经验的方式。事实上，麦克·康纳利和我在很多年之前就已经开始叙事探究的研究了，研究的部分动因是试图寻求解释教师经验性知识的方法。我们想寻找一种基于杜威（Dewey，1938）经验观的方法，去思考教师知识，将教师知识看成一种具有个人性、实践性、在实践中形成同时又在实践中得到表达的知识形式。在 1980 年代初，马克·约翰逊（Mark Johnson）使我们关注到了叙事性地思考可以帮助实现我们设想要做的工作。

　　1983 年 3 月，我们将马克·约翰逊邀请到多伦多大学的安大略教育研究所（Ontario Institute for Studies in Education），一起参与一项关于教育政策实施方面的研究项目。该项目的研究重点是如何从教师的角度去理解新政策在学区层面的落实。我们将研究分解为"理解教师知识"和"理解教师知识变化"两个问题，将其定位为对知识使用的重新思考。马克于 1983 年 3 月到达，并与我们进行了交谈，那时，项目已经在进展之中。当时，我正努力寻找对我的博士研究中两位参与者的经验性知识进行表达的方式。

　　我担心我对于她们部分的个人实践性知识——我称之为她们的形象——的分析，会降低或损失她们生活的完整性。虽然分解并不是我的本意，但是实际上我是在某种程度上对她们的生活进行了分解。在与整个研究团队工作了一整天后，马克在当地一个酒店的酒吧里和我进行了交谈。在交谈中，他建议我读一读阿拉斯代尔·麦金太尔（Alasdair MacIntyre）的《追求美德》（*After Virtue*，1981）那本书。"不需要读整本，"他说，"只需要读关于叙事一体性的那一章。"他在酒店的便条纸上写道："那么，再来说说你是怎样将知识看作具体化的、蕴藏在文化之中并基于叙事一体性的吧。"

　　马克的那些话给我指明了一条完成我的博士论文的道路。我阅读了那一章，认识到那时被我称作的"解读性报告"（interpretive accounts）就是用来在研究中描写两位老师如何谱写和过着她们的复杂生活的写作方法。那时候，我还没有将解读性报告称作"叙事性报告"（narrative accounts）。回去翻阅那本我做满记号的麦金太尔的书，我注意到我当时对以下这些句子做了下画线标记"一个人自我概念的一体性存在于叙事的一体性，用叙事的开端、中间至结束将出生、生活至死亡连接在一起"（p.191），"正是因为我们都是在生活之中活出了叙事，也因为我们是使用叙事来理解自身的生活，所以叙事的形式是用于理解他人行为的合适形式。故事首先是人们活出来的，然后才被人们所讲述"（p.197）。

　　虽然我也标记了很多其他的句子，但是上面的那些句子将叙事的思想引入到了马克和我所从事的工作中。我们开始叙事性地思考教学参与者的生活，思考学校以及我们在其中工作的学校环境。同时，对生活进行向叙事性思考的转向也引导了我们叙事性地思考我们用来研究生活的方法论和方法。当我们为《教育研究者》（*Educational Researcher*）（Connelly & Clandinin，1990）杂志提供那篇文章的时候，也就是我博士论文（Clandinin，1983）完成七年之后，我们明确了将叙事探究作为一种研究方法论进行探索的兴趣。虽然也有其他的方式可以完成向叙事性思考的转变，但是我们的转变是通过对理解经验性知识的兴趣实现的。

向叙事的急剧转向

从那时起，社会科学研究领域中的学者们对叙事探究的兴趣一直有增无减。叙事探究是一种无所不在的实践，体现在——

> 人类自从能够交谈开始就一直在生活，并讲述着自己的生活故事。我们讲述的故事和我们存在的时间一样源远流长。这些生活和讲述过的故事，以及关于这些故事的讨论，是我们赋予我们所生存的世界以意义的方式之一，也是彼此互助交织，共同建设生活和社区的方式之一。让人感觉到新奇的只是叙事方法论在社会科学研究领域中的出现。（Clandinin & Rosiek，2007，p.35）

从 1980 年代末、1990 年代初开始，社会科学研究领域对经验的研究开始向叙事转向（Pinnegar & Daynes，2007）。尽管在叙事学（narratology）（叙事的理论和研究）和叙事研究传统下对叙事进行研究已经有了一段历史，但是，我们在 1990 年才正式将当时还在发展中的这个研究方法论命名为"叙事探究"（narrative inquiry）。最开始，我们认为，叙事探究既是一种现象又是一种方法。但是，我们很快认识到，它是一种研究方法论。叙事探究很明显的特征是，它是一种对现象的叙事性思维方式，也是一种研究方法论，并相互交织。正是"这种现象的叙事观与叙事探究的交织标志着这一新兴领域的出现，也是这种交织使得我们需要注意术语的仔细区分与慎重使用"（Clandinin & Rosiek，2007，p.36）。

我们已经看到，需要注意慎重使用术语的问题已经在这一新兴的方法论中引起了辩论。雷斯曼和斯皮迪（Reissman & Speedy，2007）指出"人文科学中的叙事探究是 20 世纪的一项发展；其视野是'现实主义的''后现代的'和建构主义的理论领域；学者和实践者关于其起源和准确定义存在分歧"（p.429）。这种在多方面的分歧一方面丰富了叙事探究本身，另一方面也给叙事探究者们带来了困惑。叙事探究者们如果对叙事探究的认识论和本体论基础缺少明晰的认识，那么很多问题都会模糊不清。

"叙事"（narrative）可能用来指任何与叙事有关的研究，例如使用故事作为数据的研究、以叙事或故事作为表达形式的研究、以叙事作为内容分析的研究、以叙事作为结构方式的研究等。有一次，一位著名的编辑向我指出，我的一篇关于叙事探究综述的手稿中遗漏了很多的相关文献。于是我就问他，他找到了什么，我遗漏了什么。后来才知道他只用了"叙事"单独作为搜索的关键词，搜索引擎显示的链接中有很多文章与我们所说的"叙事探究"没有多大关系。

很明显，一些名为"叙事分析"（narrative analysis）的方法，例如主题分析、话语分析、结构分析，以及最近兴起的视觉分析，其实是其他质性研究方法论中的方法。虽然它们都被归入叙事分析这一标签之下，但是它们在指称叙事描述上会有非常大的差异。在质性研究领域，存在着很多的叙事分析方法和形式（Josselson & Lieblich，1995；Josselson，Lieblich，& McAdams，2003；Polkinghorne，1998；Reissman，2008）。故事或叙事也作为数据被用在其他质性研究方法之中，例如现象学和个案研究。在多种质性和定量方法论中，叙事或故事也用作结果或发现的表达形式。近来，在健康科学、教育和其他专业领域，叙事或故事也被用在知识转化之中。界定清楚我们每个人使用"叙事"这一术语究竟表达什么意思正变得越来越重要。

叙事探究，作为一种独立的方法论，已经发展出了许多重要的术语和不同于其他方法论的特点。它们已经变得很明显，也得到了更多人的认识和接受，引导着人们识别什么才是叙事探究，什么问题才适合进行叙事探究。现在，叙事探究既是方法论又是现象的观念已经形成了（Clandinin，2007）。

杜威关于经验的理论（Dewey，1938）经常被引用来作为叙事探究的哲学基础（Clandinin & Connelly，2000）。杜威关于经验的两个根本性特征的概括，即在具体情景之中的互动性和连续性，为我们关注经验的叙事概念提供了舞台，这一舞台由三维的叙事探究空间构成：时间性（temporality）、地点（place）和社会性（sociality）。范例性和叙事性的认识（Bruner，1986）、生活的叙事结构和连贯性（Carr，1986）、作为对生活和生活环境中不确定性的一种反应的连续性和即兴创造性概念（Bateson，1989，1994）、生活和教学实践中的叙事（Coles，1989），这些概念也为我们提供了理解经验的基础，使得我们将经验看成一种叙事性构成。在参考所有这些著作的基础上，克兰迪宁和罗谢克（Clandinin & Rosiek，2007）指出：

> 在这种经验观的框架之下，叙事探究不仅聚焦于个体经验，还聚焦于社会、文化和机构叙事。正是在社会、文化和机构叙事之中，个体的经验才得以构造、成型、表达和实践。叙事探究研究个体处于世界之中的经验，一种在生活和讲述之中故事化的经验，一种能够通过倾听、观察、与他人一起生活、写作和解释文本等途径进行研究的经验。（pp.42-43）

基于特定的本体论和认识论立场，我和罗谢克清楚地说明叙事探究是一种理解和探究经验的方式，并不是其他的东西。叙事探究立足于关系和社群之中，以关系性和参与性的方式关注专门性的知识和认识。

本体论和认识论承诺

自从我和麦克·康纳利将我们的研究命名为"叙事探究"之后，我们就一直坚定地认为叙事探究者的工作是研究经验。我们关于叙事探究发展和使用的主张（Connelly & Clandinin，1990，2006）受到一种关于人类经验观的启示。这种经验观认为，人——无论是个体的人还是社会的人，都过着故事化的生活：

> 人们通过故事塑造着他们的日常生活，而故事围绕着"他们是谁"和"其他人是谁"而展开，人们就是用这些故事解释着自己的过去。在现在的术语之中，"故事"被看作一扇门户。通过它，个人进入世界，并且解释其在世界之中的经验，使其对个人来说具有意义。因而，将经验作为故事进行研究的叙事探究，首先最根本的是一种关于经验的思维方式。作为方法论的叙事探究蕴含着一种现象观。采用叙事探究的方法论就意味着接受将经验看作处于研究之中的现象的经验观。（Connelly & Clandinin，

2006，p.375）

多年以来，我们和其他一些人一直以杜威的经验观为基础开展我们的研究工作。虽然如此，但是我们也一直对其他的经验观有着了解和认识。在一篇关于我们的哲学立场的阐述中，杰里·罗谢克和我将杜威的经验观和其他的经验观放在一起，进行了比较：

> "经验"一词的哲学理解，经历了从亚里士多德，到实证主义，到马克思主义，到行为主义，再到后结构主义的发展过程。在亚里士多德的二元形而上学中，具体知识和普遍知识是分离的。实证主义将经验看作一种原子构成。马克思主义的经验观与意识形态息息相关。行为主义经验观将经验看成是刺激和反应。后结构主义经验观声称我们的经验是各种不同实践的产物。（Clandinin & Rosiek 2007，p.37）

通过这种比较，我们才能够清楚地辨明"叙事探究与其他学术研究领域的区别和联系"（Clandinin & Rosiek，2007，p.37）。我们的目的是明确叙事探究和其他方法论的区别，以便学者们能够理解我们正在进行的叙事探究与基于其他经验观的研究之间的不同。虽然这不是本书的主要目的，但是我还是在此处强调一些区别，为的是提醒读者注意我们作为叙事探究者所进行的研究工作的观念基础。

在我们将叙事探究者所持有的经验观基础与其他研究者所持有的经验观基础进行的比较中，我和罗谢克提纲挈领地概括了杜威的观念，着重指出"它并不是指我们关于世界的概念所赖以存在的某种前认知、前文化的基础。相反，它是一条变动的溪流，以人类的思维与个人、社会及物质环境之间持续不断的互动性为特征"（Clandinin & Rosiek，2007，p.39）。引用杜威的话：

> 在一次经验中，属于自然和社会世界的事、物通过人们所进入其中的环境进行转化，同时，人们通过与先前的身外之物之间的交流而得到改变和发展。（转引自 Boydston，1981，p.251）

我们提出（Clandinin & Rosiek，2007）：

　　杜威的本体论不是先验性的，而是交换互动性的。这种观念的认识论含义极具革命性。它意味着探究的理想性目标不是生成独立于其知者的、对现实唯一忠实的表达，而是生成一种人与其环境（生活、社群、世界）之间新的关系。这种关系"使得以一种新方式与环境相处成为可能，从而最终创造出一种新的经验性物体。这种经验性物体并不比先前的物体更真实，但却更有意义，它使人更容易应对，消除了部分对人的压迫性"（Dewey，1981b，p.175）。在这种实用主义的知识观中，我们的表达出自经验，为了确认其有效性，必须返回到那经验之中去。（p.39）

　　这种经验本体论框架之下的研究用一种特定的方式塑造了叙事探究。通过对知识生成的时间性的强调，我们关注对经验的理解。经验"是超越我们的所知的，并且难以用一个句子、一段话或一本书表达清楚。每一种表达，无论它多么忠实于所试图描述的事物，其重点都是我们对自己的经验进行选择的结果"（Clandinin & Rosiek，2007，p.39）。运用杜威（Dewey，1958）的理论，我们反对"通过模糊化选择过程来对我们的探究对象自然化，将它们看作仿佛本来就是那样的做法"(p.40)，并以此主张将探究看作是"一系列的选择；探究的目的是基于过去的经验而形成的，探究是一步一步历时性地展开的，并且应记录下这些选择在个体或社群的生活经验整体之中引起的结果"（p.40）。叙事探究对经验的看法包括：经验是人们随着时间的推移对过往的生活进行的叙事性谱写，经验作为一种叙事现象被人们所研究和理解，并且以叙事作为表达形式来进行表述。

　　叙事探究是一种理解和研究经验的方式。这一论述明确了叙事探究与其他虽以叙事为表达形式，但却以其他哲学为基础的研究方法之间的区别。麦克·康纳利和我 (Connelly & Clandinin，1990) 仔细区分了叙事探究与其他以叙事为表达形式、从其他哲学基础生发而出的经验观之间的不同。正如罗谢克和我所论述的那样，当叙事表达形式从其他哲学框架之中生发出来的时候，它们

　　几乎总被认为是一种降格的认知状态；如果我们所要描述的现实被假定为独立于我们对它的表达之外，那么就没有必要去讲述我们对世界的表

达如何在经验的溪流之中出现的故事，也没有必要去讲述这些表达如何返回到那些经验之中的故事。*（Clandinin & Rosiek，2007，p.41）

正如罗谢克和我概要性地论述过的那样，叙事探究者们持有的本体论承诺，有时会和一些研究者们所期望的叙事探究应该采用的方式方法很不一致。对于一些研究者来说，叙事探究看起来仅仅是一种资料呈现的方法。它是一种呈现形式，是众多呈现形式之中的一种。对于这一点的模糊认识导致了一些人对叙事探究工作的误解，例如"人们告诉我，如果用叙事来呈现我的研究，它会更引人入胜"。对于我们来说，那并不是我们所说的叙事探究。从以上所论述的经验观出发，叙事探究意味着更多的东西。叙事探究的基本原则，就是清楚地理解交换互动性或称关系性的本体论观念，并从这种本体论观念出发开展研究工作。这是本书贯穿始终的一个观点。

这个观点与下一个观点密切地联系在一起，那就是，叙事探究者将经验理解为一种叙事性谱写的现象。因而，叙事探究既是方法论又是现象，这是我们所说的"叙事探究"（narrative inquiry）的中心意思。尽管这并不是本书的焦点，因为我们（Clandinin & Connelly，2000；Clandinin & Rosiek，2007）已经在别的地方讨论过这些观点，但是我想强调叙事探究的本体论和认识论的理论基础。在哲学层次上，从不同的哲学观念出发，对研究工作产生的不同理解，会极大地影响人们理解叙事探究和其他一些有时被称为"叙事分析"（narrative analysis）或"叙事研究"（narrative research）之间的区别。虽然我们曾经一度倾向于认同米什勒（Mishler）（转引自 Clandinin，2007）的观点，不去管什么才算是叙事探究，但是现在看来，阐明叙事探究的认识论和本体论的哲学基础是非常重要的。这个阐明和区分工作需要我们自己来做，而不能依赖读者。作为叙事探究者，我们现在能够更清楚地区分叙事探究和一些其他形式的叙事分析和叙事研究之间的区别，因为叙事探究的这些区别部分乃是基于不同

---

　　* 　而在叙事探究中，作为表达形式的叙事并不是一种降格的认知状态，它与探究的现实是结合在一起的，人们对世界的认识就是通过叙事这种形式实现的，因此，在叙事探究中，有必要去讲述叙事如何从经验故事之中产生，又如何返回到经验故事中去以获取它的有效性。——译者注

的经验观。

在杜威经验观的启示之下，我们注意到经验的延续性特征，也就是——

> 经验生发于其他先前经验的基础之上，同时又会引发出更进一步的经验。无论人们将自身置于那个连续统中的哪一个位置——想象中的现在、过去或将来——每一点都有其过去的经验基础，同时又引发未来的经验。（Clandinin & Connelly，2000，p.2）

叙事探究者将延续性理解为本体论问题。经验是延续不断的。正如我们所表明过的，"人们所看到的（听到的、感觉到的、想到的、所爱的、尝到的、瞧不起的、恐惧的等）就是他们所能得到的经验。那些经验就是我们最终所能持有的，我们以它们为基础去理解人们的经验，它们也是我们所需要的全部"（Clandinin & Rosiek，2007，p.41)。对于叙事探究者来说，这种延续性的经验观对于我们思考所进行的探究工作的方式有着重要的启示。探究就是"在经验的溪流之中生成新的关系，而后者又会成为未来经验的一部分"（Clandinin & Rosiek，2007，p.41）。

正是因为经验的延续性特征，我们才能既将叙事探究理解为一种研究经验的关系性方法论，同时又将它理解为经验的一个方面。我们主张，叙事探究的初始参数应该是"自身作为一种关系形式，能够而且应该在研究进行的过程之中受到质疑"（Clandinin & Rosiek，2007，p.41)。我们注意到"关于我们在探究中不可避免产生的推论性伴随效应，杜威将经验描述成是一种能够延展的东西。这种延展具有几乎无限的伸缩性，能够延伸至个人、审美和社会意义的王国之中"（Clandinin & Rosiek，2007，p.41)。

作为叙事探究基础的杜威经验观的第三个特征，或者说杜威经验观第三个方面的启示，是对叙事探究中社会维度的重视。叙事探究探索人们生活和讲述的故事。我们论述过（Clandinin & Rosiek，2007）：

> 这些故事是社会对个人的内心生活、对他们的环境，以及独特的个人历史施加影响的汇集。这些故事通常被当作社会探究的附带现象——

反映重要社会现实，但并不是现实本身。(p.41)

我们将经验观的这三个方面——关系性、延续性和社会性——看作叙事探究的基本原则。

叙事探究的定义

叙事探究是研究人们生活的一种途径，它尊重人们的生活经验，将它看作重要知识和理解的来源。

> 叙事探究是一种理解经验的方式。它是研究者和参与者在某一段时间之中，在一个或一系列的地点，与周围环境进行社会性互动的合作。探究者在中途进入这个探究空间，开展探究，到结束探究，自始至终都和参与者一起生活在那些经验故事里、讲述那些经验故事、重新生活在那些经验故事里和重新讲述那些经验故事。那些经验故事铸就了人们的生活，无论是个人的还是社会的生活。（Clandinin & Connelly，2000，p.20）

叙事探究带着对普通生活经验的尊重开始和结束。杜威的经验观使得在对经验的研究中重视生活在世界中的个人的个体经验（Johnson，1987）。然而，叙事探究的焦点不仅仅局限于对个体经验的探究，还在于对社会、文化、家庭、语言和机构叙事的探索。因为正是在那些叙事之中，个人的经验才得以构造、成型、表达和体验。从这种角度去理解，叙事探究就是在参与探究的人们的故事化的生活之中开始和结束的。叙事探究者研究世界之中的个体经验，一种在生活和讲述之中被故事化，并能够通过倾听、观察、与其一起生活、写作和解释文本进行研究的经验。通过探究，我们为那些参与探究的人和他人寻求丰富和转化那些经验的方法。

这样来看，叙事探究是一种遵循了许多杜威探究理论原则（虽然不是全部原则）的研究方法。克兰迪宁和罗谢克（Clandinin & Rosiek，2007）主张叙事探究"是一种典型的实用方法论。正如谱系学践行后结构主义福柯社会观、批判民族志践行批判理论、实验践行实证主义一样，叙事探究践行杜威的实用主义观"（p.42）。

然而，在这本书之中，我的意图是重返"叙事探究者究竟该做些什么"的问题。我和麦克·康纳利曾围绕那个问题构思了《叙事探究》那本书的框架结构。自从那本书出版以来，我收到了很多研究者的请求，希望能够分享怎样在一项研究项目中实践叙事探究。阐述"以关系性的方式生活"究竟是什么意思，即通过叙事探究来学习如何关注和理解我们自身和他人经验的方式，这是人们努力想弄明白的问题，也是人们最想理解的经验感。在随后的章节中，我会展示我和其他一些人是如何进行叙事探究的。我会清楚地说明从我们的本体论和认识论承诺出发，并围绕着它们开展叙事探究的方法。第 1 章以一段引文开篇，那段引文说明了我对于作为研究者生活在叙事探究之中的理解。虽然引文的原文形式并不是诗歌，但是我使用了诗歌的形式将它表述出来。这段引文来自本·奥克瑞（Ben Okri）。托马斯·金（King，2003，p.153）将他称为尼日利亚的故事家。

引文为解释到底从事和实践叙事探究意味着什么提供了基础。叙事探究以杜威经验观所显示出来的所有的方式表明了其具有的关系性特征，换言之，叙事探究具有跨时间、地点和诸多关系的关系性特征。

1 生活、讲述和重新讲述：
叙事探究的过程

在那支离破碎，

玩世不恭至上的年代，

大概有这样一种异端邪说：

我们以故事为生，

我们也活在故事之中。

这样或那样，我们总是活出那些故事，

那些或早早地被植入我们的生命之中，或伴随我们成长的故事，确知地或者懵懂地，

我们也活出那些我们自己植入自身生命的故事。

我们活出那些故事，那些故事不是给我们的生活带来意义，就是对我们的生活进行否定，让它变得毫无意义。

如果我们改变我们赖以生存的故事，

很可能我们就改变了我们的生活。

——奥克瑞（Okri, 1997，p.46）

"我们以故事为生。"奥克瑞的这些话（Okri, 1997，p.46）吸引了我的注意力，引导我关注"我们现在是谁"和"我们未来要变成谁"的问题。我们（Connelly & Clandinin, 1999）长久以来也将"我们以故事为生"的想法看作将知识、情境和自我身份互相连接起来的一套复杂的关系。这是一种关系性地思考自我身份的方法。我们（Clandinin et al., 2006; Connelly & Clandinin, 1999）谈到了赖以为生的故事，也就是奥克瑞所说的：我们以故事为生。

"我们也生活在它们之中。"（Okri, 1997，p.46）生活在故事之中，这一思想也影响了我的思考。我想到了我们生活于其中的相互连接、相互嵌套的诸多故事。我生活在代代传承延续的家庭故事之中。正如伊丽莎白·斯通（Stone, 1988）多年前提醒过我们的那样，那些家庭故事由一辈又一辈的人谱写，代代相传。我生活在文化故事之中。那些故事塑造了我们每一个人的文化，这些叙事或者以尊敬为文化主线，或者以所有生物之间的依存关系为文化主线，或者以独立自主和自力更生为文化主线。我生活在故事之中，生活在文化故事之中。

我也生活在以学校故事为代表的机构故事之中。我生活在其他的机构故事之中，但是机构故事中的学校故事深深地影响和塑造了我们所有的人。我对此的了解是通过我们的叙事探究实现的。这些叙事探究有的是教师的经历（Clandinin, 1986; Clandinin & Connelly, 1995; Clandinin et al., 1993; Connelly & Clandinin, 1999; Huber & Keats Whelan, 2000），有的是学生的经历（Murphy, 2004; Pearce, 2005），有的是高中辍学青少年的经历（Clandinin et al., 2010），有的是学生父母的经历（Houle, 2012），有的是学校行政管理者的经历（Rose, 1997），还有其他的。我们所有人赖以生存的故事和生活于其中的故事，都打上了学校故事的烙印，这些烙印并不会因为时间的流逝而磨灭。显然，教师、学生和学生家庭一直都会被他们生活于其中的学校故事而影响和塑造。学校故事强有力地影响和塑造那些我们赖以生存并生活于其中的故事。

我也生活在个人故事之中。"这样或那样，我们总是活出那些故事，那些或早早地被植入我们的生命之中，或伴随我们成长的故事，确知地或者懵懂地，我们也活出那些我们自己植入自身生命的故事。"（Okri, 1997，p.46）玛克辛·格林（Greene, 1995）为我们指出了我们的幼年生活情境（landscapes），也就是我们最早的认知，所具有的强大的塑造力量。当我们对自己、对参与者进行叙事探究时，我们需要对所有这些故事进行探究，这些故事交互缠绕、互相编织，已经成为我们现在和未来自我身份的一部分。只要我们生活在这个世界上，这些故事就活在我们之中，活在我们的身体里。

对奥克瑞话语的这些反思为我们将叙事探究看作关系性探究提供了一个起点。这些我们生活于其中，或者说赖以生存的故事让我们关注其关系性，以及我们该如何思考叙事探究的关系性的方方面面。奥克瑞诗中的最后两行——"如果我们改变我们赖以生存的故事，很可能我们就改变了我们的生活"——使我们想到通过关注关系性、通过叙事性地思考各种关系是如何在探究之中展开的而创造出诸多可能性。奥克瑞的话帮助我们思考如何通过对经验的叙事性思维去发现和获得新的理解。他的话指出，改变我们赖以生存的故事，也就同时改变了我们自己。

这一思想也使我注意到进行叙事探究时必须关注的关系性伦理。因为叙事探究不仅可能会改变我们自身以及那些与我们关系密切的人的生活，还可能会改变叙事探究中的参与者，以及与他们关系密切的人的生活。叙事性的思维是一项冒险的事。它使我不仅留意我自身的故事化生活的发展和变化，而且关注那些参与我的叙事探究的人们的生活。

然而，本·奥克瑞并没有谈论叙事探究，是我在他的话语基础上，将其拓展，应用于对叙事探究的思考。在叙事探究中，人们的生活以故事化的方式相遇，人与人之间的隔阂被打破，为生活在不同世界里的人们能达到互相理解创造可能性，那也就是卢格尼斯（Lugones, 1987）所说的"去别人的世界旅行"（world traveling）以及"用友爱的观点"（loving perception）去洞察那个世界。这种关系性让我们能够去别人的世界旅行，从而理解做别人意味着什么，在别人的眼中做自己又意味着什么（Lugones, 1987, p.17）。

我经常讲，叙事探究是一种关系性的方法论。因而，我必须清楚地说明关系性的方法论究竟指的是什么。正如上文所展示的那样，有时我从叙事探究的本体论承诺的角度对叙事探究作为一种关系性方法论进行解释（Clandinin & Murphy, 2009; Clandinin & Rosiek, 2007）。但是，在下文中我还会采用另外一种方法进行解释——通过解释叙事探究中的"关系性地一起生活"（relational living alongside）这一概念的基础来对叙事探究作为一种关系性的方法论进行解释。

从"导言"部分引用的 2000 年出版的那本书中对叙事探究所做的定义出发，我注意到即使一个简单的定义从多个角度来看都蕴含着关系性：个人和他 / 她的世界之间的关系性；时间角度上过去、现在和未来之间的关系性，也包括跨代之间的关系性；个人和地点之间的关系性；事件和感觉之间的关系性；人与人之间的关系性；物质世界和人之间的关系性；我们的文化、机构、语言和家庭叙事之间的关系性；等等。因此，关系性的思维是叙事性思维的一部分，也是作为叙事探究者叙事性思维的一部分。在其他的文稿之中，我们曾提及，叙事探究是处于关系中的人对处于关系中的人的研究。

在叙事探究中，我们有意地与参与者联系在一起。作为探究者，我们叙事性地思考着我们自身的经验、思考着参与者的经验。这些经验在我们与参与者一起生活、讲述彼此的故事、倾听彼此的故事的过程中，在我们生活相交的地点情境之中，逐渐变得清晰可见。我们有意地将自己置身于别人的生活之中。这样做是因为我们想要关系性地关注自己和别人的生活，关注现在，也关注经验中的其他时点，关注我们相遇见面的这一地点，也关注经验中的其他地点。作为叙事探究者，我们生活过和讲述过的故事总是与我们的参与者、与我们双方所处的情境关系性地联系在一起（Clandinin & Connelly, 1995）。在探究之中，当我们讲述自己的故事、倾听参与者讲述他们的故事的时候，作为探究者的我们必须时刻注意探究之中的我们自己，并且要明白我们自身就是我们所研究的故事化情境的一部分。因而，作为探究者，我们既是现在情境的一部分，也是过去情境的一部分。我们意识到我们自己帮助创造了我们自己生活的这个世界。作为叙事探究者，我们成为了参与者生活中的一部分，而他们也成为了我们生活中的一部分。因此，在我们的生活情境和参与者的生活情境之中，我们的生活、我们现在和未来的自己，也处于考察研究之中。我们并不是客观的研究者。我们是关系性的探究者，我们关注主体间的、关系性的和相互嵌入的空间，正是在这些空间之中，人们活出他们的生活故事。我们不是象征性地立于探究之外，而是置身于所研究的现象之中，成为它的一部分。

这是对叙事探究中关系性的一部分解释。叙事探究是一种关系性探究还体现在另一个方面。在叙事探究关系中生活过和讲述过的故事总是一种共同谱写（co-composition），一种有意识的共同谱写。这些故事是作为探究者的我们和探究的参与者们共同谱写出来的。

为了解释我所说的"关系性"，我以一项关于儿童、教师和家庭课程建构经验的叙事探究为例（Huber, Murphy, & Clandinin, 2011）进行说明。当时我们对学生、教师和家长在课程建构过程中的经验故事感兴趣，我们认为当学生、教师和家长的生活在教室、学校、家庭和社区相交时，课程建构就会发生。对课程建构的这种理解确立了我们这项研究的情境和研究疑题（research puzzle）。我决定用这项研究（Huber, Murphy, & Clandinin, 2011）中的一些片段来进一步理解和解释我所说的叙事探究中的关系性。我引用这段经历，希望能以此俘获你的想象力，以便你能够跟随我一起体验我所体验过的疑惑。

我记得我在一个小学三年级的教室里待过的第一天。那是一所城市小学，宋丽（Song Lee）就在那所学校当老师。几乎在一年的时间里，作为那项叙事探究的一部分，我每周三的下午都在那儿度过。那是我第一次进入那个教室，是九月的一天，外面下着雨。马上就要课间休息了，内部通话系统里传来校长的声音，建议大家课间休息时待在室内。"噢，真不巧"，我心里想。我本希望趁孩子们在操场上玩的时候和宋丽聊一聊。我想通过她进一步地了解这所学校，了解她、孩子们、他们的家庭，以及她的课堂环境。

宋丽走过来，说她要去工作间拿些教学活动材料过来。她已经告诉了孩子们，在室内课间休息时，她们可以选择玩游戏、猜字谜或者阅读，安安静静地玩。

"你一个人和孩子们待在一起没事吧？"她问。

"没事"，我一边谨慎地回答，一边环视四周看看我是否记得哪个孩子的名字。作为一个新到这间教室刚刚开始研究工作的叙事探究者，我的确想了解孩子们。但是，我并不想这么快就和孩子们单独待在一起。我脑中闪过一些旧时的记忆：课间休息时，孩子们因为不能出去玩，而待在室内大声喧哗和打闹的画面。

宋丽离开了教室，孩子们有的挑选了书在自己的课桌旁阅读，有的挑选了游戏分成小组一起玩，有几个孩子拿出他们的手持式游戏机来玩。宋丽离开时，教室里并没有明显的变化。

紧接着，一个小姑娘出现在我的旁边，后来我才知道她的名字叫莉莉（Lilly）。她问我："瑾女士，你想和我们一起玩游戏吗？"

那一刻，我和莉莉之间出现了一个空间，这个空间充满了我们双方赖以生存和谱写的故事，这些故事或多或少地受到我们各自生活于其中的故事的影响和制约。是什么使得这个八岁的孩子邀请我和她一起游戏呢？难道是她认识到了在这间教室里我也需要一个位置？

现在，通过在时间之中的回顾和展望，地点的变换，以及对那一年内我们在各种不同的关系之中逐渐相互了解的关注等角度，我来试着解释叙事探究中的关系性。当然，我知道我无法展示莉莉的故事的全部复杂性。我想我也无法展示我的故事的全部复杂性。此处，我仅希望能做的是展示我和莉莉之间的经历，莉莉和我、宋丽、希米·钟（Simmee Chung，一个研究生）一起进行了这个时间跨度为一年的叙事探究。通过展示，我希望帮助读者体会叙事探究中包含的关系性是如何在一间忙碌的教室之中体现的。

首先，我们考虑与学校有关的机构故事。这类机构故事塑造了莉莉和我之间的空间。这一空间不仅能让我关注叙事探究的关系性，而且能让莉莉和我一起共同谱写我们的关系。那是九月，莉莉向我发出邀请时开学才仅仅一周左右。莉莉对那所学校并不陌生。从幼儿园开始，她就在那所学校上学。

后来，随着我们进一步的熟悉，她跟我讲了很多她以前的老师和同学的事。她的弟弟科尔（Cole）、她最要好的朋友艾拉（Ella），都上的是那所学校。她的家人也将溪边小学（Streamside School）看作像家一样，他们经常把莉莉关于学校的故事与她和艾拉之间的友谊，以及他们家与艾拉家之间的友谊紧密地联系在一起。那年九月是莉莉在溪边小学就读第四年的开始。我对那所学校很陌生，在那之前仅仅去过一次。我们两个对这间教室都感到陌生。我确实认识宋丽，我们在大学里一起进行研究工作，但是我并不了解在教室和学校里的她。

现在，让我将那些故事化的过去呈现在我们眼前，这些故事化的过去活在我们之中，也促成了那次邀请的发生。我曾在学校从事教学、心理咨询和研究工作很多年。我是一名教师，也教过很多教师。我关于学校的知识是通过对学校不同角度的了解逐渐积累而成的：首先是作为学生，然后是作为教师，再然后是作为教师教育者，现在是作为教学研究者。与我相比，莉莉对学校的理解要少很多。那时，她在这所学校才开始第四个年头的学习生活。但是，她有一次告诉我，在学校里，她就感觉像在家里一样。

而我儿时的学校故事没有莉莉的学校故事那么美好。因为住在乡村，我不得不搭校车到一个小镇上学，我从来没觉得学校可亲可爱过。在我讲述给自己听的故事中，我总有一种局外人的感觉，对于镇上的学校来说，我是一个访客，一个陌生人。我总是清楚地意识到上学是一件需要"从家里去上学"和"从学校回到家"这些过程的事情。虽然我在学校表现很好，但总是感觉处于边缘地带，没有归属感，总是等待着校车来将我接回家，将我从那儿带离。

在任职学校教师、学校辅导员和心理咨询师的时候，我对学校环境更适应了一些。但是，即使是在写下这些文字的此刻，我认识到我还是总将自己置于主流学校故事的边缘位置：做兼职教师、在移动教室中开展教学、以学校辅导员和心理咨询师的身份做教辅工作。对于我来说，学校从来就不是一个让我自在的地方。那我为什么总是要关注那儿的生活呢？我不禁再次哑然无语地问自己。但是，我的的确确了解（know）学校，例如一学年中不同时间的不同节奏、教室里的课桌椅、各种物质和情感交织的地方、各门课程、各种错综复杂的关系、成绩单等。我的这种从别处来的感觉，以及一直想要远离学校的感觉，构成了我幼年生活情境的一部分，它影响和塑造了我那时的经历。

在我与莉莉一起度过的一学年里，我知道她也理解那种疏离感和边缘化的感觉。她告诉我她是一个移民孩子，出生在另一个国家，她的父母带着她从一个国家迁移到另一个国家，然后又迁移到另一个国家。

莉莉喜欢我们在课堂中读过的一本书，一本名为《你最先知道的事》（*What You Know First*，MacLachlan，1995）的儿童故事书。那是一本很久以来一直吸引我的书，书中讲到了乡村生活、家庭和过渡时期。然而，在那一个下午的第一次课间休息的时候，我对莉莉却还是一无所知的。

在发出邀请的那一刻，莉莉有没有将我看成一个在这所富裕的都市小学中不知所措的人？她有没有感觉到我的不安，因为我一个人都不认识？她是不是想帮助我感觉自己是课堂中的一分子？是什么使得她邀请我一起游戏？我后来慢慢了解到，莉莉生活在邀请别人一起游戏的故事之中，她希望如果有人初来乍到缺少归属感，那么就应该被邀请进入集体之中。在那一学年之中，班上有一位同学中途离开了班级，离开了溪边小学。为此，莉莉特意写了一封信给那名同学，希望和祝愿他在新的班级里交上新的朋友。她在信中写道，她知道如果一个人都不认识的话，学校有时不是个容易待的地方。

那天上午 * 在我们之间还有其他的故事，那些我们双方赖以生存并生活于其中的故事。我们都觉得和上课的宋丽老师有共同点。莉莉经常跟我说，宋丽老师和她很像。的确，她们长得像，她俩个头都比较小，都是华人，都留着长长的黑发，都有着美丽的黄色皮肤。但是我感觉我和宋丽也有共同点。我们在大学一起进行研究工作，她是我与这所学校之间的联系人。我们一起写作、交谈和分享思想，我知道她是一位成长中的研究者。我和莉莉都与宋丽相处得很融洽。我和宋丽的融洽关系来自课堂之外我对她的了解，莉莉和宋丽的融洽关系来自课堂之内她们相互的了解。

我的故事活在我的心里，我以那些故事为生。宋丽的故事活在她的心里，她以那些故事为生。我们同时也生活在许多不同的故事之中，我们生活在各自的家庭故事之中，生活在各自被幼年生活情境所塑造的故事之中，生活在各自的文化故事之中，生活在各自的学校故事之中。就在那儿，在那个雨天的九月上午，待在室内的课间休息时间，莉莉和我开始了我们的学校故事，这个故事发生在我们生活的加拿大西部的一所学校里。我们都活在这个机构故事之中，活在这个学校故事之中。我是有意地进行叙事探究，而莉莉因为邀请我加入游

---

* 那是瑾第一天去宋丽工作的那所小学，她在那里待了一整天，和宋丽协商决定以后每周三下午去她的教室里进行探究工作。——译者注

戏而从此进入了我的故事之中。在她主动邀请我的时候，她也是有意的，她希望我能进入她的生活圈子，成为这个教室里的一员。

当然，在莉莉向我发出邀请的那一刻，我们并不知道彼此的复杂故事。随着时间的推移，我们开始慢慢地对彼此的故事有所了解。

我们的相互了解是通过我们一起生活在我们各自的故事里、谱写我们各自的故事、讲述我们各自的故事和重新讲述我们各自的故事，以及重新活出（relived）我们各自的故事来实现的，是在我们一起相处的一年中实现的。有意思的是，莉莉似乎一直开放着那个空间，在一年之中随时都欢迎我和她在一起。

在莉莉和我共享的叙事探究的诸多片段中，我再选择另外两个片段来展示叙事探究中的关系性究竟意味着什么。在我们共享的生活空间里，莉莉和我是相互联系、相互影响的，我希望这一点越来越清晰。

作为我们叙事探究的一部分，我和孩子们、宋丽、希米·钟一起共同谱写实地文本（field texts）*。在好几个月的时间里，孩子们手拿照相机拍摄那些让他们有归属感的地方，这些地方可以是教室，可以是家里，可以是社区，也可以是他们在一起的合影。孩子们把这些照片收集整理在一起，彼此分享，也和我们分享，讲述和重新讲述着他们关于归属经历（experiences of belonging）的故事。在整个归属项目中有这么一个任务，宋丽和希米·钟要求孩子们照一张能够隐喻性地表现他们对归属的理解的照片。上文我提到的两个片段之中的第一个是，莉莉照了这样一幅照片，照片中是一块砖型黄油。她讲的这块黄油的故事非常与众不同。她讲的是她的好朋友艾拉因为回家乡去探望老家的亲人，几个星期没来上学的故事。她将友谊和归属比作黄油："友谊是需要关注和浇灌的，就像黄油一样，如果你将它放在案板上不闻不问，它可能就会溶化消失掉。"在她向同学和我们描述她关于友谊和归属的隐喻时，她解释说，如果黄油溶化了然后再重新凝结起来，它的形状和质地就会改变，和原来的黄油就再

---

* 即叙事探究中的研究数据。——译者注

也不一样了。莉莉说，就像黄油一样，如果不多加关注，失去的友谊即使能够重拾回来，和原来的友谊也不会一样了。

孩子们对莉莉的照片做出了积极的回应，很显然他们认同她对归属感的隐喻。卡特（Carter）回应说："我喜欢那张黄油的照片，因为它使我想起了友谊，因为当诺兰（Nolan）搬去卡尔加里*的时候，我就感觉我也像溶化消失了一样。"（2007 年 5 月 7 日）

智淑（Ji-Sook）对莉莉说："我喜欢你拿黄油打比方的想法，因为当我来到加拿大的时候，我的朋友们就像黄油一样，因为我离他们那么那么远，现在如果我想到他们，他们看起来就像小蚂蚁一样小。"而我觉得了不起的是其他的孩子理解了莉莉赖以生存的故事和莉莉在她所处的特定环境下所掌握的知识，因为他们根据对拿黄油所作的比喻的理解，积极地回应了莉莉的描述，并且认同了她的比喻。在叙事探究中，回应 (response) 是一个经常用到的概念。回应和责任 (responsibility) 一词拥有同样的词根，它表明为讲述和倾听故事制造空间很重要，同时，互相支持的责任也很重要 (Lopez, 1990; Schultz, 1997)。

在莉莉分享她的照片的同时，她也再一次隐喻性和关系性地制造了一个空间，那个空间促使我思考关系性地从事叙事探究意味着什么。那个黄油的比喻创造了一个关系性的空间，当莉莉把这个空间展现出来时，它能使其他人慢慢理解在莉莉的故事里，他们会是什么样的人，也能理解在他们的故事里，莉莉会是什么样的人。

我所说的第二个片段发生在我们首次相见的十个月之后。那是放暑假前孩子们在一起上学的最后一天。那一天，莉莉就站在我的身边。全班同学都在准备通过分享各自的家庭故事来一起庆祝彼此的家庭传统。这个主意是在六月中旬想到的，是孩子们向宋丽、希米·钟和我提出来的。他们要求在学年结束前的最后一天里，大家一起在教室里庆祝他们不同的家庭传统。在分享照片和拼贴画的活动之后，许多学生在他们的书面回应中提及了各自的家庭传统。刚开

---

*　Calgary, 加拿大阿尔伯塔省南部城市。——译者注

始时，他们所说的传统，还仅仅局限于和"外国"相关的传统，但是，后来渐渐地，宋丽、希米·钟和我帮助所有的孩子们将他们的传统都展现了出来。我们所有的人都期待这一天，能花一天的时间来讲述他们各自生活传统的故事。

我们正准备给全班同学上冰激凌甜点，这是我的家庭传统。课间休息时间又到了，莉莉和我开始聊了起来。她提起我来到班上第一天的情景，提到了她邀请我和她一起玩游戏的事。

"瑾女士，你还记得吗？"

"我记得的，莉莉。"

"我们没有玩完那个游戏。"

"我知道。"然后，我们给了彼此一个拥抱（实地笔记［field notes］2008 年 6 月）。

这一天也是促使我思考叙事探究中关系性的一天。这项持续一年的叙事探究让我更深入具体地思考关系性地生活意味着什么，也使我明白在探究中，研究者和参与者双方的故事化经验都是探究的内容。

思考故事和用故事思考的区别

在卡戎（Charon）和蒙特洛（Montello）主编《故事起作用》（*Stroies Matter*）一书的一章里，大卫·莫里斯（David Morris）对用故事思考（think with stories）和思考故事（think about stories）作了区分，并指出在我们西方社会里，我们主要是思考故事或者说想故事，而不再用故事思考或者说用故事想。

用故事思考的概念是用来针对和修改（并不是代替）在西方社会中已经被制度化（institutionalized）的思考故事的做法。

思考故事将叙事看作客体，而用故事思考是一个过程，在这个过程中，与其说作为思想者的我们作用于叙事，倒不如说让叙事作用于我们。（Morris，2002，p.196）

尽管在叙事探究的内外，我们都可以用故事思考，但是，用故事思考首要的是要关系性地思考。我这样说，是要大家注意在思考别人的经验的时候，要注意思考那些特定的叙事，正是那些特定的叙事影响和塑造了每一个人和他／她所处的生活情境、他／她逐渐展开的生活，以及他／她所处的那个时刻。那个时刻来自之前所有其他的时刻，那个时刻也同时指向未来。当我们开始从事叙事探究的时候，我们需要注意采用多方位角度用故事思考：我们的故事、他人的故事、我们生活于其中的所有故事，以及在我们共同生活和讲述故事的过程中开始出现的故事。我想通过和莉莉一起进行的叙事探究来表达我对用故事思考的理解。

"瑾女士，还记得吗？"莉莉的一句问话将我的思绪带回了我们的第一次相遇。我们的故事总是处于关系之中，总是在两者之间（in between）谱写，在时间、人物、几代人和地点之间的那些空间之中谱写。在探究中，在我们讲述我们的故事、倾听参与者讲述他们的故事的时候，作为探究者，我们需要密切注意在探究之中的我们自己，要明白我们自身也是我们正在研究的故事化情境中的一部分。

作为叙事探究者，我们成为参与者生活的一部分，而他们也成为我们生活的一部分。因此，我们的生活——在我们的和他们的生活情境中，我们现在的自己，以及我们未来的自己——也处于研究之中。

叙事探究是具有很强的伦理性的活动。作为伦理性研究工作来理解叙事探究意味着我们不能将伦理和探究的生活分开。关系性伦理居于核心位置，也许是我们这些叙事探究者的研究工作中最核心的位置。关系性伦理是以关心伦理（ethics of care）为基础的（Noddings, 1984）。它是叙事探究的起点，也是叙事探究者在整个叙事探究过程中的立场和姿态。对关系的承诺，即以合作的方式生活，为我们重新谱写和协商故事提供了空间。关系性伦理要求我们在与他人、与我们的世界相处中承担社会责任。

莫里斯 (Morris) 在写到有关在故事里生活和讲述故事过程中一起生活的时候，也论及了叙事探究中的伦理之心的问题。他引用基思·巴索（Keith

Basso）的著作来描述"在道德不端的情况下重新讲述这些故事，这些故事几乎会直接进入你的肌肤身体"：

> "那个故事在对你起作用，你会一直不停地想它；那个故事现在正在改变你，使你想过更道德的生活；那个故事会使你想变成另外一个自己。"（2002，p.197）

当我回想起与莉莉在一起的日子，我知道那段经历改变了我。虽然我无法确切地说莉莉的经历是否改变了她，但是我知道莉莉和我一起共同谱写的那些故事现在正在对我起作用，使我想变成另外一个自己。

这一章描述了我们进行关系性方法论的叙事探究中与参与者一起生活的一种方式。

2　设计和实践一项叙事探究

在"导言"部分，主要通过引用我和麦克·康纳利，以及我和杰里·罗谢克早先的研究成果的方式，我简要阐述了叙事探究的本体论和认识论基础。我对叙事探究进行了定义，并且概括了叙事探究的主要特征：叙事探究具有延续性、互动性和关系性特征。

在第 1 章里，通过一个大型的叙事探究项目中我和其中一名参与者（一位名叫莉莉的孩子）所做的叙事探究，我展示了一项叙事探究展开的过程。在本章中，我会继续阐述叙事探究的关键方面或者说叙事探究的重要特征。我强调，叙事探究是一种流动性的探究 (fluid inquiry)。它并不是一套固定的程序，也没有固定的步骤可循。它是一种关系性的研究方法论，是开放性的，探究者的脚步追随参与者的经验故事前行。叙事探究有时带有一种个人经验方法论的特征，关于这个特征究竟意味着什么，我会深入地进行阐述。尽管叙事探究的内容是人们的经验，但是，要理解一个个体的经验，探究者必须理解影响和塑造该个体并被该个体所影响和塑造的社会、文化、家庭、语言和机构叙事。

叙事探究的四个核心概念

在导言和第 1 章中，我简要论述了叙事探究的经验观基础是一种叙事观。从这种观点出发，经验是一种故事化的现象。我和麦克·康纳利 (Clandinin & Connelly, 1998) 提出了叙事探究中的四个关键概念。

这四个概念来源于我们将经验看作是故事化现象的观点，它们是"生活"（living）、"讲述"（telling）、"重新讲述"（retelling）和"重新生活"（reliving），在叙事探究中，它们各有所指。我们知道，人们"生活"（live）出故事，并且"讲述"（telling）他们的生活故事。就像我在第 1 章中所呈现出来的与莉莉一起生活在那个教室里的一样，叙事探究者来到参与者的身边和他们一起生活，并开始对我们生活过和讲述过的故事进行叙事探究。我们将这个与参与者一起生活，然后探究生活过和讲述过的故事的过程称为"重新讲述"（retelling）故事。因为我们知道在重新讲述我们生活过和讲述过的故事的时候，我们得到了改变，或者是说我们有了变化，我们可能开始重新生活出我们的新故事。这也就是我们的第四个关键概念，"重新生活"（reliving）出新故事。

这是一套研究者们常常难以理解掌握的术语。在我们重新讲述故事，也就是对它们进行探究时，我们不再将故事看作固定不变的实体，而是开始重新讲述我们的故事。在这个探究过程之中，我们在叙事探究的三维空间里，对生活过和讲述过的故事进行分析和解读（unpack，本书直译为"解包"）。当我们重新讲述或者说探究那些故事时，我们可能就会开始重新生活出那些被重新讲述过的新故事。我们重新故事化我们自身，并可能开始改变我们置身其中的那些机构、社会和文化叙事。叙事探究有两个起点：开端于生活故事，或者开端于讲述故事。

大多数叙事探究开端于讲述故事，即，一位研究者和参与者展开会话，参与者将他们的经验故事讲述出来。这是叙事探究中采用最多的方式，这种方式也经常导致人们对叙事探究产生混淆，错误地认为叙事探究仅仅就是一个让人们讲出他们的故事，研究者将这些故事记录下来，然后重新讲述（retold）这些故事的过程。这并不是我们使用生活（living）、讲述 (telling) 和重新讲述（retelling）这些术语所想要表达的意思。

叙事探究也可以开端于来到参与者身边，与参与者一起生活，就像我来到莉莉身边，与她一起生活那样。用这种方式进行叙事探究，我们曾经做过这样的阐述："这种开端于参与者生活的探究方式是一种更困难、更耗时、更紧张，然而却更具有深远意义的方式，因为说到底，叙事探究是关于生命（life）和生活（living）的探究。"（Connelly & Clandinin, 2006，p.478）

无论采用哪种方式作为开端，叙事探究者总是或多或少地以关系性的方式与参与者相处。正如第 1 章中所阐述的那样，关系性是理解叙事探究者所进行的研究工作的关键。研究者和参与者之间的关系空间不仅是理解实地文本和研究文本的谱写和共同谱写所必需的构成部分，而且是理解叙事探究中的时间性和诸多情境因素的关键。

无论叙事探究开端于讲述故事还是生活故事，无论叙事探究的关系性是强还是弱，在设计叙事探究的研究过程时，都要考虑一些已经达成了共识的因素，这些考虑因素具体见以下两篇文章：Connelly & Clandinin, 2006；Clandinin, Pushor, & Murray Orr, 2007。在下文中，我简要阐述一些设计考虑因素，希望这些设计考虑因素能够帮助展示我们是怎样践行叙事探究的。为了便于清楚地说明我想要说明的每一个考虑因素，我会引用几个研究的例子，其中也包括第 1 章中描述过的叙事探究的例子。

探究设计之初需要考虑的探究理由：
如何回答"那又如何？"和"谁会在乎？"的问题

作为研究者，尤其是社会科学研究者，在我们进行某个具体的研究项目时，我们总是不断地被要求阐述我们的研究目的、我们希望得到的发现，或者是获得的不同理解。我们要能够对这些关于阐述研究理由的问题进行回应，这一点很关键。关于我们的研究，我们都必须能够回答"那又如何？（So What?）"和"谁会在乎？（Who Cares?）"的问题。这两个问题对叙事探究者尤为重要。我之所以这样说，是因为资助机构、政府以及其他政策制定者们经常将叙事探究者的研究工作看作一件简单的事：出门去找几个人讲讲他们的故事，然后将故事写下来。这种简单化的看法经常造成将叙事探究仅仅看作传闻或个人轶事记录而不予以重视。如果不能清楚地对研究目的和研究理由方面的问题进行回应，作为叙事探究者的我们，就必须面对因此而造成的对叙事探究的那种简单化解读。

在开始初步考虑和设计研究项目的时候，我们需要仔细考虑研究目的和研究理由。这样做的话，我们就能够更清楚地回应那些有关研究疑题、作为探究者的我们在研究中的位置和身份、合适的方法和实地文本等问题。在多年从事叙事探究的实践中，在多年与他人一起设计和实践叙事探究的过程之中，我发现我们至少需要从三个方面阐述研究理由和意义：个人的，即为什么这项研究对于我们个人有意义；实践的，即这项研究对于实践的改造会起什么作用；社会的或理论的，即这项研究对于理论发展有何意义，或者是对于改造现实、促进社会更加公平有何意义。

在下面的几节中，我会概述这些理由，并提供实例。

个人理由

叙事探究者需要从个人理由出发，也就是说，需要从他们自身的生活经历、所感受到的各种张力和个人探究疑题出发来阐述研究的理由和意义。这方面的理由或意义阐述很重要，原因有几点。首先，我们必须探究处于研究之中的我们自己，现在是什么样的人、正在变成什么样的人。其次，如果不能清楚地理解究竟是什么将我们每一个人引领到各自的研究疑题，那么我们就可能冒然地进入了和参与者的研究关系，却不清楚自己在这个研究关系中正在生活和讲述的故事是什么。再次，如果不能理解探究之中的我们自己，我们就无法清醒地看到我们是如何关注研究参与者的经验的。

在第 1 章所展示的与莉莉的叙事探究中，重要的一点是我必须探究我自己的学校经历，仔细地关注涉及学校故事时我是怎样理解自己的，涉及在我还是孩子时在教室和学校里发生的故事中我是怎样理解自己的。在研究开始之前，在我探究自己生活过和讲述过的故事时，在我来到莉莉身边时，我关注了关于我自己的故事：作为一个学龄儿童，我一直感觉"不是很自在"——感觉"有点游离在外，是个访客，是个陌生人"——感觉学校"对我来说从来就不是一个亲切的地方"。我也关注了这些故事是怎样随着时间的推移而发生改变的，这些改变随着我在学校里所处位置的不同以及我自己所站的立场的不同而发生。我始终感觉自己"在主流学校故事的边缘"。理解像莉莉一样的孩子的学校经历，理解她们在学校和课堂之中是如何感受归属或者慢慢有归属感的过程，对我来说很重要。在公开发表的叙事探究中，一般不会对个人理由或意义进行详细的阐述。虽然目前只有叙事探究的硕士和博士学位论文才会对个人理由提供较为详细的解释（Davies, 1996; Raymond, 2002），但是，在所有公开发表的叙事探究中，仔细关注个人理由并且提供必要的个人解释是很重要的。如果读者能够在研究文本中看到研究者的个人理由，他们通常会对研究有更深刻的理解。

实践理由

刚开始进行叙事探究的研究者们，在考察自己的经验，阐述了研究的个人理由或意义之后，他们经常就想停在那一步。然而，仅仅有个人意义或理由还不够。在阐述一项具体的叙事探究的理由或意义的时候，研究者需要考虑该研究对实践进行替换或改变的可能性，这一点很重要。

例如，有时候叙事探究在教师教育领域的实践意义在于，通过对职前教师在学校内外进行教育实习时可能会碰到的各种情景的探究疑题的叙事探究，来加深他们理解自己作为教师与孩子们及其家庭之间的关系（Clandinin et al., 1993; Desrochers, 2006）[*]。再如，叙事探究在医学教育领域的实践意义在于，了解住院医生在什么条件下会对他们的临床实践进行反思（Cave & Clandinin, 2007）[**]。

在那项与莉莉，以及她的老师、家长、其他同校孩子及其家庭一起做的叙事探究中，其实践意义就在于，在很多学校和学区日益强调以标准化测试成绩

---

[*] 据此改进他们的教学实践。——译者注
[**] 据此理解和改进他们的临床实践。——译者注

为焦点的教学背景下，我们需要更深入地理解与此密切相关的学生、学生家庭和教师的经验（Huber, Murphy, & Clandinin, 2011）。随着学校的主流故事越来越以考试为导向，学校规定的课程面越来越狭窄，这种情况已经引起了人们越来越多的关注。在这一背景下，我们研究的实践意义就在于试图理解在这些新政策实施过程中，教师、学生和学生家庭的经验。当我们近距离地关注教师、学生家庭和学生们的生活时，我们能够通过叙事探究将他们的生活展示出来，让人们看到这些人的生活是如何正在被为了提高标准化测试成绩而窄化课程选择面的政策导向所影响和塑造的。我们展示出：如果教师和学校管理者的出发点是学生、家庭和教师们的生活的话，那么他们或许对学校课程建构的关注会有所不同。当然，我们希望学生们的父母能够更深入地理解这些政策导向是如何影响和塑造他们孩子的经验的。

社会理由

叙事探究的社会意义可以从两个方面去考虑：理论意义及社会行动和政策意义。理论意义在于阐明研究工作对于新的方法论（Caine, 2007）和学科知识发展的贡献，例如，康纳利和我发展了多年的研究项目。为了表达我们对学校和教师实践的叙事性理解，我们创造了一些重要的理论术语，例如"个人实践性知识"（personal practical knowledge）（Clandinin, 1986; Connelly & Clandinin, 1988）、"故事化的专业知识场景"（storied professional knowledge landscapes）（Clandinin & Connelly, 1995, 1996），以及"赖以生存的故事"（stories to live by）的概念（Connelly & Clandinin, 1999）（这是一个关于身份研究的叙事性术语）。[1]

在和莉莉、她的老师、她的家庭一起进行的研究中，我们明白了在理解学校故事的诸多途径之中，我们也需要包括家庭故事。和莉莉一起的那项研究（Huber, Murphy, & Clandinin, 2011）最终让我们明白，课程建构在学校世界发生的同时，还在另外一个世界发生着，那就是，学生们也生活在课程建构的家庭故事之中。因此，发现课程理论中新的学科知识就成了那个叙事探究项目的理论意义之一。社会行动和政策意义指的是社会行动，例如杨 (Young, 2005) 的研究。在研究中，她展示出了寄宿学校对于原住民青年的代际影响（intergenerational impact）。*

探究中的现象叙事观

我们需要注意的另外一个重要的设计思考因素是探究中的现象叙事观，这一叙事观自始至终贯穿整个叙事探究。正如"导言"部分所论述的，叙事探究是一种研究人们经验的方法，仅此而已，但十分准确。叙事探究者所持有的经验观是一种经验的叙事观。在这里需要再一次强调的是，叙事探究的这种观点产生于一种特定的本体论和认识论的观点。如前文所述，一些采用叙事分析方法的研究者，他们所持的本体论和认识论承诺与叙事探究者是不一样的。在本书所采纳的观点中，经验被看作一种叙事性的谱写，也就是说，经验本身是个人具体化的叙事性生活谱写。叙事并不是像一些人所想的那样，仅仅是一种分析或表述方式。关于一种现象的叙事性思考，即关于人们经验的叙事性思考，是理解叙事探究的关键。叙事探究是一种理解和探究经验的方式，它是通过"研究者和参与者之间的协作、在一段时间之内、在一个或一系列地点之间、在与环境的社会互动之中"实现的（Clandinin & Connelly, 2000，p.20）。进行叙事探究意味着在叙事探究的三个平台**之中思考，这三个平台是：时间性（temporality）、社会性 (sociality) 和地点 (place)。对现象进行叙事性思考在

---

* 在加拿大的历史上，有一段时期政府强制原住民儿童离开他们的家庭去寄宿学校接受英语或法语的教育，他们被禁止使用自己的语言。虽然现任的哈珀政府为此做了公开的道歉，但是杨的探究工作指出了当时的那些社会政策不仅影响了那一代有过寄宿学校经历的原住民青少年，而且现在还影响着他们的后代。——译者注

** 也有人译为三个共同要素。——译者注

每一项探究的全过程之中都是必需的，也就是说，从形成研究疑题，到置身于现场，到谱写现场文本，到谱写研究文本的全部环节都需要对现象进行叙事性思考。用这种方法对现象进行思考强调所研究的现象的更迭变化性、个人性和社会性。对现象进行叙事性思考是对在整个一项探究中把现象看作固定的、一成不变的主流故事的挑战。

三个平台指明了一项叙事探究的三个维度，它们处于叙事探究概念框架的核心位置。所谓的平台，指的就是需要在叙事探究中进行探索的空间。

通过同时关注全部三个平台的方式关注经验，是叙事探究与其他方法论的区别之一。在随后的章节之中，我们可以看到叙事探究者和参与者总是处于一个三维的空间之中，这三个维度就是时间性、社会性和地点。我们同时进行回溯与展望、内视与外观，并且关注地点（或者一系列地点）。

叙事性地思考意味着将这些术语贴近它们的体验性起源（experiential origins），用这些术语思考"并不是要通过分析故事而生成一系列的理解"（Clandinin & Connelly, 2000），而是"用它们思考，以理解人们正在生活着的生活"（Downey & Clandinin, 2010, p.385）。

叙事探究的平台

时间性平台

"处于研究之中的事件是随着时间而变化的。"（Connelly & Clandinin, 2006, p.479）关注时间维度将探究者指向所研究的事件之中的人物、地点、事物，以及事件的过去、现在和未来。叙事探究中时间性的重要性来自经验的哲学观，即"经验跨越时间的形式特征，其本质是［被看作］叙事性的"（Crites, 1971, p.291）。其他的哲学家，例如凯尔，强调"我们一边生活一边谱写和不断地修改自己的传记"(Carr, 1986, p.76)。他写道：

我们已经看到对这种时间性的把握和理解是怎样以不同的复杂程度和明晰程度，使得我们既成为这条时间河流的参与者，也成为这条时间河流的考察者；既是这条时间河流所缔造的故事的主角，也是这些故事的讲述者……每一个人一生所经历的所有的与他／她相关的独特的故事也是这样的，也就是说，每一个人的生活故事，是发生在个人出生至死亡这个时间段里的。正如我们有意识地参与其中的所有的与我们相关的独特的叙事（包括我们的各种经历和行为），我们活出这个生活故事就是要讲述它，告诉我们自己，也可能告诉别人。就是这样，我们一边生活在故事里，一边会一遍又一遍地重新讲述那个故事，也会一次又一次地修改它。（Carr, 1986, p.95-96）

心理学家克尔比也关注到时间维度，他指出时间"并不仅仅……是一个像天体运动一样的宇宙现象，时间运动是以事件为标志的，就是一个人生活之中发生的事件。时间性在后者身上呈现出来的形式总是属于某一特定个人的"（Kerby, 1991, p.15）。

正如克尔比深刻地指出的那样，关注时间性就是关注某一个个人的经验。它并不是对某一个个人生活的抽象化，而是对他／她的生活的具体化。凯尔和克尔比两人都让我们注意到时间性，他们将时间性具体化到他／她的个人生活，以及他／她对自己个人生活的讲述之中。作为叙事探究者的我们关注时间性，我们在进行探究时不仅要关注我们自身和参与者的生活的时间性，而且要关注探究中的各种地点、事物和事件的时间性。我们将隐喻性的三维叙事探究空间视作我们和参与者置身其中的空间，这样我们的注意力就会被吸引到探究之中的关系性维度上。作为探究者，我们也在关系性地研究我们自身。

社会性平台

叙事探究者注意个人状况，同时也注意社会状况。所谓的个人状况，我们指探究者和参与者的"各种感觉、希望、愿望、审美反应和道德修养"（Connelly & Clandinin, 2006, p.480）。社会状况指社会环境，即人们的经验和事件在其中逐渐展开的社会条件。这些社会条件可以部分地从文化、社会、机构、家庭和语言叙事等方面去理解。凯尔也关注理解社会性维度。他写道：

> 不管怎样，要保持一个人的生活故事的叙事连贯性是一种挣扎，也是一种责任，而且任何其他的人都无法将这个责任完全从其肩上卸下来，因为自己是活在那个生活故事里的人。正如我们已经看到的，这种挣扎包括两个方面：一方面是活出（live out）或者是践行（live up）一项计划或者是一个故事，无论其是大是小，也无论其是具体的还是笼统的；另一方面是建构或者选择那个故事。（Carr, 2986, p.96）

凯尔指出了更大的文化、社会、机构和家庭叙事为每一个人的生活所提供的诸多叙事情景，人们生活于这些情境之中。这些文化、社会、机构和家庭叙事强调每一个个人的经验都蕴含在具体特定的诸多情景之中，也蕴含在具体特定的诸多时间和诸多地点之中。

审视内心，我们注意到我们的诸多情感、我们的审美反应、我们的道德回应。我们关注它们是怎样被家庭故事，以及诸如学校故事的机构故事和文化、社会故事所影响和塑造的。观察外界，我们注意到进入我们经验中的事件和人们正在进行的发展变化。

我们同时回溯性和展望性地思考，同时审视内心和观察外界，并且密切关注地点的变化。当我们在三个平台之内进行思考的时候，我们需要提醒自己，我们和参与者们处在同一个隐喻性三维空间之中。这些空间，虽然已经存在，但是它们还是处于可塑可造的状态，并且一直都会得到修改和改变。

社会性平台的第二个维度将注意力引向研究者和参与者生活的探究关系之上。叙事探究者们不能将他们自身从探究关系之中抽离出来。社会性平台的这个维度再一次地提醒我们注意叙事探究者们的关系性本体论。在随后章节所提供的范例中，我们会看到这是怎样实现的。

地点平台

康纳利和克兰迪宁 (Connelly & Clandinin, 2006) 将地点定义为"探究和事件所发生的特定具体的一个地点或者是一系列地点"（p.480）。理解这个平台的关键是认识到"所有的事件都发生在某一地点"（p.481）。诚如巴索（Basso, 1996）和西尔科（Silko, 1996）所提醒我们的那样，人物、地点和故事是不可分解地联系在一起的。

麦克·康纳利和我 (Connelly & Clandinin, 1994) 开始描述叙事探究的维度时，我们只谈到了两个维度：时间性和社会性。在与参与者一起探究的过程之中，我们与原住民们一起交谈，和离开了他们原来的家搬到一个新的地方生活的人们交谈，并思考我们的谈话。随着我们思考的深入，麦克和我越来越关注地点的重要性，并将它归为叙事探究的一个新的维度。刚开始，我们先反思了我们自己生活过的地点，我们两人仔细探究那些我们自己生活过的地点，探索那些地点是怎样影响和塑造了我们自己和我们的个人实践知识。我们写到过加拿大的阿尔伯塔省，我们是在那儿的乡村长大的。我们写到过我们的家所在的地方，写到过我们最先了解到的东西是如何影响和塑造了我们自己，以及我们会变成什么样的人。我们写到过机构故事、关于学校的故事和关于大学的故事是如何影响和塑造了我们。在我们写作的过程中，在更多地阅读和讨论地点和经验之间的相互联系的过程中，我们逐渐意识到需要将地点看成叙事探究的一个平台。作家莱斯利·马蒙·西尔科（Leslie Marmon Silko）的话让我们产生共鸣，她这样写道：

只要人类的意识保持在山脉、峡谷、悬崖、植物、云彩和天空之间，"场景"（landscape）这个词，在它进入英语词汇的时候，就对人们进行了误导。

"一眼可以看得到的那一部分疆域"，对场景的这一定义，并不能准确地描述人们和他／她所处的环境之间的关系。这一定义是假定观察者是处于他／她所考察的疆域之外，或者和他／她的考察疆域是分离的。观察者其实是其所考察的疆域的一部分，正如观察者脚下所站的那块巨石是其所考察的疆域的一部分一样。（Silko, 1996, p.27）

西尔科的话对我非常具有说服力。她的话让我想到，我就是格尔茨所说的那个隐喻性的游行队伍中的一部分，而我"不能在它经过时从旁观看"（Geertz,

1995, p.4）那个游行队伍。我就在情景之中，就在那游行队伍之中。作为一名叙事探究者，我在隐喻性的游行队伍之中的一个或多个位置会在当时当地一直影响和塑造着我。然而，我过去曾经生活过的那些有不同地理特性的地方，现在这些活在我的记忆里的地方，会继续影响和塑造我。托格夫尼克（Torgovnick, 1994）也谈到过故事是发生在某个特定的地点和某些特定的关系之中的。她写道：

> 那个让我不得不讲的故事在一定程度上是一个有关阶级之间差别的叙事：关于工人阶级和上层中产阶级之间的差别，关于依赖别人而生存和自己有独立的职业之间的差别，关于本森赫斯特 (Bensonhurst)* 和一个豪华时髦郊区** 之间的差别…… 你可以将那个姑娘从本森赫斯特带出来（那是很显而易见的）；但是，你可能无法将本森赫斯特从那位姑娘的生活中和记忆里抹除。（p.10）

设计考虑因素

下面我会简单阐述七个方面的设计考虑因素。它们是叙事探究者们在想象和开始计划一项叙事探究时应该考虑的七个方面。对这些方面的思考也应该贯穿探究的全过程：这些方面可以作为指南，它们会有助于我们实施一项叙事探究，有助于我们在探究的全过程中不断地进行反思，有助于我们准备最终的研究文本。

1. 研究疑题而不是研究问题

找到和确定一个研究疑题（research puzzle）是叙事性思考过程的一部分，也是研究设计过程的中心部分。每一项叙事探究都是围绕着一个特定的想弄清

---

* 纽约布鲁克林的一个社区，是托格夫尼克以前生活的工人阶级聚居的地方。——译者注
** 这是托格夫尼克后来居住的地方。——译者注

楚的疑惑（wonder）而谱写的，而不是考虑通过明确定义之后找到和确定一个研究问题（research question），也不是期望会找到这个研究问题的答案。叙事探究者找到和确定一个研究疑题，这个研究疑题会带着"一种搜索的感觉、一种重新搜索（re-search）的感觉、一种再搜索（searching again）的感觉……一种持续不断改写和重塑的感觉"（Clandinin & Connelly, 2000, p.124）。从研究问题到研究疑题的这种微妙的转变，在一定程度上会引起一些反响，因为这个转变与主流的研究叙事产生了碰撞。从研究问题到研究疑题的转变使得叙事探究者明确地表示了一点，那就是叙事探究与其他的方法论是迥然不同的。我们从经验之中开始，在经验之中结束。正如我们所论述过的那样（Clandinin & Connelly, 2000），"叙事探究是对经验的一种体验"（p.189），我们体验与参与者关系性地联系在一起的经验。"叙事探究是处于关系中的人对处于关系中的人的研究"（p.189）。在第 3 章中，我会分享这种方法的一个样例。在该样例中，叙事性开端不仅塑造了一个研究疑题，而且同时通过这个研究疑题凸显出该探究的个人、实践和社会意义。

2. 在中途进入探究实地：与参与者一起生活

叙事探究者总是在中途进入研究关系之中。这句话包含几个方面的意思：在研究者不断前行的个人和职业生活的中途；在特定的机构叙事之内工作的研究者的生活的中途，这些机构叙事包括基金资助项目、研究生的研究，以及其他的研究；在诸如大学或其他组织的机构叙事的中途；在社会、政治、语言和文化叙事的中途。我们的参与者也总是处于他们生活的中途。当我们的生活因为研究关系而走向一起时，我们都处于生活的中途。他们的生活和我们的生活也都会因为通过关注过去、现在和将来的社会、文化、机构、语言和家庭叙事的不断展开而受到影响和塑造。

在我们设计叙事探究的时候，我们需要想象性地将自身置于潜在参与者们可能的各种不同生活之中。这么做，我们就能注意想象中的参与者们的不同生活中的时间性、社会性和地点。在我们开始想象和设计一项叙事探究时，我们通常并不了解我们的参与者。但是，有时我们会不知不觉地在脑中想象那些参与者。我们需要仔细地、深入地进行自传性叙事探究（Cardinal, 2010; Chung, 2008），因为我们的这些叙事开端会帮助我们理解我们想象中的参与者可能会怎样影响和塑造这项探究。

我们在整个探究过程中开始并持续进行的这些自传性叙事探究，就是我们探究一系列不同的实地文本（例如照片、日记、记忆盒中的个人纪念品）的过程。这个过程能够帮助我们理解在与潜在的参与者们和特定的研究现象的关系之中，我们现在的自己，和我们未来的自己。我们进行的这种自传性叙事探究是我们谱写叙事开端过程的一部分。它能帮助我们找到和确定我们的研究疑题，并且开始论证我们探究的个人意义、实践意义和社会意义。有时，整个探究就是一个自传性叙事探究（参见第 9 章）。

但是，自传性叙事探究仅仅是一项探究的起点（参见第 3 章）。

当参与者和研究者的生活在中途相遇时，我们双方彼此的复杂而多样的生活都在展开之中。随着探究的开始，我们也开始影响和塑造那些让我们走到一起的时间、地点和空间，并且开始协商在一起相处的方式，以及记录我们一起工作的方式。此处我们需要思考的是，不仅仅是参与者和研究者的生活处于它们展开的中途，而且我们双方各自的生活也处于与我们紧密相连的、生活在我们周围的许多人的生活之中。更进一步来说，我们需要思考那些机构、社会、文化、家庭和语言叙事是一直不断发展前行的，我们双方都生活在各自的这些叙事之中，这些叙事也处于发展前行的中途。在这个过程中，探究者和参与者一边讲述着他们那些随着时间的推移而产生的经验故事，一边继续生活在他们的故事里。即使是到探究结束的时候，他们仍然处于生活在他们的经验故事里、讲述他们的经验故事、重新讲述他们的经验故事和重新生活在他们的经验故事里的中途。那些经验故事铸就了探究者和参与者的生活，既包括他们的个人生活，也包括他们的社会生活。

理解我们在参与者和研究者生活的中途相遇对于设想和实施一项叙事探究有启示。这些启示可以应用在诸多方面：怎样思考协商性地进入探究、怎样协商与参与者一起关系性地生活、怎样协商讲述故事的空间、怎样协商研究文本的谱写，以及最后怎样协商退出探究。当然，对于叙事探究者们来说，所谓的退出从来就不是最终的退出。我们继续对参与者保持着长期的关系性责任，这既是为了参与者，也是为了我们自身，为了我们一起所做的研究工作。正如上文所阐述的，叙事探究总是在不断前行的经验的中途开始，在不断前行的经验的中途结束。"在叙事探究中，一个故事本身可以自圆其说，但是探究的焦点要转向理解那些立于其上、其旁和其中的诸多故事，这样我们才能按照人们所生活的那样，将他们的生活记录下来。"（Downey & Clandinin, 2010, p.387）

3. 从实地到实地文本

在我们设计一项叙事探究的时候，即使是在我们见到研究的参与者之前，我们就需要开始想象这项研究。我们可以通过自传性叙事探究来开始想象，来开始思考我们将要探究的实地（field）可能会是什么样子。理查森（Richardson,1997）关于"游戏实地"（fields of play）的思想启示了我，使我保持这种想象的感觉，将与参与者在实地一起生活看作一起游戏。

实地可以是与参与者持续进行的会话，这些实地会话不是要求参与者讲述他们的故事，就是和参与者在某个特定的地点或一系列地点一起生活。因此，探究者身处实地就意味着探究者加入到在一个或多个地点随着时间的延续而展开的参与者的生活中去。萨里斯让我们注意到在叙事探究的关系性空间中，故事的讲述并不是按照"时间顺序"（chronological sequence）（Sarris, 1993，p.1）进行的。胡克斯解释说人们生活过和讲述过的故事并不是线性的——它们并不一定是"从甲点移动到乙点"（Hooks, 1998, p.xx）。在我们设想研究时，我们要记住，生活过和讲述过的故事所具有的叙事性品质 (narrative qualities) 是生发于经验的时间性本质特征的。正是经验的这种时间性，使得人们既是他们的生活故事的参与者，同时又是他们生活故事的讲述者（Carr, 1986）。

在叙事探究中，我们和参与者协商一个持续的关系性探究空间，这个关系性空间我们叫作实地（field）。如前文所述，叙事探究有两种可能的开端：倾听个人讲述他们的故事；与参与者生活在一起，经历他们生活过和讲述过的故事（Connelly & Clandinin, 2006）。采用最多的开端形式是倾听他们讲述故事，普遍使用的方法包括会话，或会话性访谈。虽然访谈也可以用于撰写与参与者有关的实地文本 (field texts)，但是会话使用得更普遍。会话能够创设出一个空间，在这个空间里参与者和研究者双方的故事都得以被谱写和被倾听。会话并不受预先设定好的问题所引导，也不以治疗、解决问题，或者提供答案为意图。有时，一些个人纪念品 (Taylor, 2007) 被用来触发故事的讲述。

在第二种开端形式中，叙事探究者开始于与参与者一起生活。在以与参与者一起生活为开端的探究中，研究者可能会创设出一个空间，这个空间能让他们与参与者生活在一起，或者，他们可能加入并成为一个仍在不断继续发展的空间的一部分（Huber, Murphy, & Clandinin, 2011）。对于以生活故事为开端的叙事探究者们来说，他们也会使用诸如会话、口述史和访谈等讲述故事的方法来获取实地文本材料。但是，当我们将研究重点放在生活故事之时，我们跟随着参与者，他们去哪儿，我们就去哪儿，我们会和他们的家人和朋友见面，我们去他们带我们去的地方。在与参与者一起的生活中，我们进入那些对参与者来说很重要的生活地点。在我们开始与参与者们一起生活的时候，我们就变成了这些地点和关系的一部分。正是这些地点和关系会召唤我们，也会召唤他们讲述那些故事。

当我们以讲述故事的方式开始探究时，我们也可能被拖入参与者们的其他关系之中。在莱萨德（Lessard, 2010）的研究中，我们看到这种情景。当时参与者斯凯 (Skye) 邀请了她的姐妹们一起参与到与莱萨德的会话中来。

无论开端是生活过的故事还是讲述过的故事，探究者需要注意个人经验叙事是如何蕴含在社会、文化、家庭、语言和机构叙事之中的。每一项探究都会反映出探究者所面临的模糊性、复杂性、困难性和不确定性，这些挑战，在探究者生活在实地、写作实地文本、临时研究文本及最终研究文本的过程中，都需要面对。

在一项叙事探究之中，我们可以采用多种方法收集、谱写和创造实地文本（我们使用这个术语表示数据）来研究参与者和探究者的经验。实地文本就是一些记录，它包括实地笔记、会话转写、照片等个人纪念品、参与者和研究者所写的文字等材料。实地文本中通常包括的个人纪念品有艺术作品、照片（既包括记忆盒中的旧照片，也包括近期有意拍摄的照片）、其他的记忆盒类物件、文件、计划、政策、编年史 (annals) 和年表 (chronologies)。有时候，个人纪念品仅仅是用作触发故事讲述的媒介，它们本身并不构成实地文本的一部分。实地文本由研究者和参与者谱写或共同谱写。多年前，麦克·康纳利和我就开始使用"实地文本"（2000）这个术语，而不是"数据"（data），我们想以此表明我们在叙事探究中所谱写的文本是经验性的、主体间性的文本，而不是客观的文本。实地文本是由研究者和参与者共同谱写的，它们是对研究者和参与者经验的反映，它们需要这样被解读，即实地文本是在研究者和参与者关系允许的范围之内对经验诸多方面的讲述和展示。有时候，当研究者和参与者仔细关注共同谱写的实地文本的时候，我们会对我们那些故事中明显的不连贯和沉默感到惊讶。无论叙事探究者们是倾听参与者们所讲述的故事，还是与参与者们生活在一起，在那些特定的地点之中随着他们生活的展开而经历那些故事，叙事探究者们对那些生活过和讲述过的故事的解释都是不间断的。*叙事探究者要注意在三维探究空间的概念框架之中与参与者一起进行关系性研究，这就要求叙事探究者和参与者认识到他们总是站在现在的立场对他们的过去进行解释（Kerby, 1991）。

在我们和参与者们一起协商关系空间，包括碰面的地点和时间，以及要参加的活动的时候，我们也在协商各种各样的实地文本。对于研究者来说，重要的一点是要保持清醒，意识到应该是有许多种方式可以讲述经验和生活出经验的。实地文本给我们提供了理解别人是如何从经验之中提取出意义的方法，实

---

* 随着时间的推移，对那些故事总有新的、不同的解释。——译者注

地文本也可能给我们指出了谱写各种不同的最终研究文本的可能性，即我们可能用各种不同的方法来表述那些被重新讲述的故事。

4. 从实地文本到临时性研究文本

"分解是科学研究方法的一个基本部分，尤其诱人的是去拆解"（Bateson, 1989, p.10）生活过的经历。当叙事探究者离开实地，在与参与者保持一定距离之后开始进行分析和解释时，他们通常会这么做，去拆解生活过的经历。这一句引言对我的触动特别强烈，因为那就是我做博士论文时的感觉，我感觉我把我的参与者们的生活都分析拆解完了，对此我有顾虑。正是因为那种感觉最后导致我告诉马克·约翰逊我的顾虑。* 如果没有和马克的那次谈话，我们也许还没有转向叙事，而正是叙事转向才使我们最终发展出了叙事探究。我们将叙事探究看作一种理解经验是叙事建构的方式，是一种理解我们该如何研究这种经验的方式。

实地文本总是蕴含在研究的诸多关系之中。我们独自，或者是和参与者一起，在叙事探究的关系性三维空间之中，开始将实地文本变成临时性研究文本。我们从谱写实地文本转向谱写临时性研究文本，这一过程充满了张力和不确定。虽然和参与者一起在实地生活的时候，解读也一直在进行着，但是，从与参与者的亲密接触中撤出、开始处理实地文本的时刻总会来到。考虑到有那么多的实地文本，例如会话转写、个人纪念品、文件、照片、实地笔记，而且这些实地文本谱写的时候都注意到了时间性、社会性和地点，实地文本分析的工作经常令人望而生畏。通过起草和共同谱写临时性研究文本来开始分析和解读实地文本让叙事探究者能够继续以关系性的方式与参与者联系在一起。在谱写临时性研究文本的过程中，叙事探究者们继续保持叙事性的思考，也就是说，他们在三维空间的框架内密切地关注实地文本。临时性研究文本通常是不完整的文本。这些暂时性的文本允许参与者和研究者在它的基础之上，进一步共同谱写

---

* 本书"导言"部分有提及这一点。——译者注

故事化的解读，以及协商多种可能的意义。将临时性研究文本拿回给参与者阅读，与参与者一起，就逐渐展开的经验的几条主线，进行进一步的协商，是谱写研究文本的中心任务。与参与者之间就临时性研究文本展开的对话可能会引导探究者重新返回实地，和参与者一起展开更深入的研究，收集更多的实地文本，来谱写研究者和参与者都认为是真实的和引人入胜的研究文本。

唐尼和克兰迪宁（Downey & Clandinin, 2010）关于"破碎的镜片"的隐喻有助于理解从实地文本走向临时性研究文本的过程。

他们注意到那些"破碎的小镜片"可以被看作：

> 是一个人在特定的时间和地点生活过和讲述过的故事……在叙事探究之中，我们并不打算重新组装这些小镜片，我们是在中途进入这些散落在一个人生活之中的小镜片的，我们是以关系性的方式来关注一个人可能有的生活，从时间性、社会性和地点三个维度去理解一个人不断前行的生活的。叙事探究者要关注在逐渐展开的生活中显现出来的多重性，我们就要关注每一块"小镜片"或小碎片的特殊性，只有这样我们才能写出各种可能被重新讲述的故事，以富有想象力和具有叙事连贯性的方式推进我们的研究。（p.391）

唐尼和克兰迪宁（Downey & Clandinin, 2010）的论述凸显出了，仔细思考从实地文本到临时性研究文本到最终研究文本的过程中，我们如何理解叙事连贯性的重要性。有时，我们会容易倾向于创造出通顺连贯的文本，并以此表明我们的生活和对这种生活的讲述是通顺的，是具有叙事连贯性的。关于生活中的叙事连贯性，凯尔（Carr, 1986）有过这样的提醒：

> 保持生活中的叙事连贯性是一个持续不断的任务，有时也是一种挣扎。如果成功了，那么它就是一项成就。作为一种挣扎，它就有对立面。用最普通的方式来描述的话，那就是时间上的无序、混淆、不连贯、混乱。这种时间上的混乱和消融，被矛盾地体现在一直不停地罗列单纯的事件的序列上。最一般意义上的体验、行动和生活就是保持时间本身的叙事连贯性，如果有必要的话，需要重新恢复时间本身的叙事连贯性，保存它，使它免

于这种内部消融成为一个个互不相关的事件。（p.96）

在我们的生活之中，我们持续不断地寻求连贯性，有时在一些情况下，连贯性看起来是不可能的。凯尔（Carr, 1986）这样写道：

> 我们的生活就是起伏不定的，有时有多一点的连贯性，有时有少一点的连贯性，它们还算不错地组合在一起。但是有时，它们也会散架。无论我们是否寻求连贯性，它都似乎是强加在我们头上的一种需求。我们的生活需要有意义。当连贯性缺少的时候，我们就会感到意义的缺少。自我的统一性，不是一种基本的身份，而是一种寻求具有连贯性的生活；不是一种预先给定的条件，而是一种成就。我们中的一些人看起来比其他人更成功，但是没有一个人是完全成功的。
>
> 我们坚持寻求具有连贯性的生活。我们正在做的就是向我们自己和他人，讲述和重新讲述关于我们是什么样的人和我们在干什么的故事。（p.97）

作为叙事探究者，我们需要保持一种开放性的态度，需要凸显我们的参与者和我们努力想要寻求连贯性的过程。那些努力有时候会成功，有时候并不一定成功。在谱写和合作谱写以及协商临时性和最终研究文本的时候，我们必须凸显这种多重多样化，并以此展现我们的生活、参与者们的生活，以及我们在叙事探究的中途共同谱写的生活中的叙事连贯性和连贯性的缺乏。

有时，这些挣扎是隐秘故事 (secret stories) 所带来的结果。正如托格夫尼克（Torgovnick, 1994）所写的："就像在我的家里一样，疾病和死亡在很多家庭中属于秘密。不将它们说出来，它们就可能不会发生。这句话本身就没有被说出来。如果我们不知道人们是怎样死亡的，我们都会永远地活下去。"（pp.177-178）托格夫尼克所表达的意思是，如果将隐秘的故事讲述出来的话，有时候叙事连贯性就会显现出来。然而，有时在生活中和对生活的讲述中，寻求叙事连贯性是不可能的，因为事件超出了人们所能想象的范围。杨（Young, 2005）在加拿大的原住民儿童寄宿学校中的经历就是一个让人无法想象的经验的例子。

5. 从临时性研究文本到最终研究文本

从实地文本到临时性研究文本，再到最终研究文本，是一个复杂、迂回曲折的过程，充满了波折。这一过程并不是一个直线发展的过程，从数据收集到数据分析，再到发表研究发现。在从实地文本转到研究文本的过程中，叙事探究者们继续与参与者们关系性地生活在一起，只不过与在实地阶段相比，不再那么集中与强烈。实地文本、临时性研究文本、最终研究文本都是与参与者共同谱写或协商的结果。作为临时性研究文本的一部分，研究者，或者是研究者与参与者一起，会围绕着最初的研究疑题写作相关经验的叙事性报告（narrative accounts）。写作临时性研究文本，例如叙事性报告，是赋予多重和多样性的实地文本以意义，使其能说明问题的方法。写作临时性研究文本是对研究关系进行更深一步的重新述说和重新生活的一种途径。

在谱写临时性研究文本和最终研究文本的过程中，我们继续生活在三维的叙事探究空间之中。我们对实地文本进行阅读、再阅读、观察、再观察，并同时注意时间性、社会性和地点。

通过仔细地注意我们和参与者们一起共同谱写出来的三维叙事空间，我们能够更深入地理解经验的多重意义。在这个探究空间之中的三个维度是相互连接、相互交织的。时间性贯穿在地点、事件和情感之中。三个维度彼此之间不是分离的。例如，如果没有对时间性的理解，我们就不能理解一个人关于一个地点的经验。在谱写和共同谱写临时性研究文本的时候，我们清醒地认识到生活经验是相互交织的。有时候，在谱写临时性研究文本时，会出现新的疑惑和不解，这时我们就再返回到与参与者的密切接触之中，探究照片，或者是探究记忆盒中的个人纪念品，或者是倾听原先没有讲述过的故事。

无论如何，最后我们还是要走到谱写最终研究文本那一步。最终研究文本的写作难度通常很大，其原因在于，就是在这一步，我们要将最终研究文本呈现给听众和读者，而我们并不认识那些听众和读者，他们可能对参与者们生活过和讲述过的经验故事一点都不熟悉。在谱写最终研究文本时，我们又返回到这项研究工作的个人、实践和社会意义的论述之上。最终研究文本包括传统的学术出版物、博士学位论文、硕士学位论文、面向学术界和非学术界听众所做的演讲报告。无论研究文本的听众和读者是谁，所有的研究文本都需要体现时间性、社会性和地点。只有当我们同时关注这三个维度时，我们才能逐渐以更深入、更复杂的方式来理解与我们的研究疑题相关的诸多经验。只有通过关注全部三个维度，我们才能看得到参与者与我们分享的诸多经验之中的中断、干扰、沉默、裂隙和不连贯。

在与克兰迪宁和墨菲（Clandinin & Murphy, 2007）的对话中，米什勒（Mishler）提醒过我们注意叙事探究者们和参与者们谱写和共同谱写的众多实地文本，在研究文本中分享出来的仅仅只是实地文本中的一部分。正如米什勒所指出的，在研究文本中，叙事探究者需要明确说明他们是如何选择突出某些特定的故事的过程。前文已经描述过，对实地文本的分析可以采用多种方法。但是，正如格根（Gergen, 2003, p.272）所警告的那样，"将故事解构成分离的码堆的分析方法"可能会因为把注意力转向别处、没有叙事性地思考经验而危及"研究的目标"。

当我们将探究空间的全部三个维度呈现给听众和读者，并继续叙事性地思考的时候，我们就将故事化生活的复杂性展现了出来。这样做，我们就避免了呈现通顺连贯的故事或者是表面故事 (cover stories)[*]（Clandinin & Connelly, 2000）。

避免表面故事，展现出探究的层次化的复杂性，让读者有可能进入研究文本，在被呈现的研究者和参与者的故事中用友爱的观点去洞察别人的世界，进行"世界旅行"（Lugones, 1987）。我们希望，创造出来的研究文本能够让读者想起他们自己的故事，将他们自己的故事与研究文本中呈现出来的故事放在一起，引起共鸣，同那些参加探究工作的参与者们和研究者们一起共同思考。最终研究文本并没有最终答案，因为叙事探究者并不是带着研究问题进行探究

---

[*]　是指那些掩盖较复杂、较真实的生活层面的故事。——译者注

的。这些文本意在促使读者对他们的实践方式，以及与他人相处的方式进行再思考和再想象。

6. 探究之中关系性的重要性

我们带着准备探索的研究疑题进入实地，开始协商各种关系。在整个探究过程之中，对研究目的、研究过程转换、研究意图和研究文本的协商是持续不断的。叙事探究者们也协商在探究期间及之后给参与者提供帮助的方式方法。在协商提供帮助的方式方法的那些时刻里，叙事探究者们经常需要履行自己的职业责任，需要表达自己的个人实践知识（Connelly & Clandinin, 1988）和社会定位。虽然我们的意图是以研究者的身份进入与参与者的关系，但是参与者们会逐渐了解并将我们看作与他们有关系的人——这里需要提醒一下我们所承担的短期和长期的关系性伦理责任。我们努力地协商提供帮助的方式；我们不会从参与者的生活和他们正在进行的生活谱写之中走开。进行关系性叙事探究意味着我们持续地与参与者们，也可能与他们的家庭和社区保持着关系。

有人将叙事探究与慢食运动 (slow food movement)* 并列在一起，将其看作一种慢式研究方法论。这种比较可能是恰当的，因为我们经常讲到在一段时间内"持续关注"（sustained attention）、在一段时间内"仔细关注"（attending closely）、在一段时间内"处于关系之中"（being in relationship）。在探究的整个过程中，我们与参与者一起生活在三维的叙事探究空间之中，我们认识到，无论是研究者还是参与者，都不会毫无改变地从探究中走出。尽管我们和参与者一起开始探究的时候，探究开始于双方生活的中途，尽管在我们谱写出最终研究文本、结束探究的时候，探究仍然结束于双方生活的中途，但是，我们认识到，故事讲述和重新讲述的关系性空间已经改变了我们，在实地探究结束很久之后，我们会继续重新生活在我们的故事中并重新讲述我们的故事（Clandinin, Huber, & Murphy, 2012; Clandinin, Lessard, & Caine, 出版中）。

---

* 慢食运动是 1986 年起源于意大利的一项抵抗麦当劳等快餐连锁店在全球不断扩张的国际运动，它主张保存传统的和地方性的烹饪方法、使用当地出产的植物和动物为食材。——译者注

作为研究者，我们关注我们在探究之中发生了怎样的改变。我们经常会回过头去思考这项探究的实践和社会意义。深入地倾听并对我们生活过和讲述过的故事的变化的探究，可能会促使我们关注不同的事情、改变我们的习惯做法，并且创造出一些我们的工作和生活可以有所作为的可能的社会政治或理论空间。

7. 叙事探究的定位

一些形式的质性研究方法致力于寻求贯穿在不同参与者之间的共同主题，或者是使用参与者们的故事来发展或验证现存的分类或概念系统。作为叙事探究者，我们并不是这样看待我们的研究工作的。因为叙事探究关注的是个人的生活，而这种个人的生活是随着时间的推移而谱写的，是在与他人的关系之中谱写的，是在特定的一个或多个地点的情景之中谱写的，因此，叙事探究的焦点保持在探究过程之中人们生活过和讲述过的生活之上。从叙事探究之中生发出来的知识具有特殊性和非完整性的特征，这种知识不倾向于普遍性和确定性（Clandinin & Murphy, 2007），而更倾向于对其他可能性的思考和想象（Bateson, 2000）。

从叙事探究与基于其他认识论和本体论的研究方法之间的隐喻性边界地带出发，我和罗谢克（Clandinin & Rosiek, 2007）勾画了叙事探究与其他具有不同前提的研究方法之间的联系和区别，那些基于其他认识论和本体论的研究方法包括诸如后实证主义、后结构主义和马克思主义等。在本书的"导言"部分，我们已经论述过叙事探究者与其他方法论的研究者所持的经验观是不同的。以此为出发点，我们追溯了杜威的一种经验观，即"经验是人类思想与我们的个人、社会和物质环境之间的持续互动"（p.39），是如何在众多的方法论之间影响和塑造了"所提问题的类型和所用方法的类型"（p.43）。对经验的这种理解也影响和塑造了探究将会如何展开和进行，以及随后的探究结果将会被如何分享给更多的读者。研究者们在诸多方面持有不同的看法，这些方面包括对现实的看法，对探究之中知识生发的看法，对经验与环境之间关系的看法，对"个人经验作为一种有效的经验来源"（p.48）的看法，对研究者与参与者之间关系的看法，对这些方面的各种不同的看法都会影响和塑造出不同的方法论。

叙事探究还有另外一种定位，这种定位对叙事探究本身很重要，我会在第3章进行阐述。

尾注

1. 我们理解，从一个人的角度看，知识和身份 / 自我认同是紧密相连的。叙事性地思考身份指出了一个人的个人实践知识与这个人过去和现在所生活和工作的多种场景之间的相互依存关系。"赖以生存的故事"（stories to live by）的概念让我们能够讨论那些我们每个人都生活过并讲述过的关于我们现在的自己、我们未来的自己的故事。这一概念强调我们每个人生活的多面性——我们的生活是围绕着多条情节主线，随着时间的推移，在各种不同的关系之中、在各种不同的场景之中，被谱写、被实践和被讲述的。

3　叙事性开端：
与迪恩的一次午餐对话

在第 2 章题为"个人理由"的一节中，我谈到过，在所有的叙事探究的开始，叙事探究者们都要进行一个自传性的叙事探究（Cardinal, 2010; Clandinin, 2006; Chung, 2008）。在叙事探究中，叙事探究者们开始于对自己经验故事的探究。因为叙事探究是一种持续的自反性 (reflexive) 和反思性的方法论，叙事探究者们需要在每一项探究开始之前、之中和之后不断地探究他们自己的经验。

作为叙事探究者，在写作和探究我们的叙事性开端的时候，我们需要通过三维叙事探究空间来关注我们自己的经验。在进行自传性叙事探究以形成我们的叙事开端的过程中，为了理解，有时也为了命名我们的研究疑题，我们有时需要回溯到童年时期的生活。在自传性叙事探究之中，我们也需要关注自身故事发生发展的诸多地点，并且明确说明那些个人、社会和政治环境都影响和塑造着我们的理解。虽然叙事性开端是形成研究疑题的很重要的一部分，但是，并不是全部的叙事性开端故事都有必要成为最终发表的研究文本的一部分，我们仅仅需要和读者分享那些有利于他们更好地理解我们的研究疑题和研究发现的部分。关于这一点，我会在本书第 4 章进一步解释。

（以下内容引自 Narrative Curriculum Making as Identity Making: Intersecting Family, Cultural, and School Landscapes, by Marilyn Huber, 2008 doctoral dissertation, University of Alberta, Edmonton, Canada (pp.1-32). 此处的引用得到许可。）

第一章：叙事性开端

　　现在是午餐时间，迪恩回到了食品学习课的实验室里吃午餐。迪恩[1]是一个八年级的学生，上午第三节课，他刚上了食品学习课。食品实验室是学校指定安排他吃午餐的教室。迪恩和他的一些朋友边吃边聊，这些朋友没有选修食品学习课，我也不认识他们。当迪恩和他们互动的时候，我可以感觉到他对这间教室的熟悉，我听见他对他的朋友们讲述上午食品学习课上发生的故事。听着他讲的故事，我感觉很诧异，对那一堂食品学习课他作为学生和我作为老师的经历是如此的不同。迪恩走过我正在忙碌收拾的厨房区域的时候，短暂地停留了一下，跟我打了声招呼。我回了声招呼，并继续聊起了他对他的朋友们谈的话题。我说我很高兴他选了食品学习课，并且喜欢这门课，但是他需要表现得"更好一些"（get better）。当我那么说的时候，迪恩的脸上显得很惊讶，然后，他尊敬地回答说他是在尽力"表现好"（be good）。（记忆重构［memory reconstruction］[2]，2003 年 9 月）

这个发生在初中食品学习课教室中的短暂一幕在我的记忆里停留了很久。在那件事过去很久之后，我依然记得它。最开始，我被自己对迪恩所说的，告诉他要他"更好一些"的话所困扰。我通常和学生不是这样交流的。这不是我作为老师所赖以生存的故事(stories I live by)[3]。我知道我需要进行更多的思考，思考在我们的生活相交的那一刻，我和迪恩各自是什么样的人。

还有一点使我困扰，那就是我感觉到，迪恩在回答说他是在尽力"表现好"的时候所表现出来的那份真诚。我禁不住想，为什么我没有看出来他表现好呢？我对迪恩的理解是怎样影响和塑造我在这个学校里的定位（positioning）的，同时我在这个学校里的定位又是怎样影响和塑造我对迪恩的理解的？尽管我在其他的初中和高中学校环境下教过食品学习这门课，但是，我对东园中学尚不熟悉，这还仅仅是开学的第二周。也就是说，在和迪恩那次午餐对话之前，我们在一起度过的时间只有四节48分钟的课而已；加在一起也仅仅是3个小时多一点，这在我们各自的生命整体中，根本算不了什么。

我对迪恩的想法是不是受到了我对东园中学不熟悉的影响，而正是因为我的不熟悉才使我没有看到关于他的细节？是不是就像格林（Greene, 1995）所写的那样，我将迪恩看小了(seeing small)，我是"从一个超脱的角度看……从只关注趋势和倾向的系统的角度来观察和判断行为"（p.10）？又或者是正如贝森（Bateson, 1994）所阐述过的，迪恩在我的视野焦点范围之外？针对不同的关注或观察的方法，贝森曾做过如下的阐述：

> 我知道，如果我将视野收窄，努力地去看什么东西，我很可能会看到新的东西——就像草茎之间的小虫需要目不转睛地盯着它看一会儿之后才会发现一样。弱化那种注意力的集中也很重要——我听说捕获流星划过天际一刻的最好方式是将其放在视野的边缘位置。（pp.103-104）

我是否将注意力过度地集中在成为我想成为的那种老师、这所新学校真正的教师——按照学生不同的身体情况、学识、种族、语言、宗教及课程需要进行计划和教学；合理组织和安排有利于学习、有利于学生之间以及学生与我之间关系建立的教学空间；以及逐渐了解并尽力达到同事们对我的期望——因此，我对在我视野的边缘正在展开的故事视而不见？在所有这一切之中，我是不是还不能够捕捉到迪恩逐渐展开的生活中的片刻？

叙事性地思考学校生活

当迪恩的生活和我的生活在东园中学食品学习课教室内相交的时候，我已经从教 15 年左右了。在这之前，我已经开始叙事性地思考学校生活了，因为我有好几次进行叙事探究的经历。这些经历包括：我的硕士学位论文研究中所做的关于我的教学经验的叙事探究（Huber, 2000）；我以教师作为合作研究者的身份参与的一项合作性博士学位论文研究（Huber, 2000; Whelan, 2000）；以及我以研究助理身份参与的多个大型叙事探究项目中的一项研究，那项探究的成果后来出版为一本合著的书《谱写多样化的身份：对儿童和教师相互交织生活的叙事探究》（*Composing Diverse Identities*：*Narrative Inquiries into the Interwoven Lives of Children and Teachers*, Clandinin et al., 2006）。这些经历让我有机会体验同时作为教师和叙事探究者的生活，这也就意味着在我试图去理解迪恩的生活和我的生活相交的时候，我是按照克兰迪宁和康纳利所构想 (conceptualization) 的"三维叙事探究空间"进行叙事性思考的（Clandinin & Connelly, 2000, p.50）。

以杜威的研究作为这种叙事探究空间的基础，克兰迪宁和康纳利做过以下的论述：

> 我们使用的术语是个人和社会的（互动性）；过去、现在和将来的（延续性）；以及与地点（情景）的概念的结合。这一套术语创造了一个隐喻性的三维叙事探究空间，其中一个维度是时间性，另一个维度是个人和社会性，第三个维度是地点。使用这套术语，任何具体探究都可以通过这个三维空间进行定义：叙事探究具有时间维度，会讨论时间问题；它们同时聚焦于个人和社会，会在两者之间找到一个合适的平衡；它们发生在特定的一个或多个地点。（p.50）

叙事探究的个人—社会维度空间使我对问题、疑惑和联系进行内视和外观：内视考察"内部情况，例如感觉、希望、审美反应和道德修养"，外观考察"外部生存状况，即环境"（p.50）。叙事探究也使我从探究一开始的时刻就注意按照"时间维度空间，即过去、现在和将来"（p.50），来进行回溯与展望。叙事探究的地点维度空间使我"注意探究情境之中具体实际的地理性位置地点和地形性位置地点"（p.51）。

在迪恩和我的那次午餐对话发生之后的几个月中，我总是回想到对话的那一刻，每次回想都会有一种不舒服的感觉。我总在思考，当我努力试图"看大"（see big）迪恩以及东园中学情境的时候，我对它们两者的理解会发生怎样的改变？格林（Greene, 1995）写道：

> 要将事物和人物看大，我们必须……从它们的全貌和细节来观察它们……如果我们想要了解人们所制订的计划、所采取的举措和所面临的迷茫的话，我们必须从正身处其境的参与者的视角进行观察。（p.10）

迪恩将什么样的教学故事带到了学校和食品学习课的教室？他是怎样故事化自己的？他是怎样"生活在展开的生活故事里、讲述自己展开的生活故事、重新讲述自己展开的生活故事和重新生活在展开的生活故事里的"（Clandinin & Connelly, 1998，p.246）？这些变化着的诉说是怎样被他生活于其中的文化和家庭情境所影响和塑造的？

在对经验性质的探索中，杜威强调只有当经验持续地推动我们在"体验的连续统"（Dewey, 1938, p.28）上不断向前时，这项经验才会有教育意义，才能促使人们成长。

缺乏教育意义的经验，那些彼此之间互不相连的经验，会有"阻止和扭曲经验进一步发展的效果"（p.25）。在迪恩的经验和我的经验之间，有着什么样的连续性与非连续性？我们的故事是怎样被我们生活相交的特定情境所影响和塑造的？通过探究迪恩和我生活过的故事的交叉点，探究我们的这些故事之间的相互碰撞，以及和影响、塑造东园中学情境的主流故事的碰撞，我可以学到什么？

在本章中，通过使用克兰迪宁和康纳利所构想的三维叙事探究空间作为概念框架，我重新思考我的经验叙事，探索我的那些故事，我把那些故事随身携带到东园中学以及我与迪恩的互动之中。我也探索我作为一名教师的故事和那些我进入东园中学情境后遇到的故事之间的连续性与非连续性，这些连续性与非连续性，我都亲身体验过。这种多方向的探究使得我想知道迪恩所可能经历过的连续性与非连续性，并且开始想去他的世界旅行，去理解他的生活。作为理解迪恩的世界的探究尝试，我会关注冲突性的故事，关注它们所产生的张力(tensions)，并展示它们是如何将我引导到了我的研究疑题，那就是，探究家庭故事和学校故事之间的交汇，以及这些故事是如何被社会、文化和机构叙事所影响和塑造的。

在多个方向跨越多重世界进行旅行

每一次回想迪恩和我对话的那一刻，我内心就感到一种强烈的张力。随着时间的推移，我越来越对这种持续不散的张力感到好奇，我开始注意它在我讲述过的故事中的多次出现。我意识到在我告诉迪恩需要"表现更好一些"的故事中，我特别强烈地感觉到这种张力。我对此感到迷惑不解，我想弄明白为什么我的感觉在这个特定的地点会被如此强烈地强化。朝着这个方向进行的思考使我想起了卢格尼斯（Lugones, 1987）所说的关于我们是"如何生活在诸多个'世界'里，在它们之间旅行，并保持所有的记忆的"（p.14）。随着我们生活的不断展开，我们进入多重世界之中，并在多重世界之间旅行，卢格尼斯的这种想法向我们展示出：在我们跨越多个"世界"，进行"世界旅行"的过程中，我们构筑 (construct) 出我们自己以及我们正在干什么的形象，同时也构筑出别人以及他们正在干什么的形象。带着这些来自多个世界的形象旅行，我们就能增加对我们自己、对他人以及对我们所处的各种生活情境的理解。

认真地思考我对迪恩的回应将我和我生活过的其他世界联系了起来，也将我自己在那些世界中的形象联系了起来。特别是，这项思考使我跨越时间和地点，把我拉回到那个时刻，让我回想起我与一位11 年级教化学 20 课 * 的老师之间发生的事。

在我生命的那段时期，我感觉那位老师是在用系统的眼光"看小"我。可能当时我也是用那种相似的眼光看迪恩，而迪恩也可能经历了我关于他的一个刚刚开始发展的故事——我"看小"他的故事。

> 我在走廊里等着化学10课 ** 拖在最后的几名同学离开化学实验室。他们的课在 10 分钟之前就结束了，此刻他们仍然在和辛普森老师谈笑着。我想"好吧，至少我知道了辛普森老师现在心情好"。等最后一个学生离开之后，我走进了教室。辛普森老师已经开始在那儿吃他的午餐了，我听到我的肚子也饿得一阵咕噜作响。我问他有没有时间帮帮我。我有点犹豫地解释说，上个单元测验中考过的一些概念我还是不太懂。我们刚刚学完了这个学期的倒数第二个单元，可我知道我几乎过不了这门化学 20 课。我感觉自己似乎正站在过关和不过关的边缘位置，这种感觉让我不舒服，也让我无法接受。辛普森老师边吃饭边示意我在他身边

---

* 相当于中国高二化学课。——译者注
** 相当于中国高一化学课。——译者注

坐下。我将附近的一把椅子拖过来，坐在辛普森老师的旁边，打开我的文件夹，翻找了几份文件之后才找到上次课发下来的这次单元考试的试卷。试卷第一页上我那刚刚达标的分数跃然眼前。虽然我意识到辛普森老师已经知道了我的分数，但是我还是将那份试卷向上推了推，想要利用散放在辛普森老师桌子上的那些文件来掩盖住写在试卷顶部的分数。我说前一天晚上，我重温了这次考试，想要弄明白我究竟错在哪儿。我说我已经弄明白了几处错误的地方，但是还是不明白我用的几个公式为什么是错的。辛普森老师将我的试卷顶部从遮挡它的那些文件下面拿出来，翻阅了一下我的试卷。过了一会儿，他问我："你为什么用你的午餐时间来寻求额外的帮助，想弄明白这些东西呢？你觉得你需要它做什么呢？"

我对他的问题以及他说话时严肃的语气感到很惊讶，我挣扎着想找出一个合适的答案回答他。辛普森老师一般只有在生气的时候才会严肃……我很疑惑，"为什么他生气了？难道他看不出来我正在努力但还是有些问题弄不懂吗？可能我猜测错了，他现在的心情不好。"我说，"我之所以来这里找您，是因为我想考过化学 20，那样我就可以继续学化学 30[*] 了。我想高中毕业时尽可能多拿一些学分，为进入大学学习[4]做好准备。"我知道高中毕业后直接进入大学学习需要修两门科学课，目前为止，我打算只修化学 20、数学 20、英语 20 和社会 20[**]。

我知道辛普森老师知道我只选了一门科学课。带着满脸严肃

---

[*] 相当于中国高三化学课。——译者注
[**] 这些都是相当于中国高二的课程。——译者注

的表情，他用同样严肃的语气继续说："我知道你觉得化学很难学，所以我搞不明白你为什么还想要继续学它呢？我的意思是，我希望你想想这个问题。你知道的，高中毕业后，你可能很快就会结婚，也许就是和杰伊结婚；结婚后，你们很可能会要孩子，这样你就成了一位家庭主妇。那么为什么还要学化学呢？做一位好的家庭主妇是用不着化学的。"

我对他的话大吃一惊，什么也说不出来。与此同时，我心里像打翻了五味瓶——气愤、羞辱、受伤、震惊、难以置信、窘迫、不信任——这些感觉交织在一起，在我心里翻腾。我默默地想：他是认真的吗？他为什么认为那就是我未来生活的全部？他认为自己是谁可以这样对我做出评判？我感到情绪激动，头脑一阵发热，这种激动和燥热传遍全身。我想它们也开始在我的脸上表露出来了。（记忆重构，2003 年秋）

回到从前这段记忆，记忆中的我是个觉得修习化学 20 课程很难的高中生，这段记忆在我心里激起了很多的思考。辛普森老师和我之间的那段对话是怎样影响和塑造了我如何看待我自己以及与辛普森老师之间的关系的？这些关于我自己在这个世界中的记忆是怎样影响和塑造了，并且还在继续影响和塑造着我现在要做什么样的老师、我未来要成为什么样的老师？回想到当时我心里的复杂感情，以及辛普森老师和我分享他对我未来生活故事的预测和看法时我对他的无言以对，很明显地，对于我在课堂之中是什么样的学生、在学校内外我又可能成为什么样的人的问题，辛普森老师的理解和我自己的理解之间有着天壤之别。带着与辛普森老师之间的这段经历，再想想我和迪恩之间的那一幕，我禁不住会想知道当我告诉迪恩要"表现更好一点"

的时候，他的心里是什么感觉。他会不会也感觉气愤、羞辱、受伤、震惊、难以置信、窘迫和不信任，就像当年我和辛普森老师相处的那一刻时所感觉到的一样？是不是因为我与辛普森老师之间的这段记忆、这些感觉，使得我每一次想到我对迪恩所说的，我觉得他要"表现更好一点"时就特别能感觉到这些张力？

正如辛普森老师和我的故事让我看清了他和我之间对于我那时是什么样的学生、我以后又可能成为什么样的人的问题有着迥然不同的理解一样，我禁不住想知道在迪恩的心里，他对自己是什么样的学生、以后又可能成为什么样的人的问题的理解和我对他的理解之间有着什么样的距离？他以后讲述和重新讲述我和他之间的这一幕时可能会说些什么？

觉醒于学会认识学校和家中不同的自己

回想我与辛普森老师之间那段经历的时候，我记得我对自己的认识是：我知道我会像顺利通过其他课程一样，能够学习并且通过化学20和化学30的课程。根据我以前的上学经历，结合我以前和现在的许多老师与我之间的正式和非正式的互动，以及我在成绩报告册上所得到的评语，我逐渐知道我自己是这样一个学生：成绩中等，但是如果我更努力一点的话，成绩会高一些；待人和善，但是有时学习态度不够端正；爱说话、问的问题实在太多；整天忙于和同伴们一起的社交活动。随着时间的推移，在这所小规模的乡村学校中，我从幼儿园一直读到12年级。从小学升入初中，再从初中升入高中，对于别人告诉我的以及与我有关的关于我是一个什么样的学生的故事，我感觉越来越熟悉，也越来越能接受。虽然我知道我的父母对我的期望是，我能够付出更多的努力，充分发挥出我的能力；我能够活出尊敬老师、对自己负责的生活故事，但是我对自己的中等成绩感到满意，并没有想要拿高分的动力，只想维持现状。我对所修习的每一门课的满意或不满意程度和学习积极性或多或少与我对任课老师的爱戴和尊敬程度、那名老师与我的互动方式，以及我对那门课程的感兴趣程度相关。

虽然 10 年级时我已经发现化学 10 课程不是很容易学，但是我还是进入了化学 20 的课堂，我想象着我会继续活出那些我熟悉且感觉自在的"我是一个什么样的学生"的故事，那就是，我最终会以中等成绩拿到化学 20 课程的学分。从 9 年级开始，辛普森老师教过我科学、生物和化学，我喜欢他的教学方式和他与学生互动的方式。虽然我不是特别喜欢化学 20，也不认为这门课容易学，但是我将它看作通往化学 30 的必经之路，因为化学 30 是我高中毕业后直接进入大学学习的必修课之一。老师们经常告诉我们这样一个故事，那就是，高中毕业时修完至少 100 个高中课程的学分会让我们未来的成年生活有更多的机会和更多的选择。作为一名高中学生，我对老师们的话深信不疑。我相信，修完至少 100 个高中课程的学分不仅是我通往高等教育之路的起点，也是我将来获得较高经济收入的职业的保证。除了希望有一个成功的未来（我所想象的这个成功的未来包括高等教育），我也并不希望以后听到关于我没有能力学习或者很容易接受失败的故事。

回想到我在别人眼中的学生形象和我对自己学生形象的理解，我认识到辛普森老师眼中当时和未来的我与我自己眼中的我是不一样的。辛普森老师对我生活的评论和展望，其中所包含的那些关于我的故事，直到他讲出的那一刻，我都未曾听到有人那样说过，我自己也从来没有想过要过那样的生活。至少在我对这段经历的记忆中，辛普森老师关于我是一个什么样的学生以及我会成为一个什么样的人的故事，与我对自己是一个什么样的学生的故事不一致，也与我听到的我的朋友、同伴和家人眼中关于我的故事不一致。与杜威（Dewey，1938）对人们需求经验连续性的论述一样，凯尔（Carr, 1986）对我们生活中需求连贯性的探讨，让我更全面地理解了我在辛普森老师的评论中所体会到的内心冲突。凯尔这样写道：

> 我们的生活就是起伏不定的，有时多一点连贯性，有时少一点连贯性，它们还算不错地组合在一起。但是有时，它们也会散架。无论我们是否寻求连贯性，它都似乎是强加在我们头上的一种需求。我们的生活需要有意义。当连贯性缺少的时候，我们就会感到意义的缺失。（p.97）

回想着重构起来的辛普森老师和我之间的那一刻，我认识到，我当时感受到的各种情感，以及我对辛普森老师的无言以对，也许都是因为我体会到了那种不连贯性、那种我们彼此的故事相互矛盾碰撞的地方。

虽然在那一段时间之内，我逐渐适应并接受了我是一个不尽自己最大的努力去争取最好的成绩、安于平庸的学生的故事，但是，在我所生活的其他世界里，这个故事从来没有流入过，特别是没有流入到我的家庭世界之中。从记事开始，我就记得我的父母教育我和我的兄弟姐妹要做好自己的工作并以此为荣。虽然他们期望我们将事情做好，但是在家里，将事情做好的评判标准并不像在学校里的成绩评判标准那样明确和严格。相反的是，在家里时"干得不错"这个评语用在我和我的兄弟姐妹身上时，可能标准并不相同，用在我们做的不同的事情上时，可能标准也不相同。我记得，我十几岁的时候，我爸爸第一次让我搂干草。我非常兴奋，因为我将那项工作看成可以将皮肤晒黑的机会。那个时候的我将晒黑皮肤看成头等大事。直到我们到了田里，在爸爸向我演示了做搂干草活儿的细节的时候，我才开始怀疑，是否有比这个更容易的方法让我既能帮忙干点夏天的农活，同时又能将皮肤晒黑。

搂干草的农活其实就是将已经割倒的两垄干草翻转并合并成一垄，以便草干燥得更快一些，可以早一些捆起来。我搂了几个小时，越搂我对自己的能力越有信心，我驾驶搂干草的拖拉机的速度也越来越快。我不仅仅是想让爸爸对我干完了这么多活感到自豪，而且我也知道搂过之后的干草如果能即时捆起来的话，那干草的质量是最高的。况且，开着拖拉机快速地跑也好玩得很。当时，我心里想着在爸爸回来查看草的干燥程度之前，我要将所有的草都搂完。很快我驾驶着的拖拉机只有在去搂那些位于田垄弯角和蜿蜒地带的干草时才会稍稍放慢一点速度，因为那些地方的干草是顺着那块地的地形生长的。想到夏日午后阳光的热度、整个下午不停地吹过的微风，以及我暴露在外的晒成了红色的皮肤，我知道搂过的草一定会干燥得很快的。

爸爸来到田里。他将卡车停在外垄边上，走过了几垄干草，查看着它们的干燥程度。我想爸爸在注意到我的努力和我干活的速度之后，心里肯定是乐滋滋的。不出所料，他跟我说他对我的努力感到很高兴。我记得，在表扬我的同时，他也给我指出了好几处漏掉的地方，在那些地方，原来分列两垄的草还没有被搂成一垄。因为草已经很干燥了，需要立即将它们捆起来，所以爸爸也没有多少时间跟我说闲话。即使如此，爸爸还是抽出了一点时间提醒我为什么我们需要花费资源将这些草晒干捆起来。其实我对爸爸跟我解释的那个故事很熟悉，因为在那些年里，那也是我亲眼所见的。冬天的时候，我们需要用那些干草喂养奶牛，因为只有到了春天后，奶牛才能以青草为食，在没有青草的漫长的五六个月的冬季，它们就只能依靠我们现在收割的干草。我知道我们家是浪费不起人力和农用机械的使用的。然后，爸爸问我什么时候才能从他或者妈妈身上学会做事不急于求成或偷工减料。他跟我说，我的表现是个问题，因为我这样做不仅将一部分干草遗落在田里不收割起来浪费掉，而且给后面开捆草机捆草的人带来额外麻烦，他／她要开着捆草机到处去捡那些遗留在田里的干草。我记得当爸爸转身离去的时候，他还转过头来告诉我他回家去开捆草机，半个小时后会回来，在那段时间里，他希望我能将剩下的草都搂完，并且回到那些我遗漏的地方，将那些草也搂好。当爸爸开着捆草机回到田里的时候，我已经将活儿全部干完了。所有的干草都整整齐齐地躺在搂好的田垄里。

虽然在学校里的时候，绝大多数情况下，我一般是安于平庸不追求卓越的；但是在家里的时候，我知道安于平庸是我的父母所不能接受的。与父母一起的时候，我知道我总有学习和进步的空间，我可以提问，也可以让他们示范给我看，我也逐渐明白，他们期望我学会在干活和学习的时候注重细节。对于我的爸爸妈妈来说，我只搂了干草的百分之六七十是不够的；但是在学校里，我拿一个 60 分或 70 分，在我的老师眼里似乎是可以接受的。

在辛普森老师与我的那次午餐对话发生的时候，我并没有注意到我的家庭经验和学校经验之间的不同，那种不同存在于我的家庭和社区生活故事与我的学校生活故事之间。沿着时间维度和地点回溯我的经验让我更进一步地思考与迪恩之间的对话。回到我关于他需要"表现更好一些"的评论的思考，这个思考一直悬而未决，因为我想知道迪恩是怎么看那个评论的。他不可能知道我所说的"表现更好一些"指的是他的学业成绩、工作习惯、与我和他人的互动方式还是什么其他的方面。我没有像我爸爸一样，花时间跟他解释为什么我需要他表现得更好一些，以及怎样才能表现得更好一些，我并没有和迪恩说清楚我的话的意思。我想知道我的话可能会怎样影响和塑造迪恩对学校和家庭故事的不同感觉，那种存在于他的家庭和社区生活故事与他的学校生活故事之间的不同。

叙事性地理解学校环境

我关于学校环境的理解是以克兰迪宁和康纳利（Clandinin & Connelly, 1995）的"专业知识场景"（professional knowledge landscape）的隐喻为基础的。他们首先使用了这个隐喻，将其作为一种方式去描写学校复杂的历史性、现时性、个人性、专业性、关系性、智力性和道德性。克兰迪宁和康纳利的研究表明，课堂内和课堂外的两个不同的知识和道德形成的地点组成了学校专业知识场景的结构。当教师在这两种地点之间不停变换走动时，他们可能，也经常会，体会到进退维谷的困境和各种各样的张力。理解教师如何处理这些困境的办法之一就是关注那一套相互连接的故事——教师的故事（teacher stories）、关于教师的故事（stories of teachers）、学校的故事（school stories）及关于学校的故事（stories of school）（Clandinin & Connelly, 1996）。这些故事经常互不相同，当它们在学校的专业知识场景中交汇时，会形成各种各样的张力，理解这些张力的办法之一就是认识到相互矛盾和相互竞争的故事（conflicting and competing stories）能够同时并存（Clandinin & Connelly, 1995）。相互矛盾的故事可以理解为那些与学校主流故事有冲突碰撞的故事，相互竞争的故事可以理解为那些能够促进学校主流故事积极发展的有活力的故事。这种不排除张力存在的、叙事性地理解学校环境的方式使我能够继续探究我与迪恩之间的互动。

再思考迪恩与我的生活的相交

克兰迪宁和康纳利（Clandinin & Connelly, 1996）将关于学校的故事描述为：人们所讲述的关于某一所具体学校的故事，故事的讲述人可以是校董会的成员、相关家庭、学校环境内外的从业人员。如果将这种关于学校的故事的理解应用在我与辛普森老师相遇的学校场景的话，那么我所经历的学校的故事应该是属于一个社区学校的。也就是说，只要是住在那个社区的学生，不管他们之间多么不同，都可以在那所学校就读。我所在的乡村社区还有另外两所学校，但它们不是社区学校，它们与特定的宗教信仰和教会组织有关。那两所学校只接收属于那两个教会且遵守其相应教义的家庭的孩子就读。关于这两个学校的故事是这两个学校依据宗教信仰和行为规范隔离自己的故事。

根据克兰迪宁和康纳利（Clandinin & Connelly, 1996）的描述，学校故事的讲述人是学校内的从业人员。当教育政策和教育任务与学校场景发展的历史以及生活在学校场景里的人们相交时，这些学校故事就被影响和塑造而成了。我童年时期所就读的学校的一个学校故事是，作为一所社区学校，如果有儿童或青少年因为宗教信仰的原因而不能参加例如圣诞音乐会之类的庆祝活动时，学校会给这些学生在远离庆祝活动的地方开展其他的活动。

教师故事是教师所讲述的关于他们自身的故事，通过这些故事他们看清他们的教学实践和他们的生活。我所看到的辛普森老师与他的高中学生之间的一个教师故事是，他喜欢嬉闹，也就是他喜欢讲笑话和开玩笑。他似乎不仅喜欢开年轻人的玩笑，或者是在开其他老师的玩笑时捎带上年轻学生，而且他似乎也享受别人开他的玩笑。他经常在单元测验和期末考试的试卷里印上书面的笑话，我知道他这样做是为了减轻学生对考试的焦虑。与关于学校的故事类似，关于教师的故事是关于某一个教师在学校情境内外的故事。我想可能就是因为那些我听说过的关于辛普森老师的幽默感和喜欢嬉闹的故事，才使我一直想修习他所上的课程中的一门，我的这种想法在9年级他成为我的老师之前很早就有了。

迪恩和我的生活在东园中学相交，当我进入东园中学时，我对它的专业知识场景还知之甚少。我对它的了解大部分来自朋友和同事们分享的故事，而那些朋友和同事要么是隔壁小学和初中的现任教师，要么曾经在那儿待过。他们分享的东园中学的故事有的是关于跨核心课程的[5]和跨年级的协作备课的，有的是关于过去他们是怎样带着同一批学生跟班任课，以及在7、8、9三个年级循环流动的。虽然这种跟班上课、循环流动的做法在多年前就停止了，但是这个故事的"残余"似乎仍然在影响和塑造着现在的教师故事和学校故事。我的朋友和同事们和我分享的东园中学的故事，也包括这个学校充满了来自各种不同的宗教、种族和经济背景的学生家庭的故事，以及因为这些差异而引起的学校内外偶然会出现的各种紧张气氛的故事。那些关于紧张气氛的故事经常与东园中学的名声联接在一起。东园中学的学生在这个学区里被人们看成"有轻微至中等行为问题"的年轻人。从朋友和同事的口中，我经常听到关于这所学校教师流动快、流失严重的故事，但是在最近几年，这种高频率的流动似乎渐趋稳定。其他近期的学校故事主要是关于伴随着新任校长和副校长的就任，学校的工作人员会有变动。

在学年开始的最初几天里，学校里只有教职工，没有学生。我仔细关注在教职工会议上分享的学校政策和故事，仔细关注不同教职工所讲述的学校故事和关于学校的故事。我这么做是为了更好地熟悉东园中学专业知识场景的故事化特征。在开学初那几天与其他教职工的正式和非正式的互动中，我了解到一些学校情况：例如，绝大多数东园中学的同事从教生涯在八年以下；只有包括我在内的三名教师是新进校的教师；选修的课程，例如职业与技术学习[6]、戏剧、艺术，每三个学期会轮流开设一门，但是核心课程和体育、乐队和法语一整个学年都开设；一节课是48分钟；所有课程的学生人数比前几年都要多；不会根据教室的大小、预期的教学结果的不同、教学设备和资源的有无等条件而区别对待不同的课程；学习应该是互动的；教职员工应该共同努力，本着尊重学生多元文化背景的原则与年轻学生和他们的家庭携手合作；教师需要与学生家庭一直保持沟通和交流；课堂互动和课堂规则必须反映高质量的学习成果和有秩序的学生行为；青年学生、学生家庭和教师之间产生的麻烦和观点的不同应该在提交学校行政管理人员之前先行解决；课间只留两分钟供学生换教室上课，这样安排一方面是为了减少学生逗留在走廊而产生的打闹行为，另一方面是为了提高学生按时到教室上课的责任心；在课间换教室的两分钟时间内，所有的学校行政管理人员和教师都要在走廊上，监督学生换教室；为了提高学生的读写水平以及改善学生在全省和学区考试的成绩，学校推行一个全校规模的识字项目；学校关注的焦点是发展和深化学生的批判性思维能力，这一焦点贯穿了所有的课程和所有的学校活动。

那一学年最初的几天，我们大部分时间都花在全校会议和小组会议上，我感觉很多的交谈聚焦于对政策和学校故事线性开展的探讨。我们的讨论几乎都是关于怎样提高学生的学业成绩、怎样更有效地管理学生的校内行为等话题。在倾听这些与政策和学校故事有关的谈话的时候，我就在想东园中学每天的日常生活真的能以这样有序的方式、线性地展开吗？我在其他学校场景中的经验是，无论在开学初的几天里学校看起来多么地整齐和有效，到后来日子一长事情总是变得越来越复杂、越来越不确定。就像格林（Greene, 1995）所描述的那样，它们变得越来越凌乱：

> 布告栏上到处贴满了各种通知和说明，它们与学生的涂鸦或者自白诗交错重叠。城市学校里可以看到各种乱写乱画、剪贴纸、简笔人物画；官方的声音响彻校园内外；艺术家到访时所带来的片刻亮光；一圈又一圈的学生书写日志并关注彼此的故事。有些学生家庭之间相互讲述着头天晚上发生的事，描述着他们失去的亲人和失踪的亲人，寻求相互之间的支持。嘈杂的学校走廊就像是古老城市的后街小巷，充满了说着不同语言的学生们，他们保持着自己身体独特的姿势，四处张望，搜寻着盟友和朋友。人们可以听到尖叫声、打招呼的声音、威胁声和RAP音乐，可以看到金链子、印花的紧身衣和染成多种颜色的头发。不时地，人们可以看到青年学生专注地盯着电脑屏幕，或者听到学校实验室里的玻璃和金属器皿发出的叮当声响，看到学生们好奇又疑惑的眼神。学校里还有充斥着各种新旧程度不同的教材、成排的桌子、偶尔可见的圆桌和学生可以自行取用的平装书籍。（p.10）

我禁不住要想，这所学校会和其他学校有多大的不同才不会也变得非常复杂，充满着年轻学生、他们的家庭和教师们之间的各种复杂纠葛和现实的无奈？在全学年一贯坚持这些整齐、有序和线性的学校故事和政策对那些生活在东园中学情景中的人们来说意味着什么？他们又该如何活出他们自己的故事以及什么对他们来说是最重要的故事？如果在开学初期学校故事呈现出来的整齐和有序能够一直保持并贯穿整个学年，那么我的教师故事，将学生与学生之间以及学生与我之间的关系建立作为中心的教师故事，以及学生与我之间权威分享的故事[7]（Oyler, 1996），又怎样才能融入学校故事，或者是与学校故事共存呢？

就在我担心在这种学校故事和政策保持固定和一成不变的学校情景中怎样生活下去的时候，我想起了我的硕士学位论文研究（Huber, 2000）。当我任教过的那些学校情景中的学校故事非常狭窄或者一成不变的时候，我的教师故事无法融入学校故事之中，在那项研究中，我探究的就是当这种无法融入的情况发生时，作为老师我所感受到的教师自我的分离。我一边思考着我带到东园中学的那些经验的叙事，一边想象着在那开学头几天内所呈现的学校故事和政策的历史。这些故事是前人和先前政策的传承，还是从新教职工，特别是新管理层中诞生的想法？这些故事反映了即将返校的同事、学生和他们家庭的生活故事吗？这些故事如何影响和塑造了东园社区故事以及关于东园社区的故事？这些故事又会如何被东园社区故事以及关于东园社区的故事所影响和塑造？

在对东园中学开学头几天经验的进一步反思中，我认识到通过那些我参与过的计划内和计划外的活动，我在倾听、观察、与同事互动和思考。我不仅在试图弄明白那些塑造这个专业知识场景的学校故事，同时我自己也在构造关于它的故事。我记得很快我就观察到，并且想到这所学校里的教职工，作为一个整体，比我以前工作过的那些学校的教职工似乎更多元化一些，这会对东园中学有怎样的不同影响？这所学校教职工的多元化不仅体现在不同的年龄和教学经验方面，还体现在不同的祖先、语言和宗教信仰等方面。在我意识到自己是如何构筑了东园中学的专业知识场景的学校故事和关于我的新同事的故事的时候，在我意识到我所构筑的这些故事是如何与我在其他学校场景中的经验交织在一起的时候，我开始思考我的同事们可能构筑的我的故事是什么样的。

在他们的观察、倾听，以及与我的互动之中，我的言行举止是否与他们关于做一个职业与技术学习的教师意味着什么的故事相符合？还是完全不搭调？我的言行举止是否与他们关于初来乍到的教师应该如何表现的故事相吻合？还是完全不搭调？等等。我想弄明白的问题是，我现在仍然持有的对东园中学以及在那儿遇到的同事的理解是怎样与那些我在开学头几天构筑起来的故事联系在一起的。

外观迪恩和我之间重构的故事片段，内视我在东园中学故事化场景中最初几天的经历，使我更多地想象，迪恩可能会怎样经历我是老师的第一次食品学习课。正如东园中学的场景和同事们对我来说是新的一样，我是一名什么样的教师以及我赖以生存的教师故事对于迪恩来说也是新的。回想到我是如何花费时间精力关注和学习有关东园中学专业知识场景的故事和有关同事们的故事，我想知道迪恩在进入我的食品学习课教室的时候是否也抱着相似的意图。是不是也像我一样，有时候他的注意力会不时地从我的食品学习课堂活动中转移去别处，他是不是在思考着我的食品学习课堂里什么样的故事是重要的？他是不是在比较着这些故事与他以前在东园中学上过的食品学习课，以及与现在上的其他课程的课堂故事有什么样的异同？他有没有用与我相似的方式，从一开始就构筑关于我是一名什么样的教师的故事？他有没有思考我赖以生存的教师故事与其他老师的教师故事，以及与学校故事之间是否吻合？如果吻合的话，那么我想知道我能不能很容易地融入他的关于老师的故事和关于东园中学的故事之中？抑或是他觉得我的教师故事与他的故事不相容？他有没有感觉到他的故事与他看到的我的教师故事，或者是说与他看到的我成为东园中学教师故事一部分之间的连续性？那些他看到的我的教师故事是否与他自己的生活经验故事相悖，因而他在这些故事里看不到自己的故事？我想知道，在我们第四堂课结束后，我说他需要"表现更好一些"的回应是否与他关于学校内外的自己的故事相容？是否与他可能已经构筑起来的关于我的故事相容？

觉醒于相互矛盾的社会叙事与家庭故事

在思考我所记得的辛普森老师与我之间的故事是如何与我当时所生活的家庭和社区故事之间相互矛盾的时候，我发现自己也想知道辛普森老师是怎样生活在我们之间的故事里和讲述我们之间的故事的，当我们的生活在化学课堂里相交，特别是我俩在午餐时间所进行的那次谈话的故事。在当时的那个乡村社区，人们对女孩的看法就是高中毕业后很快就会结婚，然后成为农家主妇。辛普森老师是不是就是依照那个社会叙事来看待我的？他理解像我妈妈一样、跟家人一起劳动的农家主妇的角色的重要性吗？也就是说，他明不明白妇女不仅对家庭农场的经济成就和发展做出了贡献，还为乡村社区带来不可缺少的活力？辛普森老师注意过农妇们是如何谱写她们多样性的生活吗？（Bateson, 1994; Greene, 1994, 1995; Mullin, 1995）她们的生活通常充满着许多相互矛盾的故事还有繁重的体力劳动。或者是，辛普森老师傲慢地审视[8]（Lugones, 1987）以务农为生的人们吗？因为在他成为老师搬到我们的乡村社区之前，辛普森老师一直生活在大都市的环境里。他对我的回应是否可能来源于这样一个故事：在我们的社区，如果一个大姑娘未婚先孕，她会被看作败坏道德。或许，他知道我的父母不仅自己遵循着严格的道德准则，也要求我和我的兄弟姐妹们的生活都达到那样的道德标准。也许，辛普森老师将他对我的回应看作一种激励或羞辱，好让我开始活出"好"学生的故事，即尽我的能力认真地学习，别在课堂捣乱，别问太多的问题，遵守学校的规矩，服从老师的安排，遵守"正确的"道德准则。也许他知道，我从我妈妈那儿继承了一种不服输的坚强意志。每当有人，特别是当权的人（Alter, 1993）认为我不行的时候，那股意志在内心深处激励着我，让我不能认输。还有可能的是，辛普森老师知道我喜欢和尊重他这位老师，我会在意他对我的看法，因此，我不会希望在他的眼里我是一个懒惰、智力低下、无法通过化学 20，或者是过着道德匮乏的生活的人。

进一步反思那些与我有关的故事，我意识到我的很多小学老师和中学老师对我有着相同的印象，那就是，我成绩中等但是有提升的潜力；我不时地表现出消极态度；我说话和提问通常太多、破坏老师的教学；我热衷于同伴之间的关系和活动；那些就是老师们关于我的故事。但是，在反思中，我也意识到老师们用那样的方式来看我竟然没有让我感到苦恼，我甚至觉得那些都不重要。每当我的父母阅读我的学校成绩报告单或者是参加家长会回来，跟我讲述老师们的看法时，我经常的反应就是嗤之以鼻。除非是我的父母表现出我必须得改进的态度时，我才会重视并进行改变。我无意于改变老师们对我的看法同时也说明了，大多数情况下，我并没有尽自己的努力去帮助老师了解我生活的多样性，或者是"看大"我。

同时，那些故事也凸显出，我也无意于，我想当时我也不懂如何走出用同样的眼光"看小"我的老师的圈子。我认识到，直到重温这段与辛普森老师之间的重构的记忆片段时，我才深深地体会到那时我在学校内外活出来的生活故事与我正在学习要活出来的生活故事之间的相互矛盾。一方面，辛普森老师建议我知难而退，放弃化学 20 课程；

另一方面，我的父母又教育我要有恒心、不懂就问。

重新思考与辛普森老师的会话时我所感受到的张力使我想到了海尔布伦（Heilbrun, 1999）和肯尼迪（Kennedy, 2001）关于阈限空间（liminal spaces）的探讨。肯尼迪将"阈限"（limen）界定为"门槛"，将"阈限空间"解释为"与阈限有关或者是处于阈限之中。那是过去和未来之间的空间……它创造了一个时间和空间让人们尝试尚未想象过的各种可能性"（p.128）。我在想，是不是就是在一个阈限空间之中，我的自我满足感被打破，我被推向了一个与我的故事相互矛盾的空间，所以才出现了我当时的百感交集和对辛普森老师的无言以对。当我面对自己的时候（Anzaldúa, 1990; Nelson, 1995），我内心的各种张力是否出现了？那应该是一种心理过程，在那过程中，我被迫"承认……我僵化而傲慢地评判他人……我的脆弱……以及我可能对别人的不屑一顾"（Nelson, 1995, p.31）。

从地点和时间的维度上回顾往事，我回顾年轻学生时代的我，回顾我认为许多老师所持有的那些关于我的故事，回顾我所经历的学校的主流故事与我的家庭和社区故事之间的脱节。我突然醒悟到随着时间的推移，我的老师们与我之间的边界变得越来越严格和无法消除。就像卢格尼斯（Lugones, 1987）在描述她关于她与母亲之间关系理解的变化过程时所写到的一样，那些边界是傲慢的边界。她强调说：

> 如果我抱着那种和别人一样的傲慢的心态去看妈妈的话，我是无法去爱她的。要爱我妈妈，我需要用我妈妈的眼睛去看，我需要进入我妈妈的世界，我需要在她的世界中亲眼目睹她对她自己的感觉。只有这样进入她的世界进行旅行，我才能认同她，因为只有到那个时候，我才能不再忽视她，才能不再被她的世界排除在外，才能不再与她的世界分离。（p.8）

回顾当时我用傲慢的眼光看我的老师，并且感觉他们也用傲慢的眼光看我，我感到困扰和不安，我更疑惑我当时为什么没有迫切地感觉到需要试图改变他们关于我的故事。什么环境条件可能会有助于我和我的老师们进行卢格尼斯所说的那种转变？那种在卢格尼斯看来必需的、从"傲慢的观点"到"友爱的观点"的转变？那是走进彼此世界所必须经历的过程的一部分。

重新审视我对迪恩的回应，并把它与我自己的故事联系在一起，我的心中升起很多有意思的问题。我那时没有兴趣去改变许多老师关于我的故事，我也没有兴趣去改变我关于他们的故事，但是，在我与迪恩的故事中，我想象着我在迪恩的生活里可能会是个什么样的老师，我又想成为什么样的老师。关于我对他的看法，迪恩是什么感觉？他有没有把我的回应中所包含的关于他是什么样的学生和他会变成什么样的学生看作一种傲慢观念？他有没有可能把我的回应看作我关于他菲律宾祖先、性别、朋友、学习需求、社会经济状况、政治背景、宗教信仰等方面的一种评判？想到迪恩和我还只是初识的两个陌生人，以及我们所处的是一种以等级化为故事主线的学校场景，在这种故事中，具有权威的人是教师，而学生应该遵从教师的指令。在这种故事中，迪恩可能冒险试着理解我的回应是从何而来的吗？在这种故事中，他有可能鼓励我进入他的世界，在他的世界中旅行吗？

重新思考我和辛普森老师午餐对话那一刻中我所经历的百感交集和各种张力，我非常惊讶于我既没有在当时，也没有在事后告诉他，虽然在那次午餐谈话前辛普森老师已经教过我三年，我没有告诉过他他的话所带给我的各种复杂的感受。然而，我能轻而易举地想起我开始活出那些与辛普森老师和化学 20 这门课程的要求相关的新的变化了的故事。从辛普森老师的视角看我自己，不愿意活在他所建议的故事里，我开始活出与我的家庭故事有着更多相似性的故事。在那些故事中，通过化学 20 和 30，被高等教育院校录取对我来说变得更重要。我开始在功课和考试上投入更多的精力，我还请了一个化学课的辅导教师定期帮我复习功课。回顾过去，我不知道辛普森老师是否注意到我的这种变化。如果他注意到了，那么他可能是怎么理解我的坚持不懈的决心的以及我的不肯轻易放弃的决心的？他有没有想过为什么在毕业之前我再也没有在课外问过他问题，无论是化学 20 课还是化学 30 课？

记起我学生时代的故事的这些转变让我不禁想到，如果我当时有着别样的家庭故事，或者我所耳濡目染的社会叙事是别样的叙事，那么我不知道我的回应可能会有怎样的不同。比如说，假如我的父母是教师，那我可能会是什么样子？想起我在化学 20 课堂里的其他同学的经历，如果当时与辛普森老师有着那段午餐对话的不是我，而是他们，那他们的反应可能会是什么样子？特别是那些来自并不十分重视女孩子读完高中的家庭的女同学可能会是什么反应？那些来自刚刚开始务农、需要家庭的全部成员全时间都参加劳动，才能养家糊口的家庭里的同学可能会是什么反应？那些因为不同的学习需求、原住民传统或宗教信仰等原因而在学校场景中被边缘化（Delpit, 1995; Greene, 1993, 1994, 1995; Hooks, 1996; McElroy-Johnson, 1993）的同学，他们又会是怎样的反应？在我试着进入这些同学的世界中旅行，试着在他们的世界中看我们的学校的时候，我思考着我们各自的学校经验是如何影响和塑造了我们的家庭故事，这些家庭故事是被蕴含在主流的社会、机构和文化叙事之中的，同时我也思考这些家庭故事又是如何影响和塑造了我们的学校经验。用同样的方法，我开始思考学校经验怎样影响和塑造教师、儿童、青年学生和家庭的经验叙事，同时又被这些经验叙事所影响和塑造。

瓦解熟知的故事：研究疑题开始出现

重新思考我在东园中学开学头几天里在课堂之外的地方（Clandinin & Connelly, 1995）的所见所闻，以及我是如何很快就构筑了关于这个学校专业知识场景的故事和身处其中的我的同事们可能是什么样的老师的故事，让我意识到我是如何同时也构筑了关于学生们在上一年或前些年上食品学习课的情况的故事。我对那些故事的构筑开始于上个学年末我对东园中学的探访。在那次探访中，我和校长及一名副校长讨论了我的教学岗位的一些细节问题，参观了校园，也在食品实验室待了一会儿。我安排那次探访的目的是了解一下学校的概况、设施和资源，以便为我要开设的食品课做好教学计划和准备。在食品实验室的时候，我发现那儿杂乱无序，整洁和清洁情况没有达到我个人的标准。例如，在我打开一扇又一扇橱柜门的时候，里面的东西不是向外摇摇欲坠地倾斜着就是向外翻倒在地板上。我知道我得在暑假花费大量的时间来整理和清洁我的教室。

我无法想象我会在一间看起来像无人关心的教室里面上课，那间教室让我有那种感觉。

八月份我回到东园中学开始整理教室的时候，我构筑了更多的故事。当我将变质的食品从厨房和储藏区清理出去的时候，当我面对一大堆洗也洗不完的、脏兮兮的碗碟的时候，当我意识到四个厨房区域之间毫无组织和规划的时候，我开始禁不住想知道我和那些即将加入我的食品学习课的学生，特别是那些曾经在这间食品实验室里上过课的学生之间，关于食品学习课的故事是否会有连续性。到暑假快结束的时候，我意识到我不可能完成所有的清洗和整理工作，我没法将那间实验室清理成我想要的样子。于是我将注意力从不很显眼的杂乱无序的地方转移开，集中清理实验室里那些更显眼的地方。我不愿意开学时让学生看到教室死气沉沉、空空荡荡，似乎无人在意它看起来的样子和它给人的感觉，我想将教室妆扮一番，让它看起来显得温馨、招人喜欢。于是，我做了下面的事情：移走了不需要的家具；搬进来了一些上了色彩很鲜艳的油漆的书架；张贴了一些挂图；维修了破损的家具；创建了一些墙上空间，以便将来学生可以在那儿展示他们的学习成果，我和他们也可以分享我们的个人纪念品和照片；将桌椅安排成我希望鼓励学生进行对话和讨论学习的形式；在门的正对面悬挂了一幅"欢迎"的小条幅；等等。虽然教室外表妆扮得比以前漂亮了，看起来也更有条理，但是，我记得我当时还是在想这间教室是否会变成一个对我来说有意义的教学空间、是否会变成一个让我自在的教学空间。我并不确定我接手这间教室时它是怎么变成那个样子的，但是我可以想象以前的食品学习课里可以接受的故事与我的故事不大可能相匹配。我不担心七年级[*]的学生，因为他们是新生，食品学习课对他们来说是新课，他们不会带着以前的故事来上我的课，但是八、九年级[**]的学生就不一样了，对他们其中许多人来说以前的故事可能是他们仅有的关于食品学习课的故事。

想起我开始给八年级和九年级学生上课时所体会到的那种不确定性和暂定的教学计划帮我认识到，我当初教学的注意力，无论是课前准备还是课堂教学，都集中于试图瓦解那些我认为是以前的关于食品学习课的故事。我想要的关于食品学习课的故事是学生与学生、学生与老师彼此之间的互相尊重，尊重我们的学习环境，尊重我们所学的

---

[*] 相当于初中一年级。——译者注
[**] 相当于初中二、三年级。——译者注

这门课程。尝试和学生协商这些故事看起来似乎简单，但是作为身处其间的当事人，我记得我当时的感觉是，它一点都不简单。

有时我感觉到不知所措，我看到自己陷入老套的做法，想利用权力和管制来强行让学生们按照我的思路行事。有时，我觉得学生们强加于我的那些故事让我感觉混乱，没有安全感。再回过头去思考我和迪恩之间的午餐对话，我认识到，我告诉他需要"表现更好一些"与他对我的回应——他已经尽量"表现好了"——之间的这种差异的产生可能来源于各种相互矛盾的故事：他的和我的关于教与学的故事之间可能相互矛盾，蕴涵在我们各自文化叙事和学校主流故事之中的他的与我的家庭故事之间可能相互矛盾。

张力时刻作为探究点的再思考

我以迪恩与我之间的午餐对话开始第一章，我记得当时选择这个故事作为我博士研究起点的各种感受。无论是当时，还是现在，这并不是一个让我自豪的故事，也不是一个我特别想告诉别人的故事。我知道这个故事可能会给人留下我不是一个考虑很周到的老师的印象，这不是我所希望的被别人构造的我的教师故事。我也知道我本可以讲述其他的很多故事，将它们作为我的研究开端，在那些故事里我很有可能会被看成一个考虑比较周到的老师。但是，在写作这一章的过程中，在我回顾、内视和外观，并努力思考迪恩的生活和我的生活的时候，我逐渐开始重新思考我们生活中的那些张力时刻以及这些时刻所具有的教育意义，虽然通过探究这些张力时刻，我们要冒着曝光自身弱点的风险。

最初，在我开始写这一章的时候，我想通过我的探究，看看能不能弄清楚怎样才能避免迪恩的故事和我的故事之间的碰撞。从迪恩的故事与我的故事的区别与冲突之中，我能否学会什么？我怎样才能避免在不同的学校场景中再次经历与那一刻一样的故事？

然而，针对那三个问题的答案并不是我所学到的东西。相反，我逐渐认识到试图避免和绕开那些张力时刻也可能意味着避免生活在可能出现的世界里，也就是避免布伯（Buber, 1947, p.218）所比喻的"狭窄多石的山脊"式的生活。布伯的研究关注那些持有不同的和截然相反的观点的社区，他将那种山脊看作"第三种选择"（p.240）——一个充满张力的空间，在那个空间之中，那些持有相反观点或立场的人相遇并进行"真实的对话"（p.240）。他写道："我并没有停留在一个系统的广阔的高地之上，那个系统包括一系列关于绝对真理的毫无疑问的声明，而我却停留在两个深渊之间的狭窄多石的山脊之上，在那儿，不能确保有可以表述出来的知识，但肯定是不同观点的汇合之地。"（p.218）

读过布伯关于狭窄多石的山脊的论述，我开始明白，试图躲避不同故事之间，即不同生活之间的碰撞，就必然意味着我们还是被局限于，或者说被桎梏在傲慢的边界之内。通过本章中的探究，我逐渐看清了我所经历过的那些张力是随着我的故事与他人的故事，或者与学校故事之间的碰撞冲突而出现的。我感到我的边界被推倒了，我变得"放弃定位"（dis-positioned）。像芬茨（Vinz, 1997）一样，我现在也能够将"放弃定位"看作一个充满学习可能性的空间，在那个空间里，我们可能学习如何"脱知"（un-know）和"不知"（not-know）。

当我们审视我们教学实践背后的原则时，我们需要放下现有的理解（定位），通过制造诸多差距和空间来了解自己。我将"脱知"看作一种论述我们实践中的理论，或者是将教育学原则和目的转化为新开端的方法……而"不知"对有些人来说可能比"脱知"容易些，对另外一些人来说可能更难。所谓"不知"就是承认模糊性和不确定性……就是承认自己总是有所不知的，是有弱点的。（p.139）

我认识到，只有当我愿意审视自己赖以生存的故事、承认自己的弱点的时候，我才能开始努力进入迪恩的世界进行旅行——去尽力思考他赖以生存的故事，去探究我们双方赖以生存的故事可能怎样被不同的家庭和文化场景所影响和塑造，怎样被东园中学，这个我们各自的生活在其中相交的东园中学独特的场景所影响和塑造。

研究疑题的产生

我想要进入青年学生及其家庭的世界进行旅行，想要探究他们的故事是如何被蕴含在文化叙事之中的家庭和学校故事所影响和塑造的，就这样我的研究疑题产生了。我知道我想要进一步深入探究的疑题是：通过探究青年学生及其家庭故事与学校故事的相交和碰撞，我可以学到什么？探究青年学生及其家庭的学校经验的连续性和非连续性能够怎样深化我关于文化、机构和社会叙事影响和塑造家庭和学校故事的理解？我们的探究可以怎样拓展关于学校场景中不同生活相交方面的知识？

在我的博士论文随后的章节中，我带着这些研究疑题，进入溪边学校的场景，和我的研究参与者：穆斯卡安（Muskaan）、里希（Rishi）、吉塔（Geeta）、特莎（Tessa）、安妮（Anne）、艾比（Abby）、杰克（Jake）一起展开叙事探究。为了能够回答我的研究疑题，我知道我不仅需要与我的学生参与者们展开会话，让他们讲述他们的学校故事，还需要与他们的父母们展开会话，请他们将自己的学校故事和他们的孩子在学校的各种经历讲述出来。出于这样的考虑，所以我在邀请艾比进入叙事探究时，也邀请了她的爸爸杰克[9]；在邀请穆斯卡安时，也邀请了她的父母里希和吉塔；在邀请特莎时，也邀请了她的妈妈安妮。

尾注

1　为保护当事人的身份和地点，本书对这类信息都做了匿名处理。
2　对于我来说，记忆重构（memory reconstruction）指的是一种现场文本，是对以前发生过的事件或情境的一种记忆性重构。
3　赖以生存的故事（stories to live by）是由康纳利和克兰迪宁提出的一个叙事性概念术语。这一术语被用来理解知识、情景和身份之间的相互连接性。她们写道："赖以生存的故事是一个用来指称身份的表述，通过对知识与情景的叙事性理解才被赋予意义。"（Connelly & Clandinin, 1999, p.4）。
4　1980 年代中期，在加拿大的阿尔伯塔省，完成大学预科意味着在高中至少要修完 100 个学分。这 100 个学分必须包括以下这些课程：社会科学 30 课、数学 30 课、英语 30 课和两门自然科学课（化学 30 课、生物 30 课或物理 30 课）。只有完成这些大学预科的学生才能从高中直接进入大学学习。另外的进入大学学习的唯一途径是作为成人学生提出申请，那就意味着申请人的年龄要在 21 岁或者以上。
5　在这所学校，以及其他很多初中学校里，核心课程包括数学、社会科学、英语和自然科学。
6　职业与技术学习包括 21 个学习板块：农业、职业转换、社区健康、通信技术、建筑技术、化妆学习、设计学习、电子技术学习、能源与矿产、企业与创新、制造学习、金融管理、食品学习、林业、信息处理、法律学习、后勤、管理与市场策划、机械、旅游学习、野生动物。东园中学开设建筑技术、通信技术、食品学习和信息处理这四个学习板块。我只教授食品学习板块。
7　奥伊勒（Oyler, 1996）用一个舞蹈的隐喻来表示教师在试图与学生分享权威时教师与学生之间所进行的那种微妙和不断的协商。她强调教师并不是要放弃他们的权威，而是要和学生一起合作"教会他们那些公认的舞步，学习他们的新舞步，用我们共同的专业知识一起创造出世人还没有见过的新舞步"（p.137）。
8　在借鉴弗赖（Frye, 1983）的研究的基础上，卢格尼斯（Lugones, 1987）将"傲慢的审视"解释为"无法认同那些你傲慢地审视的人们或者那些你逐渐以傲慢的眼光看待的人们"。

9　在研究进行期间，艾比一直与她的爸爸生活在一起，所以我只与艾比和她爸爸杰克展开过研究对话，没有和她妈妈苏西交谈过。特莎是和爸爸妈妈一起生活的，但是她的爸爸约翰工作很忙，他选择了不参与我的这项叙事探究。

参考书目

Alter, G. (1993). Empowerment through narrative: Considerations for teaching, learning and life. *Thresholds*, 19(4), 3-5.

Anzaldúa, G. (Ed.) (1990). *Making face, making soul = Haciendo caras: Creative and critical perspectives by feminists of color.* San Francisco: Aunt Lute Book Company.

Bateson, M. C. (1994). *Peripheral visions.* New York: HarperCollins Publishers, Inc.

Buber, M., translated by Ronald Gregor Smith (1947). *Between man and man.* London: Kegan Paul.

Carr, D. (1986). *Time, narrative, and history.* Bloomington: Indiana University Press.

Clandinin, D. J., & Connelly, F. M. (1995). *Teachers' professional knowledge landscapes.* New York: Teachers College Press.

———. (1996). Teachers' professional knowledge landscapes: Teacher stories—stories of teachers—school stories—stories of schools. *Educational Researcher*, 25(3), 24-30.

———. (1998). Asking questions about telling stories. In C. Kridel (Ed.), *Writing educational biography: Explorations in qualitative research* (pp.202-09). New York: Garland.

———. (2000). *Narrative inquiry: Experience and story in qualitative research.* San Francisco: Jossey-Bass.

Clandinin, D. J., Huber, J., Huber, M., Murphy, M. S., Murray Orr, A., Pearce, M., & Steeves, P. (2006). *Composing diverse identities: Narrative inquiries into the interwoven lives of children and teachers.* New York: Routledge.

Connelly, F. M., & Clandinin, D. J. (1999). *Shaping a professional identity: Stories of educational practice.* New York: Teachers College Press.

Delpit, L. D. (1995). *Other people's children: Cultural conflict in the classroom.* New York: The New Press.

Dewey, J. (1938). *Experience and education.* New York: Collier.

Greene, M. (1993). Diversity and inclusion: Toward a curriculum for human beings. *Teachers College Record*, 95(2), 211-21.

———. (1994). Multiculturalism, community, and the arts. In A. Dyson & C. Genishi (Eds.), *The need for story: Cultural diversity in classroom and community* (pp.11-27). New York: Teachers College Press.

———. (1995). *Releasing the imagination: Essays on education, the arts, and social change*. San Francisco: Jossey-Bass.

Heilbrun, C. G. (1999). *Women's lives: The view from the threshold*. Toronto: University of Toronto Press.

hooks, b. (1996). *Bone black: Memories of girlhood*. New York: Henry Holt and Company, Inc.

Huber, J. (2000). *Stories within and between selves: Identities in relation on the professional knowledge landscape* (doctoral dissertation, University of Alberta).

Kennedy, M. (2001). *Race matters in the life/work of four, white, female teachers* (doctoral dissertation, University of Alberta).

Lugones, M. (1987). Playfulness, "world" -travelling, and loving perception. *Hypatia*, 2(2), 3-37.

McElroy-Johnson, B. (1993). Teaching and practice: Giving voice to the voiceless. *Harvard Educational Review*, 63(1), 85-104.

Mullin, A. (1995). Selves, diverse and divided: Can feminists have diversity without multiplicity? *Hypatia*, 10(4), 1-31.

Nelson, H. L. (1995). Resistance and insubordination. *Hypatia*, 10(2), 23-40.

Oyler, C. (1996). *Making room for students: Sharing teacher authority in room 104*. New York: Teachers College Press.

Vinz, R. (1997). Capturing a moving form: "Becoming" as teachers. *English Education*, 29(2), 137-46.

Whelan, K. (2000). *Stories of self and other: Identities in relation on the professional knowledge landscape* (doctoral dissertation, University of Alberta).

4 解包
"叙事性开端：与迪恩的一次午餐对话"

　　"在这项叙事探究中，你是谁？"

　　当叙事探究者开始想象一项叙事探究时，我经常问他们这个问题。如果是一位叙事探究的新手，他/她会对这个问题疑惑不解并且会反问我"你问的是什么意思？我是研究者啊。"那些对我有所了解，并且对叙事探究有所了解的人，通常会有一段很长时间的沉默。根据这么多年来的经验，我知道对这个问题给出周全的回应会让叙事探究者通盘考虑整项叙事探究。在下文中，我会将这句话的意思讲得更清楚。

　　在这项叙事探究中，我是谁？每当一项新的探究开始在我的脑海里逐渐成型时，我都会问自己这个问题。在那项关于辍学高中生的叙事探究中，我是谁？在那项关于开始工作五年之内离开教师行业的教师所进行的叙事探究中，我是谁？在那项关于原住民青少年和家庭的叙事探究中，我是谁？正是在对这些现象之中"我是谁"的探究过程中，我的研究疑题才变得越来越明确，我才能更好地阐明该项研究的个人、实践和社会意义，我才能接受该研究课题。在这个过程中，叙事性地思考能够帮助我，每一次我都首先需要叙事性地思考我的生活。

　　叙事探究者将他们的研究看作关系性的研究。我们身处在格尔茨（Geertz,1995）多年前隐喻过的那个游行队伍之中。我们身处所研究的现象之中。在叙事探究中，作为叙事探究者的我们，也在那一段时间之内处于研究之中。

　　随着叙事探究的进展和深入，作为叙事探究者的我们也在不断地塑造和重塑着我们的生活。我们也处在探究的现象之中。这句话的意思是，在叙事探究中，当我们讲述自己的故事、倾听参与者讲述他们的故事的时候，作为探究者的我们需要密切关注处于探究之中的我们是谁，并且要明白我们自身是我们所研究的故事化场景的一部分。因此，作为叙事探究者的我们是现在场景的一部分，也是过去场景的一部分，我们承认是我们帮助构筑了这个探究世界，我们自己是这个世界之中的一部分。

在我们开始和参与者展开叙事探究的时候，我们需要回到我们早期的生活场景之中，对我们正在生活和讲述的关于我们是谁和我们正在变成谁的故事进行探究，这一点尤为重要。艾登·唐尼 (Aiden Downey) 和我对此做过这样的描述："在叙事探究中，我们尽力理解那些处于生活过和讲述过的故事之下或边缘的故事，因为没有一个故事是可以独立存在的，所有的故事都和许多其他故事相互关联而存在——这当中也包括探究者自身的故事"（Downey & Clandinin,2010,p.387）。我们的自传性叙事探究需要在每一项研究的一开始就进行，而且我们已经知道这种自传性探究会一直继续进行下去，贯穿整个探究过程，甚至在完成最终研究文本很长一段时间内还在进行。我们既是探究者，也是参与者，我们的探究在人们生活和讲述的故事中间开始，也在人们生活和讲述的故事中间结束。

很多时候，这种自传性叙事探究没有被给予足够的时间和关注。进行自传性叙事探究是一项艰辛的任务。我常常说，在自传性叙事探究的过程中，我们经常会泪洒键盘。因为进行自传性叙事探究要求我们要直面自身，进行卢贡斯（Lugones，1987）所说的"'世界'旅行"，回忆和思考我们早期的各种生活场景及许多其他的时间、地点和各种关系。这就意味着在自传性叙事探究中，我们需要思考我们的记忆和想象是如何交织在一起的。不进行这项艰辛的自传性叙事探究工作，我们的研究就难以达到它可能达到的深度。我们的研究经常就会变得过于简单化，并且可能变得过于关注研究"他人"（other）——那些我们所研究的参与者，而不是和他们一起进行一项关系性经验的探究。不进行自传性叙事探究，我们的研究就会变得太技术化或者是太确定。以自传性叙事探究为研究的开端，能让我们明白我们自己也处于探究之中。

对于叙事探究过程之中的我是谁，以及我正在变成谁这些问题的最初探究，能帮助我们思考有关研究意义的问题，那些有关个人、实践、社会和理论意义的问题，这些思考能帮助我们回应"那又如何"和"谁会在乎"的问题，这两个问题是所有社会科学研究者必须回答的。因此，叙事探究者必须以对我们自己经验故事的探究为开端，并且将其贯穿在探究的全过程之中。

因为叙事探究是一项持续的自反性和反思性的方法论，所有叙事探究者必须持续地在每项探究之前、之中和之后对他们自己的经验进行探究。萨里斯（Sarris,1993）这样提醒我们：

> 想要理解另外一个人和另外一种文化时，你必须同时理解你自己。这是一个持续不断的过程，你努力想要理解的目标不是取得对他人或者是对你自己的最终和透明的理解，而是在你自己和他人之间不断的交流之中，取得对彼此双方越来越多的理解。（p.6）

作为叙事探究者，在写作和探究我们的叙事开端的时候，我们通过三维叙事探究的空间对自身的经验进行关注。这种关注意味着我们可能要回溯到遥远的童年时期，甚至要回溯到如格林（Greene，1995）所描述的懂事之前的那些生活场景之中，以此来理解我们的研究疑题，并且有时以此来确定我们的研究疑题。这种关注同时也意味着，我们注意自身故事展开的地点，凸显那些影响和塑造我们的理解的事件以及我们对这些事件在情感上、道德上和精神上的回应。虽然叙事开端是我们的研究疑题的一个重要组成部分，但是，它们并不一定全部都要出现在最终公开发表的研究文本之中。我们仅仅分享有助于读者更好地理解我们的研究疑题和研究发现的那些部分。有时，就是那些部分也会被审稿人、导师组成员或资助机构认为是不重要的，或是不适合出现在最终研究文本之中的。但是，在作为关系性方法论的叙事探究之中，它们是关键的组成部分。我们不能因为它们并不是全部或者并不总是出现在公开的最终研究文本之中，就在探究之中略过这一步。

我和李·谢弗（Lee Schaefer）、朱莉·朗（Julie Long）、帕姆·史蒂夫斯（Pam Steeves）、苏·麦肯齐·罗布里（Sue McKenzie Robblee）、伊莱扎·皮尼格（Eliza

Pinnegar）、艾登·唐尼（Aiden Downey）、谢里·努克（Sheri Wnuk）组成了一个研究项目小组，与在开始工作五年之内就离开教师行业的教师们一起进行叙事探究，我们目前正在对这项探究进行写作。在和这些早期离职的教师们进行的叙事探究中，我并没有公开我的 "我是谁" 和 "我正在变成谁" 的自传性叙事探究。或许因为这种自传性叙事探究通常不会被全部公开发表，有时一些叙事探究者就不怎么在意它们的重要性。但是，它们对于设计和完成一项叙事探究至关重要。在此，我分享一部分我的自传性叙事探究。

我小时候一直都想做一名教师。我经常会讲这么一个故事，那个故事里的我印证了丹·洛蒂（Lortie,1975）的研究所确认的一个事实，那就是大部分教师在他们人生的早期就决定了要做一名教师，而我就是那大多数中的一分子。在小学三年级的时候，我特别喜欢我的老师，史密斯小姐。几年前，我找到了我读三年级的时候拍的一张全班照。照片上，我有着一双大大的，但有些许忧伤的眼睛。我穿着一条漂亮的裙子，我记得那条裙子的颜色是粉红色的。那是我妈妈给我缝制的，是一条对我来说很特别的裙子。我特意穿上它去照班上的集体照。就像我记忆中的那样，照片中的史密斯小姐年轻、娇小、一头金发。我记得她有双花样滑冰鞋，有一次她的爸爸带着一个便携式的溜冰场来看她，她给我们表演过。她沿着小小的便携式溜冰场打着小小的圈。她是那么漂亮，那么纤巧。我长大了就要像她那样，我的梦想诞生了，那个梦想伴随了我很多年。现在，当我对它进行探究的时候，我能看到，那是当时的女孩子所可能有的一个梦想，是被 1950 年代的那些社会叙事所影响和塑造的一个梦想，我就成长于那个年代 *。我也能看到，那是被那些关于不同的社会经济水平的社会叙事所影响和塑造的一个梦想，因为我的父母不富裕，也没读过多少书。然而，对当时的我来说，我想做一名教师的梦想就是因为我想象着长大以后要像史密斯小姐一样。那是一个前瞻性故事（a forward-looking story）。

我不记得我是否喜欢上学，但是我记得在三年级的时候，我制作过一本书，

---

* 作者成长的年代，当时大多数女孩子长大以后只能做家庭主妇，教师是女孩子可以选择的为数不多的几个职业之一。——译者注

以庆贺阿尔伯塔成为加拿大的一个省 50 周年。关于那些早期的学校故事，我记得的很少，但是我清楚地记得我的考试成绩很好，老师填写的学生报告册评价也很好，但是我对学校的归属感似乎不那么强。我曾在其他的文章中写过那些关于归属感的故事。在早先的童年时期，每年 9 月新学年开学时能够有一条新裙子，对我来说是一件非常重要的事，甚至是一件必需的事。在离开学校、与同学失去联系两个月的夏季之后，一条新裙子成了一条"再进入的裙子"（reentry dress），是一种试图"适应回去"的学校服装。当然，对于我来说，那是一种再一次适应另一个世界的方式，那个世界就是学校世界。夏季和家人一起待在农庄的时候，我穿的是短裤和牛仔裤，但是裙子是女孩子们穿着去上学的衣服。

虽然我成为了一名教师，紧紧地抓住了儿时的那个梦想，做到了萨宾（Sarbin，2004）所说的我活出了我的梦想，那个梦想变成我活出了的一个具体的叙事，但是，我知道我也能讲一个我离开教学的故事。我后来离开了教学，不是一次，而是两次。在第二次离开教学岗位之后，我没有再回到教师岗位，而是进入了学校系统的其他岗位，一直到离开学校去读研究生。那些其他的岗位处于学校的边缘：校内学生辅导、校内学生心理咨询，以及特别项目的工作。在那些岗位上，我可以和学生、家长、老师们一起工作，而不被局限在由机构叙事所形塑的界限范围之内，也不被局限在一名进行课堂教学的教师的生活界限范围之内。

关于那些机构叙事、那些关于学校的故事是怎样塑造了我的经验的问题，我还没有做过深入的探究。我来讲述一个每一次我都不得不离开的故事，第一次是我要完成学业拿学位，第二次是因为我产假休养不满一年被禁止返回教师岗位。* 我利用那强制性规定的一年休养时间攻读了教育心理学的硕士课程，结果一年变成了两年。当我回到学校的时候，我被安排做校内学生辅导，而不是教学，我还是接受了那个岗位。然而，我仍然能讲述一个我自己是教师的故事，尽管我现在就职于大学，但还在教师教育的岗位上工作。

---

* 作者那时的学校规定是：生育孩子要产假休养一年之后才允许返回教师岗位。——译者注

在对这个我离开教学岗位的非常简略的自传性叙事探究之中，我看到这项探究对我的个人意义。这项探究能帮助我理解为什么我曾经放弃那个当教师的梦想，为什么我离开了教学岗位。它给我留下了许多疑惑和不确定性，使我想弄明白我的故事是如何慢慢地发生改变的，以及我如何来讲述那个机构叙事形塑我个人的故事。它也帮助我慢慢理解了对那些在职业生涯早期就离开教师职业的教师们的经验进行探究的实践意义。最后，它还暗示了该项探究的社会及理论意义。我们可以从这样一项叙事探究中学习到什么？对在职业生涯早期就离开教学职业的教师们进行的叙事探究中，我们在关于过渡时期、关于身份、关于身份是如何慢慢地变化和改变等方面可以学习到什么？

在这一研究的叙事报告 (narrative account) 中，我也可以听到在这项关于早期离开教师职业的教师们的叙事探究中，我自己是处于何种位置的。在报告中，我凸显了塑造该探究的概念术语：通过他们讲述的离开教职的那些故事，对教师们的身份进行叙事性理解，他们的身份是流动的，是变化的；我个人赖以生存的故事与社会、文化和机构叙事之间的碰撞空间 (bumping places)；以及将离开教职看作那些教师在一段时间内所经历的一个过程的观点。回顾过去，我现在能看到，在我与关于学校的故事之间、与那个要求产假必须离开教学岗位一年的机构叙事之间的碰撞。那个碰撞将我带到了一个隐喻性的公交车站。在我与唐尼、休伯（Clandinin,Downey,& Huber,2009）合作的研究中，我们将那个隐喻性的公交车站描述成教师们等待一辆可以让他们离开教学职业的公交车的空间。在我儿子出生之后，因为那个机构叙事，我无法立即返回教学工作，但是我还是需要做点什么。我需要钱，一边攻读研究生一边工作成为一个可能的选择。于是，我登上了一辆隐喻性的公交车，驶向研究生学习。

这是一个讲述起来很安全的故事。它掩盖了我不能回到教学工作的悲伤。

当我需要挣更多的钱，需要返回教学工作（两年之后，他们停发了我的研究生助学金）的时候，我发现自己又在返回教学工作的途中，只是，这一次我发现自己在另一个隐喻性的公交车站，那辆公交车会将我带离教学岗位。我登上了另一辆公交车，它将我带到了校内学生辅导的位置。这些术语和概念是我们（Schaefer,Long,& Clandinin,2012）在进行那一项叙事探究时开始用来形塑那项研究的。这些术语和概念也塑造了我的自传性叙事探究，关于我作为一位入职五年之内就离开教学岗位的教师的经验探究。那个塑造了我们叙事探究的探究疑题是，深入理解新教师在进入教学岗位、进行教学和离开教学岗位这一过程之中所面临的复杂的、多重的故事情节主线和各种各样的情境。我们探究了他们赖以生存的那些故事，那些让他们决定进入教育学院学习并成为老师的故事，那些让他们开始进行教学工作的故事，那些让他们后来又决定离开教学工作的故事。

休伯（Huber，2008）的获奖博士论文中的叙事性开端（即本书第3章）就是一个非常特殊的例子。它展示了进行自传性叙事探究的整个过程，这一过程能够帮助叙事探究者设定研究疑题、阐述探究意义以及在探究中定位自己。休伯的自传性叙事探究开端于她与一位名叫迪恩的年轻学生之间的午餐对话。她当时刚转到那个学校开始一个新的教学岗位，迪恩是她的一个学生。因为她对自己回应迪恩的方式感到困扰，她就在时间和地点的维度上把自己拉回到从前，思考她自己与一位11年级高中化学教师之间的学校故事。这个故事开始时，她先描述了自己开始醒悟，认识到她需要有人帮她学习化学科目。她写道：

> 我问他［辛普森老师］有没有时间帮帮我。我有点犹豫地解释说，上个单元测验中考过的一些概念我还是不太懂。我们刚刚学完了这个学期的倒数第二个单元，可我知道我几乎过不了这门化学20课。我感觉自己正似乎站在过关和不过关的边缘位置，这种感觉让我不舒服，也让我无法接受。（p.6）

在她接下来讲述的故事之中，我们感觉到她的故事与当时的社会和文化叙事之间的碰撞，这些社会和文化叙事体现在她的化学20课程老师所生活的故事及学校故事之中。她的化学老师问她为什么想要继续弄懂那些化学问题。他展示了他所想象的她的未来故事，那个故事里她会成为母亲和家庭主妇，不需要化学知识。

正如休伯所描述的"百感交集"（Huber, 2008, p.8）那样，那个碰撞很猛烈。

在她的探究中, 休伯描述了她与她的老师之间的那次午餐对话 "如何影响和塑造了我如何看待我自己以及与辛普森老师之间的关系。这些关于我自己在这个世界中的记忆是怎样影响和塑造了, 并且还在继续影响和塑造着我现在要做什么样的老师、我未来要成为什么样的老师" (p.8)。她进一步描述了她的醒悟。她认识到化学老师关于她可能的未来生活的那些故事 "凸显了对于我在课堂之中是什么样的学生、在学校内外我又可能成为什么样的人的问题, 辛普森老师的理解和我自己的理解之间有着天壤之别" (p.8)。这个与化学 20 课程老师之间关于自己的故事的碰撞促使她思考在她的学校故事中, 她是什么样的学生、她正在变成什么样的学生。在她的自传性叙事开端, 在她寻求设定她的研究疑题的过程中, 她开始明确她探究所需要的术语与概念。她这样写道:

> 回想到我在别人眼中的学生形象和我对自己学生形象的理解, 我认识到辛普森老师眼中当时和未来的我与我自己眼中的我是不一样的。辛普森老师对我生活的评论和展望, 其中所包含的那些关于我的故事, 直到他讲出的那一刻, 我从来没有听到有人那样说过, 我自己也从来没有想过要过那样的生活。至少在我对这段经历的记忆中, 辛普森老师关于我是一个什么样的学生以及我会成为一个什么样的人的故事, 与我对自己是一个什么样的学生的故事不一致, 也与我听到的我的朋友、同伴和家人眼中关于我的故事不一致。与杜威 (Dewey, 1938) 对人们需求经验连续性的论述一样, 凯尔 (Carr, 1986) 对我们生活中需求连贯性的探讨, 让我更全面地理解我在辛普森老师的评论中所体会到的内心冲突。 (p.11)

从这些话语之中, 我们感觉到休伯 (Huber, 2008) 博士论文中的关键术语是叙事的连续性和连贯性、连贯性的缺失, 以及碰撞故事。她讲述了更多的故事, 那些故事展示出她是什么样的人和正在变成什么样的人也被家庭叙事和她在家里的那些生活故事所塑造。她这样写道: "虽然在学校里的时候, 绝大多数情况下, 我一般是安于平庸, 不追求卓越; 但是在家里的时候, 我知道安于平庸是我的父母所不能接受的。" (p.13)随着自传性叙事探究的深入, 她醒悟到她对年轻学生迪恩的回应可能会 "怎样影响和塑造了迪恩对学校和家庭故事的不同感觉，那种存在于他的家庭和社区生活故事与他的学校生活故事之间的不同"（p.14）。

在反思她在学校场景和家庭场景中不同的生活故事的时候，她也开始关注塑造了她儿童和青年时期经历的家庭叙事和社区叙事。

她用这种方式，去探究那个她才刚刚开始教学工作的学校场景，那个她与迪恩的生活相交的学校场景。在她借鉴和使用那些能够将她的研究定位为叙事探究的术语和概念的时候，我们看到她也开始设定她的研究疑题。通过对她自己儿童和青年时期的学校故事、家庭故事进行的叙事探究，以及对她在那所新学校里对迪恩来说是个什么样的老师进行的叙事探究，她开始介绍社会叙事与家庭故事之间相互矛盾的概念。正如她所描述的，"直到重温这段与辛普森老师之间的重构的记忆片段时，我才深深地体会到那时我在学校内外活出来的生活故事与我正在学习要活出来的生活故事之间的相互矛盾。"（pp.23-24）

通过自传性叙事探究，她让我们看到了她的醒悟："从地点和时间的维度上回顾往事，我回顾年轻学生时代的我，回顾我认为许多老师所持有的那些关于我的故事，回顾我所经历的学校的主流故事与我的家庭和社区故事之间的脱节。我突然醒悟到随着时间的推移，我的老师们与我之间的边界变得越来越严格和无法消除。"（p.24）通过使用自传性叙事探究而获得的自我醒悟，她对她与当时上她课的学生迪恩之间的经历也进行了叙事性探究。在她探究她过去的学生经历，进而转向探究她现在作为迪恩的老师的工作经历的过程中，我们开始明白她是在展示给我们看在这项研究中她是谁。我们也看到了她是怎样阐述她的叙事探究的个人和实践意义。通过继续对世界旅行、学校场景、家庭场景等概念的思考，她也开始建立研究的社会和理论意义。她这样写道：

> 我思考着我们各自的学校经验是如何影响和塑造了我们的家庭故事，这些家庭故事是被蕴含在主流的社会、机构和文化叙事之中的，同时也思考着这些家庭故事又是如何影响和塑造了我们的学校经验。……我开始思考学校经验怎样能够影响和塑造教师、儿童、青年学生和家庭的经验叙事，同时又被这些经验叙事所影响和塑造。（p.27）

休伯所做的自传性叙事探究不是一项简单容易的工作。她写道：

　　我认识到，只有当我愿意审视自己赖以生存的故事、承认自己的弱点的时候，我才能开始努力进入迪恩的世界进行旅行——去尽力思考他赖以生存的故事，去探究我们双方赖以生存的故事可能怎样被不同的家庭和文化场景所影响和塑造，怎样被东园中学，这个我们各自的生活在其中相交的东园学校独特的场景所影响和塑造。（p.31）

通过自传性叙事探究，休伯不仅逐渐为她的研究塑造了观念上的叙事性概念和术语，而且阐明了她的研究的个人、实践和社会意义。她是这样设定她的研究疑题的：

　　我想要进入青年学生及其家庭的世界进行旅行，想要探究他们的故事是如何被蕴含在文化叙事之中的家庭和学校故事所影响和塑造的，就这样我的研究疑题产生了。我知道我想要进一步深入探究的疑题是：通过探究青年学生及其家庭的故事与学校故事的相交和碰撞，我可以学到什么？探究青年学生及其家庭的学校经验的连续性和非连续性能够怎样深化我关于文化、机构和社会叙事影响和塑造家庭和学校故事的理解？我的探究可以怎样拓展关于学校场景中不同生活相交方面的知识？（pp.31-32）

每一位想要做叙事探究的学生，在计划研究的时候都需要进行自传性叙事探究。每一位叙事探究者在她/他开始一项新研究的时候，都需要进行自传性叙事探究。我们将这些自传性叙事探究称为叙事开端（narrative beginnings）。通过那样的写作，我们每个人开始逐渐理解、明确我们所做研究的个人、实践和社会意义。这项自传性叙事探究的工作会影响和塑造我们的研究疑题，会帮助我们确认关键的叙事性概念和术语。在第3章和本章中，我强调了在叙事探究开启之初进行自传性叙事探究的重要性，我明确了只有通过这样的探究，我们才能深刻理解叙事性地理解经验的复杂性，以及理解将经验看作叙事现象的复杂性。通过这种方式，我们可以凸显我们的本体论和认识论承诺，并且可以设想在关系性地与参与者在一起的时候我们是谁。

5 开端于讲述故事：
安德鲁的篮球故事

　　大多数叙事探究开端于探究者要求参与者讲述他们的故事，有时是探究者与参与者进行一对一的讲述（Atkinson, 2007; Rogers, 2007），有时是探究者与参与者以小组形式进行的集体讲述（Hollingsworth & Dybdahl, 2007）。在本章下文中，我分享一篇叙事报告。这篇叙事报告来自一项大型的关于高中生辍学的研究项目。那项叙事探究开端于讲述故事，即参与者被要求与研究者进行会话，讲述他们自己的故事。下文分享的这篇叙事报告是该研究项目 19 篇叙事报告中的一篇。

　　（以下内容的另一个版本出现在由 D.Jean Clandinin，Pam Steeves 和 Vera Caine 主编、Emerald Group Publishing 于 2013 年出版的 *Com-posing Lives in Transition:A Narrative Inquiry into the Experiences of Early School Leavers* 一书中。）

关于安德鲁的一篇叙事报告

　　我们的第一次见面（2008 年 4 月 16 日）是在一家咖啡店中。咖啡店里那个角落较为嘈杂，但是气氛友好，我们谈话中不时可以听到卡布奇诺咖啡机发出的嘶嘶声和水汽冲出的声音。肖恩是一位高中教师，他当时正在休学术假。他认识安德鲁，并邀请他参加我们这个研究项目。在此之前，肖恩就主动提出要将安德鲁介绍给我，我们本来计划一周前（2008 年 4 月 11 日）在这个咖啡店见面。但当时肖恩和我等了一个小时左右，安德鲁却没有来。我一周前就感觉紧张，这一次更紧张。

我担心安德鲁会感到不自在，不愿意跟我讲述他的故事，因为我在一个教育机构工作。我想知道安德鲁是什么感觉，也想知道他前一周为什么没有来。

这一次，肖恩陪着安德鲁一起来了。在介绍我们两人认识之后，他就退到了咖啡店的另一个角落，留下我和安德鲁进行交谈。我们一起通读了一遍那些关于参与研究的伦理道德准则的材料，安德鲁在同意参加研究的文件上签了字，我们开始谈起来。这是我和安德鲁三次谈话中的第一次。我们的谈话每次都超过一个小时，这三次谈话历时六个月，从四月一直到十月，此后我们又有过一次简短的交流。第一次谈话的地点是这个咖啡店，后面几次谈话的地点都在我大学的办公室。

安德鲁大约 19 岁，个头高高的，有着篮球队员高大魁梧的身材。即使穿着牛仔裤和便装，也很难让人不注意到他。我倾听他的讲述要非常仔细，因为他声音很轻，而且讲得很谨慎。在对彼此有了一点点了解之后，我们经常一起开怀大笑，我开始领会到他丝丝的幽默感。在 2008 年秋天我们再见面时，安德鲁的穿着已经变得时髦起来，我感觉到他正在改变他的风格。

我们的谈话从他的学校故事开始。他告诉我，从 12 年级中间开始，也就是在他被校篮球队开除之后，他对学校就已经渐渐疏远了。通过他的讲述，我逐渐明白他的生活中有来自家庭和社区的多层次的支持。我们第一次见面时，他离开学校已经有一年多，他大约是在 2007 年 1 月离开学校的。

家庭关系

在与安德鲁的交谈中，我逐渐认识到他的生活充满了许多复杂关系。在我们的谈话跨越的几个月中，安德鲁慢慢地分享了越来越多关于在家中他是什么样的人的故事。一开始，我只是了解到他住在家里，和他妈妈生活在一起。他的妈妈是一名护士。他也经常说起他的两个哥哥，他们现在都已经结婚了，他们一起开了一个餐馆。他的两个哥哥都读完了高中，也都喜欢运动。他很欣然地谈到他的侄女和侄子们，谈到和他们一起度过的黄金时光。他说："我家里有很多孩子，我，还有我一个表弟，我们是这些孩子里年龄最大的……所以经常有照看孩子的活要干。很显然，我们两个不得不看着这些孩子，所以我身边经常是围着一群孩子，我的两个哥哥都有两个孩子。"

在我们交谈更多一点后，我了解到他妈妈是从西印度群岛来到加拿大的，开始时住在新布伦瑞克省，后来搬到埃德蒙顿市。他出生于埃德蒙顿。他父亲在他的生活中不再是一个中心角色。

他谈到他和他的哥哥们很亲近，也谈到与他的表兄弟们很亲近。随着话题的深入，他开始讲述一个从埃德蒙顿延伸到西印度群岛中的一个岛屿的家庭故事。他讲到几年前，他的妈妈、外婆、姨妈和表兄弟们回到西印度群岛，看望还住在那儿的表兄弟、姨妈和舅舅们。在那儿，他们住在他外婆的一个妹妹家。通过他对那段返乡生活的描述，我了解到家庭、运动和强有力的教会纽带将这个跨越千山万水的大家庭联系在一起。他提到住在那儿的表兄弟们也喜欢运动："踢足球、打篮球、打板球。"在讲到那些表兄弟的时候，他提到了在六年前也迁移到埃德蒙顿的表兄弟，提到了他们大家庭成员之间在经历这么多年、跨越这么远的距离还是能保持着非常紧密的联系。

安德鲁说"我妈妈那边的所有姐妹和兄弟现在都在这儿"，在阿尔伯塔省，大部分都住在埃德蒙顿，其中有一个生活在埃德蒙顿北边的一个社区。后来，他说有一个生活在加勒比的另外一个地方。他现在也仍然和他父亲那边的家庭保持着联系，他们也住在埃德蒙顿。从他的谈话中，我了解到他妈妈的表兄弟和他外婆的一个姐妹与孩子们也住在这里。

家庭对安德鲁很重要。这种大家庭成员之间的亲情跨越几代人、延绵几万里，这种亲情是非常深厚的。毫无疑问，家庭对安德鲁是很重要的，同时，安德鲁对家庭也很重要。在我们第三次的谈话中，我才弄清楚安德鲁所生活的那个大家庭的所有家人和亲戚。安德鲁说："我们相当亲近，所有人都是。我们每个周末几乎都在一起度过。"教会是他们所有人聚会的众多场所中的一个。家庭和教会被绑定在一起。

做一名负责任的家庭成员

在安德鲁分享的故事中，他讲到了帮他的哥哥照看孩子，在他两个哥哥开的餐馆里帮忙，帮助寄养在他家的那些孩子，他还讲到了帮助他亲戚家的人。在这些故事中，我非常强烈地感觉到他已经学会了做一名负责任的家庭成员的生活故事。

养活自己看来是他负责任的生活的一部分。虽然是住在家里，但是，自从他到了能打工的年龄开始，他就一直是自己挣钱养活自己。上高中的时候，他就在一家大型购物商城的一个店里打工。离开学校后，他先在一个食品杂货店打工，然后同时在一个建筑工地工作了一段时间。后来他离开了食品杂货店，一直在那个建筑工地打工。2008年秋天我再见到他的时候，他在一个车场打工。

参与教会活动

在安德鲁所生活和讲述的他的家庭故事中，教会的影响力很大。他的大家庭里的所有成员都属于同一个教会，有着相同的信仰。我觉得，在他们一家人来加拿大之前，教会就已经是他那个大家庭的生活的一部分了。

在第一次谈话中，安德鲁告诉过我，他母亲将他转到了那所宗教学校（Logos school）。从那开始，我就知道他家与教会有密切的联系。他说，"我们家人都是基督徒，所以我妈妈觉得让我去上那样的学校对我有好处。在那所学校成立的第一年，那时我还在读小学，我妈妈就决定将我转学到了那所学校。"

在我们第二次谈话中，我提到了他的信仰。他回答我说："从我很小的时候开始，我就一直去教会，现在我还是去教会。"在交谈中，他提到："教会里负责青少年的牧师跟我很处得来……每个星期天我们都一起打篮球……所以一切都挺好的。"在我们更多地谈到教会联系的时候，他说起他全家人都去教会的故事。后来，在第三次交谈中，他说教会是他的大家庭里的亲戚们每周都能见面联系的地方。

他也谈到每周五的圣经学习小组和其他各种教会活动，以及"后来，我们一帮人一般在每个星期天都去那所附属教会的学校打篮球"，他说，"他们允许我们使用场地，他们允许所有的教会成员使用他们的体育馆健身或做运动什么的，所以我们经常在星期天去。"

在我倾听着安德鲁的故事的时候，我开始明白他生活中的篮球运动与教会活动是互相交织在一起的。在安德鲁所讲述的故事中，运动是一条主线，这不仅体现在他的初中和高中的学校生活之中，也体现在他的教会和社区生活之中。即使在高中辍学之后，他仍然在基督教青年会（YMCA）[*]、社区和教会继续打篮球。

喜欢球类运动

因为安德鲁的表兄弟们，无论是生活在埃德蒙顿的还是生活在西印度群岛的，都喜欢球类运动，所以安德鲁对多种球类运动的热爱，以及他在这方面的能力，帮他在大家庭里建立起了诸多的联系。他的母亲和哥哥们都赞成，并且鼓励他热爱运动。他对运动的热爱也将他与教会联系在一起，教会里的那个负责青少年的牧师鼓励他继续下去，发展成为职业运动员。

在安德鲁的大家庭中，运动似乎跨越了代际和地点，是家人和亲戚们共同参与的一项活动。安德鲁第一次谈到运动时，是这样说的："大约在4年级的时候，我踢足球，我开始踢足球，那时我在校队和一个俱乐部球队踢球。"

他踢足球，"一直踢到7年级，然后我开始打篮球……我在初中那所学校里和社区里都打球，我既踢足球也打篮球"。一直到8年级结束或9年级开始，他足球和篮球两种球都在玩。后来，他停下了足球，"同时参加两种球类运动实在太辛苦了，因为在学校时我为学校打篮球，然后我又需要为社区和俱乐部踢足球，每天都做两种运动太辛苦了"。

安德鲁说他两种运动都喜欢，"但是我想，就只在学校打篮球，可能比同时还在校外踢足球要好些，如果我在校内同时玩这两种运动，那可能就难以决定了。"他的意图是"想弄清楚我想要做哪种运动，然后就集中精力只做那种运动，将它玩好"。

---

* 加拿大一个提供健康、教育和社会服务的慈善组织。——译者注

在谈话中，我听到过安德鲁谈起球类运动在他的生活中所处的位置。他说："在初中的时候，也总是和打篮球有关，但是，初中的老师们，他们看起来更关心我、更理解我，所以，我跟他们有点谈得来，是的，跟他们真的很谈得来。"球类运动是他生活的主线，正是能够进行球类运动，特别是篮球运动，才使得他一直参与学校的其他活动。

> 我上学就是去打篮球，有时候我也喜欢读书什么的，但是，到了高中有个很大的变化，高中老师和初中老师很不一样，所以那时开始我就只有真正集中注意力想要打篮球（而不再想要读书了）。

在安德鲁读初中的那几年里，他继续打球，主要是打篮球，无论是校内还是校外，他都打。他谈到过他初中体育老师对他的支持。在他玩"俱乐部篮球"的时候，他结识了那位老师的女儿。到初中结束的时候，他不得不在两种运动中选择一种，并集中精力在一种运动上，他选择了篮球。但是，他也提到过，在他读 11 年级的时候，他也在校排球队打过排球，不过，那只是"为了好玩"。

在选择高中的时候，安德鲁选择了对他的篮球特长感兴趣的那所学校。他说："因为我就是喜欢，从上 6 年级的时候开始，我就和那名教练保持着联系，所以，有点像是，我和那儿有联系，所以我就决定了要去那儿。"我说："那么，很长一段时间都是和打篮球有关了。"他认同我的话。安德鲁关于他自己的故事是围绕着他是一名篮球运动员而谱写的。

在我们所有的谈话中，运动话题，特别是篮球，屡屡出现。他有一个表兄在上大学，他提到过与那位表兄在大学校园打过篮球，他也提到过在基督教青年会 (YMCA) 打过篮球，他还提到过被职业球队招募。即使是在辍学之后，他还在进行训练。

和那些朋友，那些我知道在学院球队打球的朋友一起，所以我总和他们一起，这样我就跟得上其他人，他们现在有一个球队，我每周去一次，去和他们一起练习，我的表兄在大学球队，所以我也和他们一起练习。

当我们四月和五月谈话的时候，他说他还在继续每周打三次篮球。即使他已经开始谱写他未来想要成为什么样的人，以及他想要做什么，但他还是想要以某种方式继续打球。

虽然对安德鲁来说很难讲述他的篮球天赋和技巧有多好，但是在认真聆听之中，我了解到他的高中校队曾经经常去很多其他的国家打球，而安德鲁是球队里的优秀球员。

运动，尤其是打篮球，为他的生活提供了连贯性。如果不理解他是多么渴望打球、他作为篮球运动员是多么优秀，那么就很难理解他的关于学校的故事。

通过音乐理解生活

谈到他对说唱音乐和嘻哈音乐的热爱，安德鲁告诉我，在音乐中

人们喜欢表达他们的生活，例如，他们怎样去上学，然后发生了一些什么事情，他们不得不辍学，是否是为了照顾家人还是别的什么。听那些音乐使我想到我并不是唯一的一个不走运的、需要面对那些事情和问题的人。所以听那些音乐也让我继续生活下去。在读 10 年级的时候，安德鲁自己做过一些说唱音乐，他还是某个乐队的成员。

在他读 10 年级时，那个乐队在一次大型篮球联赛的开幕式上做过表演。我能想象到在那么多人面前演出，他该是多么的自信。

去上学

安德鲁上过的学校都在埃德蒙顿。他在一个小学上到 5 年级，然后他母亲将他转入一所学术性导向的公立基督教教会学校。后来，安德鲁告诉我，因为他在小学成绩一直都很好，他的母亲想要他在那个教会学校的学术性课程里学到更多的东西。他说："因为那个学校里很多人真的很聪明，我那时成绩真的很好，所以她决定考验一下我，看看我在那儿会怎么样，结果我表现得不错。"

我想知道他自己是否想去那所学校，但是，正如他说的，"其实对我来说真的没关系。学校就是学校而已。"我想知道他有没有担心会失去他的朋友，但是他说他们"都住在同一个地方，所以我还能看见他们，所以没什么大问题"。虽然关于学校的学术性课程，他谈得很少，但是他的确喜欢那儿的老师，也交了"一些朋友，并且和他们相处得很好"。他喜欢在一个特别的学校里，那个教会学校。他说："那是一所好学校。很容易就可以认识新人。因为和普通学校相比，那儿有自己的宗教信仰，所以你可以和所有的孩子交往。整天你都和他们一起上课，所以认识新朋友并不是那么难的一件事。"

上初中的时候，他又回到了他居住的社区的一所学校。他说："初中，我所有的朋友，先前和我一起上那所小学的朋友，我们都去了同一所初中，因为那所学校离我们住的地方近，所以我仍然还是和他们一起玩。"

他用积极肯定的话语描述了他的初中经历，他注意到：

> 在初中，老师们会不嫌麻烦，如果他们看到你正在努力或是有困难什么的，他们会竭尽全力地去帮助你。但是到高中的时候，他们看起来好像，如果你想要做好什么事，你不得不放学之后来，

在课内他们不会真的帮你什么，然而那时你能记得你想要问的大多数问题，等到放学之后再回想就有些困难了。

安德鲁特别提到了两位初中教师：一位是他的体育课老师，他在俱乐部打球时结识了那位老师的女儿；另一位是他的建筑课老师。他说，体育老师告诉他可以"去找她，她会帮我的，无论什么时候都行，所以那就是我为什么有点喜欢她"。安德鲁的建筑课老师告诉他，他认为安德鲁"真的投身于我正在做的事，所以他说如果我需要什么帮助，例如建筑课或其他家庭作业之类的，他也会帮助我"。

安德鲁谈到在初中的时候，他喜欢数学，是因为"老师教数学的方法。他让数学课更好玩，而不是仅仅教授知识"。初中的篮球教练，安德鲁将他描述为"就是纯粹地打篮球"。

> 他在学校里好像除了篮球别的什么都不关心，因为我记得有几次，我想，前一天晚上我打了一场篮球赛，然后第二天早上我会赖床，不去上学，我知道我会翘一天的课。但是在那同一天，我们又有一场篮球赛，我没打算去学校，后来他打电话给我，问我要不要参加球赛。他应该知道我是没去学校的，所以我想对他来说就是纯粹地打篮球。

他之所以选择了那所高中，是因为那个篮球教练的鼓励。在那儿，他一直待到 12 年级过了一半。安德鲁选择那所学校是因为他是被招募进那儿的。

到他上高中的时候，安德鲁对任何一门课程都不怎么感兴趣。他说，

> 我之所以感兴趣，是因为我知道我需要那门课程，然后可以去一个打篮球的地方，但是，我真的没有兴趣，去确保我能得高

分，嗯，我只要确保能得过关的分数，那样我就能继续打篮球，所以我并没有真正地好好学习。

打断他赖以生存的故事

因为"一个情况"，在 12 年级过一半的时候，安德鲁被开除出了篮球队。

> 队里的几个家伙到教练那儿说了几件并非事实的事，然后，没有，我也确实没有为自己辩护，我只是让他们说他们想说的，然后就把它放在一边没管它，因为那件事，就将我赶出了球队……我去上那所学校其实真的就是因为篮球，就是为了一天上课结束的时候我可以在那儿打篮球，所以，当那个被剥夺了之后，我没有任何真正的动机去继续上学。

我想让他多说一点，好让我了解得更多一些。我了解到原来安德鲁：

> 没有深究，没有替自己辩护，因为他们是球队的队长，是他们的话针对我……我在那儿真的就是为了一天上课结束时能打篮球，所以当那一切都不存在之后，然后学校里就再也没有任何事情能让我留下来了，因为能打篮球才让我留在学校里，因为我知道我在一天上课结束的时候能打球。

我想弄明白为什么他没有抗拒被球队开除，他说：

> 那是两个对一个，两个队长对我一个人，所以真的，那真的是，两败俱伤的情景，即便我说了我的意见，但是两个对一个，真的，我真的不认为别人会相信我，我并没有真正想清楚应该要自己澄清事实，所以他们想说什么我就让他们说。

　　我问起他妈妈对此的反应，他说："我并没有告诉她真实的情景是什么样子，因为我不想将事情闹大，所以我就把它放在一边没管那个事情。"我想知道他是怎么和他妈妈说的：对他来说，把被踢出篮球队这件事告诉他妈妈是多么的困难，对他妈妈来说，听他讲述这件事的来龙去脉又是多么的困难。安德鲁谈到了愤怒，有一次，他说："他们那么说我，我感到更多的是震惊而不是其他的情绪。因为，我们应该是一个团队。当我们组成一个团队的时候，我们应该彼此互相维护，而不应该做那样的事情。"

　　后来，在我们十月份的那次谈话中，安德鲁说起：

　　　　他比那些老队员获得了更多的上场参赛的时间，［在他和另一个赶得上他的人］参赛之前都是那些老队员上场。我比那些老队员和一些新手获得了更多上场的机会，所以那些家伙，像是，一起密谋的，他们想说什么就说什么吧。

　　我感觉安德鲁开始将嫉妒看作其他队员讲述的关于他的故事的动因之一。

　　他的 12 年级需要修习很多课程（社会、数学、科学、英语、电脑技术、焊接、体育），但是，在没有了篮球的日子，他这样描述他的经历：

　　　　最终我只是，我还是继续去上学，但是，我一次又一次地翘课，因为上午有课，然后就是午餐，午餐后我有一堂课，剩下的时间就全部都没课，所以后来我会上午去上学，然后午餐之后我就不会去上下午的课，因为我想就为了去上那一堂课然后就没事了去一趟，没意义，于是我就不去上那门课了，然后，我开始翘上午的第一门课。我睡过头了，会错过上午的第一门课，然后，我觉得我只有两门课要上，再然后，那两门课我也不去上了，就这样，一次又一次，我去了，错过了一堂课，然后，就一直错过，错过，错过一堂又一堂的课。

他说：

过了一阵子，我会看到他们，去参加篮球训练，因为储物柜都在同一个地方，所以，我，就是，觉得一切都不值得。为什么他们可以做他们想做的，而我却不能，就因为，发生的那件事的原因吗，所以，我就，不再去学校了。

当他被踢出球队之后，"学校里再也没有什么事可做了，因为我做学校里的其他一切就是为了能打篮球"。

在倾听安德鲁讲述他的故事的时候，我能够听出，对于安德鲁来说，仍然要去使用和其他的篮球队员放在同一个地方的储物柜是多么困难的一件事，那些人还是球队的队员，而他已经成了一个外人，一个不再属于那个球队的人。失去球队成员的资格使他感觉自己几乎不存在，因为那意味着他不再参与球队队员之间的对话，他也不再拥有球队队员所拥有的特权。他不再被人们看成是一个强壮的篮球运动员，虽然他仍然认为自己是的。安德鲁讲述了一个自己作为好学生的故事，他"知道如果我多一点努力的话，我能够成功的"。坚持认为自己是一个好学生的故事有助于他自信地重返学校。

即将重返校园的故事

安德鲁并没有将自己的故事讲述成一个辍学青年的故事，而是讲述成他会完成高中学业，"去读大学，一边读书，一边打篮球"的故事。虽然在 12 年级的中间中断了学业，安德鲁仍然计划想办法读完 12 年级，然后进入一个他可以继续打球的高等教育机构。在我们的第一次谈话中，他说道：

> 我一直都在打工，也一直在和一帮教练们交流，想要获得奖学金进入一个社区学院，在那儿打球。在看了他们的一场球赛之后，有一个和我交谈过的教练主动找到我，问我愿不愿意为他们球队效力，就是即将到来的这个年度，因为他是在我 11 年级的时候看到我的。我们交流过我现在的处境，看看怎么进行下去。他邀请我和他们一起训练一天，在那次训练之后，他要我在指定的那几天里保持参与训练。一周要训练三天。于是我就一直参加训练了，后来他问我是否愿意下一年度继续打球，他说他会给我提供奖学金。但是，他可能要调离，如果他调离的话，我可能就没得球打了，但是如果他还是教练，那我肯定能得到那个机会。

他犹豫不决，不知道选择学习什么，社会工作看起来是他最感兴趣的。当我跟他谈起社会工作的时候，他说："因为我的哥哥们有孩子，我经常照看他们，当其中一个哥哥拥有一个餐馆之后，很多时候都是我在照看他的孩子。我不工作的时候，身边总是围满了孩子，说不定我也可以以此为生。"

对于安德鲁来说，社会工作就是和那些家庭有问题的孩子打交道。从过去的三年他妈妈收养孩子的事情中，他对这方面有一些了解。安德鲁说，他妈妈开始这项工作是因为"我的一个姨妈是这样做的，因为我妈妈下午都在家，所以她跟我妈妈说，你为什么不做这件事呢。所以我妈妈就学了一门课，然后就开始干这个工作了。是她给我出了这个（成为社会工作者的）主意"。

公平竞争：做一个遵守道德规则的队员

对于安德鲁来说，作为团队中的一员意味着什么是他深深信守的一个生活隐喻的一部分，因为他用它来思考如何采取行动。例如，他说："好吧，我说了那不是真的，但是我并没有深究下去替自己辩护，因为他们是球队的队长，是他们的话与我的话相左。"

卡尔（Carr,1986）的话帮我理解了安德鲁正在展开的生活故事中的一些东西。安德鲁认为他在寻求一种叙事连贯性，寻求一根情节主线，这根情节主线能够帮他认识到生活的意义。在他被篮球队开除之后，他生活故事之中的叙事连贯性被中断，于是，安德鲁开始搜寻重建那种连贯性的方法。

在他回头审视自己的经历，并尽力重建一种叙事连贯性的时候，他讲到了他深深信守的那些感觉：作为一个大集体的一分子意味着什么、作为一个大家庭的一分子意味着什么、作为一个团队中的一分子意味着什么。对于安德鲁来说，属于一个团队或家庭意味着努力思考作为一个团队或家庭中的一员他的角色是什么，并且要对作为团队一员的自己的角色负责任。他觉得他不能评判他人，他只能依照他自己的个人道德规则而生活。

正如我前文所注意到的，安德鲁的生活故事叙事连贯性被中断使得他要努力重新构筑自己的生活故事。当我问安德鲁是否因为离开球队而难过时，他说，

> 我既难过又不难过。我难过是因为那是我的最后一年，关于我未来的去向，它本来可以给我更多的机会。我不难过是因为它使我用另外一种方式看待生活……它使我更负责任，使我观察，你应该怎样对待别人，期望什么，你知道的，即使你们是一个团队，你们是一个亲密的团队，仍然可能会有几个人因为你的优秀而嫉恨你，等等诸如此类的问题。

6

解包
"开端于讲述故事：安德鲁的篮球故事"

第 5 章提供了一项以讲述故事为开端方式的研究中的叙事报告。以讲述故事作为叙事探究的开端，既可以采用参与者与研究者一对一讲述的形式，也可以采用多个参与者与研究者坐在一起，集体讲述的形式。在两种形式之中，探究都以参与者讲述他们的故事作为开端。

在一对一的形式中，参与者被要求以多种方式讲述他们的故事：他们可以回应或多或少结构访谈性质的问题；可以参与会话或对话；可以通过使用照片、记忆盒物件等各种个人纪念品来激发他们讲述相关的故事。在多对一的形式中，两个或多个参与者同时与研究者碰面，讲述他们在相似情景中经历过的生活故事。

为了清楚地说明将讲述故事作为开端形式的叙事探究中叙事性思维的过程，我引用了一项由 11 位叙事探究者一起进行的大型研究（Clandinin et al.,2010）。整个研究小组，包括我在内，都对高中毕业之前辍学的青少年谱写生活的过程感兴趣。我们都想更多地了解他们故事化的经验，我们认识到他们的学校生活仅仅是他们更丰富的生活谱写中的一部分。我们对研究他们的生活感兴趣，或许，通过了解他们的生活，我们想要更多地了解我们作为教育者自身的生活，以及更多地了解学校。

我们的一部分意图是研究我们所说的关于学校的故事，研究我们可以怎样开始改变那些故事。

我们的研究疑题是探究那些青年的经历怎样造成了他们高中辍学，以及他们高中辍学的经历怎样影响和塑造了他们的生活（Clandinin et al.,2010）。我们研究疑题的落脚点是理解青年人是怎样在他们学校内外诸多复杂的、多层次的生活中缔造他们自己的生活的。在这项探究中，参与我们研究的共有19位青年，他们的年龄在18~21岁，都是在高中毕业之前就离开了学校，而且都已经离开学校超过一年了。我们挑选了那些生活经历各不相同的青年参加我们的研究：他们有的生活在乡村，有的生活在都市，有的生活在郊区；他们之中有男有女；他们来自不同的文化传承；他们生活在不同的家庭结构里；他们属于不同的社会经济团体；等等。我们并没有要求教师一起参与这项研究，也没有在学校里和这些青年相遇。我们是在这些青年复杂的、正在展开的生活的中途和他们相遇的——他们至少还没有从高中毕业。基于我们的研究疑题，我们和这些青年中的每一位进行了一系列的交谈。我们的谈话围绕着他们的生活怎样造成了他们高中辍学，以及他们的高中辍学怎样影响和塑造了他们的生活而展开。我们和他们见面的地点包括咖啡店、办公室、快餐店、小餐馆、图书馆——有些青年还将我们带到了他们上初中的学校。

我们的实地文本（或数据）（Clandinin & Connelly,2000; Connelly & Clandinin,2006），大部分是和这些青年交谈的录音转写。但是，关于我们与这些青年的面谈，以及在其他场合下我们与他们的接触，我们也做了实地记录。有些青年将他们的经历用绘画的方式表现出来，有些青年也和我们分享一些记忆盒中的个人纪念品。其中有三个青年将我们带回到他们上初中的学校。所有这些经历都成为该研究的实地文本。

我负责探究的一位参与者名叫安德鲁。对安德鲁的叙事报告已经呈现在第5章。安德鲁是一个假名字，他是由该项目中的另一个研究者——肖恩·莱萨德介绍给我认识的。肖恩是在做高中教师时认识安德鲁的。我与安德鲁共同谱写的实地文本以我们之间的四次谈话为基础——叙事探究空间的三个维度以及统辖整个探究的研究疑题影响和塑造了那些谈话。此处，我先分享与安德鲁共同谱写实地文本的过程，然后分享从实地文本推进到临时性研究文本以及最终研究文本的过程。

我和安德鲁的第一次谈话是在一个咖啡店进行的。肖恩和我安排在那个咖啡店与安德鲁见面，那个地方距离安德鲁的住处和他以前上学的地方很近。

在给我们做了介绍之后，肖恩离开了我们的桌子，然后我和安德鲁继续我们的交谈。我对该项研究做了更清楚的说明，请他阅读了知情同意书，并在知情同意书上签了名。

为了展现我是怎样在三维探究空间中引导这次会话的，我在下文分享一些会话的片段。

瑾： 现在它启动了。好的，现在它开始了（指录音机）。我真的很好奇，我只是想要你，以某种方式，从头开始告诉我，告诉我你在哪儿开始上学的，你开始上学时心里有什么想法。

安德鲁：高中吗？

瑾： 不，在那之前，将我带回到你最开始上学的时候。

安德鲁：嗯，小学我上的是 G 学校，我在那儿从幼儿园待到 5 年级，我想应该是，不，是 4 年级或 5 年级，然后我就转到了 Y 学校，进入了他们的传统学术项目。

瑾： 那是一个什么样的项目？

安德鲁：它是有点，嗯，是他们的基督教项目之一。它是，像是一个，有点像是一个基督教项目。我是在，我觉得是 5 年级或 6 年级去的。

瑾： 那么，那你肯定要坐公交车去上学吧。

安德鲁：是的，我不得不坐校车去。

瑾： 好的，好的。

安德鲁：我在那儿待了两年。那是我在那儿待的两年。然后，我就上了初中，7 年级到 9 年级，我上的是 W 学校。

瑾： 那么，是你离开了那个基督教项目，还是你别无选择？

安德鲁：那儿只有到 6 年级，只有小学，然后初中我去了 W 学校，它离我家更近。我 5 分钟之内就可以走到学校。我去那儿上了 7 年级到 9 年级，在那儿打篮球、踢足球。（录音转写，2008 年 4 月 16 日）

在会话开始的那几分钟，我将焦点集中在时间性维度，尽力获取安德鲁与学校有关的生活的总体印象。一会儿之后，当安德鲁开始讲他打篮球的经历时，我把注意力转向了对地点的探究。

瑾： 那么你为了好玩而打球的时候，你是在哪儿打的？

安德鲁：基督教青年会或者是 C 体育馆（市里的专业体育馆）。

瑾： 哇。人们可以随便去那儿打球吗？

安德鲁：是的，他们那儿有一个篮球场，就在，像是，在足球场的角落上。
（录音转写，2008 年 4 月 16 日）

在我开始更多地了解安德鲁是一个什么样的篮球运动员的过程中，他对我的那些关于地点的问题的回答，那些关于将他自己置身于学校之外、城市之中的回答，使我开始理解他是一个什么样的人。一会儿之后，我们把注意力转向了社会性维度，我询问他对自己的经历有什么感觉和回应。

瑾： 那么你去基督教学校上了小学，你为什么去那儿呢？

安德鲁：我的家庭是一个基督教家庭，我妈妈觉得去那样一个学校上学对我会有好处，所以她将我从原来的小学转学过去。那所教会学校才刚刚成立第一年，她就决定将我放在那儿。

瑾： 那你当时是怎么想的？你想去那儿吗？

安德鲁：对我来说，那并不重要，学校就不过是学校而已。

瑾： 但是你就不得不离开你的朋友们了。

安德鲁：是的，但是，我们都住在同一个地区，所以我还是可以看到他们，情况并不是那么糟。（录音转写，2008 年 4 月 16 日）

停留在社会性维度之内，我将问题转向了当时发生的社会事件，试图将那些社会事件置于安德鲁所经历过的更大一些的社会和机构叙事之中。

瑾： 然后，初中是什么样子？

安德鲁：初中，好像所有上先前那所小学的朋友，我们都去了同一所初中，因为那所学校离我家近，所以我还是和他们一起出去玩。（录音转写，2008 年 4 月 16 日）

在安德鲁回答这些问题的时候，我在动用我自己的知识，我知道他去过的那两所小学和初中的地理位置，我知道专门的学校，例如基督教学校，一般会位于城市的中心区域。我这样做是为了把注意力引到从一个专门小学转到一个普通初中的更大的机构叙事。当安德鲁让我注意到他能够和邻居的老朋友们一起上同一所初中的时候，他使我确认了这样一个机构叙事，那就是普通学校和那些青年人居住和生活的地方距离更近。

第一次谈话之后，我找人将录音进行了转写。我反复播放着录音，倾听我们的对话，最初只是为了检查转写是否准确，但是后来是为了隐喻性地将我自己放回到与安德鲁第一次交谈时的情景，以此重新唤起当时我心里涌起的感情。听完录音之后，我又阅读了一次录音的转写，然后我对录音转写进行了反复多次的阅读。我心里想着三维空间，在记录录音转写的纸张的上下左右的边缘空白处写下笔记，标示出我所注意到的地点（他的家、他的学校、篮球场、他的临时工作地点）；他的感觉；在家里、学校，以及他所生活的几个社区中发生的事件；同时也关注他在一段时间内所生活和所被讲述的生活中的时间性。我开始感觉有一种回顾过去和展望未来的时间性，这包括了一个前瞻性故事，在这个故事里安德鲁会上大学，他也会继续打篮球，虽然那时他已经离开了学校。

我边阅读边做笔记，用以明确下一次与安德鲁谈话时，我希望更深入了解的问题。同时，我也注意到了我们所说的那些充满张力的时刻。我辨识出来的一个可能的张力时刻在下面的录音转写片段中体现得很明白，时间大约是在谈话开始十五分钟后。

瑾：　　你［在12年级离开学校之前］选修了哪些课程？

安德鲁：当时我在学社会、数学、科学、英语，然后，一些选修课和通信技术，那门课像是，和报纸和各种编辑工作有关。还有焊接课，所以我修了那些课，然后，当然还有体育。

瑾：　　那当然，那是你擅长的。哇，你就那样将所有的课程都放弃了？

安德鲁：最终我只是，我还是继续去上学，但是，我一次又一次地翘课，因为上午有课，然后就是午餐，午餐后我有一堂课，剩下的时间就全部都没课，所以后来我会上午去上学，然后午餐之后我就不会去上下午的课，因为我想就为了去上那一堂课然后就没事了去一趟，没意义，于是我就不去上那门课了，然后，我开始翘上午的第一门课。我睡过头了，会错过上午的第一门课，然后，我觉得我只有两门课要上，再然后，那两门课我也不去上了，就这样，一次又一次，我去了，错过了一堂课，然后，就一直错过，错过，错过一堂又一堂的课。（录音转写，2008年4月16日）

我和安德鲁约定的下一次见面时间是在三周之后。在我为下一次见面做准备的时候，我知道我需要重温几点，其中包括我所辨识出来的那些张力。这几点似乎表明安德鲁和我分享了对他来说什么是最重要的。正如录音转写中所显示出来的那样，我当时无法进入安德鲁的世界，进行"'世界'旅行"（Lugones,1987），我无法理解他怎么会在距离毕业那么近的时候离开了学校。这对我来说缺乏叙事连贯性，但是，安德鲁似乎认为他的选择具有叙事连贯性。作为探究者，这成为我一直不断感受到的一个张力，在随后的几节里，我会说明。

安德鲁和我在我大学的办公室里进行了第二次谈话。当肖恩知道我们的见面计划之后，他和安德鲁联系了一下，安排在安德鲁和我谈话结束后一起吃披萨。我再一次针对时间性的问题开始了我们的谈话。

瑾： 我在想你先前给我讲的故事，好像是一直到高中，高中都是关于打篮球。

安德鲁： 是的。

瑾： 那么学校真正有意思的一部分……

安德鲁： ……是打篮球［他说完了我的句子后笑了］。

瑾： 那是打篮球。那么我猜我想要弄清楚是什么时候开始你去学校不再是为了学习，而是为了篮球。

安德鲁： 一直都是为了篮球，在初中的时候，也总是和打篮球有关，但是，初中的老师们，他们看起来更关心人、更理解人，所以我有点，像是，跟他们相处得好，像是，真的很好。所以，对我来说，那就更好一些，因为那样的话，我真的不，什么都不担心。我上学就是去打篮球，有时候我也喜欢读书什么的，但是，到了高中有个很大的变化，高中老师和初中老师很不一样，所以那时开始我就只有真正集中注意力打篮球（而不再想要读书了）。（录音转写，2008 年 5 月 6 日）

在上面的片段，虽然地点和时间交织在一起出现，但是我也想关注安德鲁当时谱写他的生活的诸多地点。我了解到篮球场是一个中心地点，而且我认识到有多处篮球场。安德鲁打球的有一些篮球场在学校里面，但是也有一些在学校外面的其他地方。我对家庭和社区里的地点也感兴趣。我注意到他也在社区打球，他称之为打"俱乐部篮球"。我们也谈过他学校之外的生活，以及他在学校之外生活的地点。

瑾： 那时你不在购物商城，而是开始在食品杂货店打工。因为之前，上一次你告诉我你在购物商城工作。

安德鲁：我在一个，是的，我在一个服装店打工。

瑾： 好的，是的。那么你当时上学、打篮球、打工。

安德鲁：打工。

瑾： 然后你停止上学——那么，我猜你停止了打篮球。

安德鲁：然后我就只是打工。（录音转写，2008 年 5 月 6 日）

既然现在他不再在学校打篮球了，我很想知道他是怎样保持他的篮球技术的。

瑾： 现在跟我说说，因为你今晚要去基督教青年会打球，跟我说说你是怎样保持你的球技的，因为我感觉如果你没有保持球技进步的话……

安德鲁：好吧，我一般，嗯，一般只是训练，和那些朋友，那些我知道在学院球队打球的朋友一起，所以我总和他们一起，这样我就跟得上其他人，我还每周去教会练一次球，他们现在有一支球队，我的表兄弟们在那儿打球，所以我也和他们一起练习……（录

音转写，2008 年 5 月 6 日）

这并不是"教会"这个词第一次出现，我知道我应该更加密切地注意教会这个地点，将它看作安德鲁经验故事中的一个很重要的地点。我也紧密地关注社会性维度，将注意力转向关注他的故事所表达出来的感觉、情感和审美方面的反应。他跟我谈起了他在过去的几年里相处的女朋友。

安德鲁：好吧，我告诉她，但是我们并不是真的，我们只是，我告诉她那都过去了，现在我会向前看，创造一个更好的未来。

瑾：　　对。你真的很清楚那一点。你有没有想要回到学校，告诉在高中的那些人？

安德鲁：我想的，但是那样的话，我现在并不会真的知道，如果，现在告诉他们和不告诉他们，我都不知道当时可能会发生什么样的情况。

瑾：　　你能告诉我，如果你不想回答就算了，但是你能够这么平静地对待这件事，我想知道一点点你是否，你知道的，是否还和教会有联系？

安德鲁：是的。

瑾：　　部分原因是不是因为信仰？

安德鲁：是的，从很小的时候开始，我就一直去教会，我现在还去［教会的名字和信仰］。

瑾：　　所以它能帮你保持……

安德鲁：它能，是的。

瑾：　　……保持一点心理平衡和理性。你现在和［一所附属的社区学院的名字］有联系吗？

安德鲁：是的，有的。我的大家庭中，有几个人在那儿上学。（录音转写，2008 年 5 月 6 日）

我也问了安德鲁和他一直长期保持关系的那些人和那些事。

瑾：　　那么你保持着与教会的联系。

安德鲁：是的。

瑾：　　　有没有哪个特定的牧师，或是什么人?

安德鲁：那个负责年轻人的牧师和我很合得来。我们，嗯，每个星期天
　　　　　一起打篮球。

瑾：　　　哇。

安德鲁：是的，那挺好。

瑾：　　　这么说，让你渡过难关的是你持有的那种信仰吗?

安德鲁：是的，对。

瑾：　　　你的全家都去那个，那个教会吗?

安德鲁：是的，对。（录音转写，2008 年 5 月 6 日）

在第二次谈话后，我同样找人将录音转写出来，听着录音磁带里的对话，
阅读着转写的材料，开始是校对转写的材料是否准确，然后是尽力进行世界旅
行回到那个时间、地点和关系的空间，这个空间是安德鲁和我在谈话中以及通
过谈话而开始建立起来的。我再一次在三维的叙事探究空间之内进行研究，在
录音转写的纸张的边角空白处做下笔记，标示出我注意到的地点、时间性和社
会性。我关注安德鲁故事中的所有角色，包括他的妈妈、教练、其他的球员、
家庭成员、牧师、他的女朋友和他的老师们。我再一次被他前瞻性的故事打动。

我重读了第一次谈话录音的转写材料，记下了我第一次谈话时没有密切关
注的方面，那些方面现在看起来与可能的情节和叙事线索有重要的关系。教会
现在显得更重要，他的直系亲属和他的大家庭也显得更重要。

在安德鲁的故事中，他会进入高等教育机构学习，也会继续打篮球，这个
前瞻性的故事在我们的两次谈话中都有明显的体现。

我提出另外一个我所感受到的主要的张力，那个张力在第二次谈话开始几
分钟后就凸现出来了。

安德鲁：我之所以感兴趣，是因为我知道我需要那门课程，然后可以去
　　　　　一个打篮球的地方，但是，我真的没有兴趣，去确保我能得高
　　　　　分，嗯，我只要确保能得过关的分数，那样我就能继续打篮球，
　　　　　所以我并没有真正地好好学习。

瑾：　　　是的。那么，你是不喜欢数学、化学和社会研究。

安德鲁：不喜欢。

瑾：　　那真的只是关于……

安德鲁：那真的只是关于篮球，是的。

瑾：　　那么其他所有的事都是为了你……

安德鲁：我做那些事只是因为我知道我做了那些事才能打球。

瑾：　　是的，安德鲁。那应该是一种十分可怕的感觉。

安德鲁：是的。

瑾：　　那么，我的意思是，我在想，那也是为什么我想回头看看，那么什么时候学校开始变成关于，关于篮球的，因为以前……

安德鲁：他们做了那件事以后？

瑾：　　他们将你开除出球队以后，我的意思是那应该是……

安德鲁：是的。那让我在学校无事可做了，因为在学校的一切就是为了打篮球。（录音转写，2008 年 5 月 6 日）

在这个片段之中，很明显地，他将他的学校生活与能够在学校继续打篮球联系在一起，同时也与能够进入高等教育机构继续打球联系在一起。我前面提到过我仍然在试图努力进入他的世界进行世界旅行。对我来说，这是一个持续不散的张力。我能理解他想打球的愿望，但是为什么他不能完成在学校的最后一年，然后继续演绎他的前瞻性故事呢？

这儿有什么让我无法理解呢？正如贝特森提醒我的那样（Bateson,1994），我可能太聚焦于谈话录音转写中的字词，而没有对那些安德鲁的生活所蕴含其中的更大的叙事予以足够的关注。贝特森写过这样的话：

> 集中注意力非常珍贵，不容忽视。我知道，如果我将视野收窄，努力地去看什么东西，我很可能会看到新的东西——就像草茎之间的生命需要目不转睛地盯着它看一会儿之后才会发现一样。弱化那种注意力的集中也很重要——我听说捕获流星划过天际一刻的最好方式是将其放在视野的边缘位置。（1994, p.103-104）

我是否因为注意力太集中而错过了什么？我知道我需要弱化我的注意力集中的程度。但是，我不确定该怎样做。直到后来，肖恩·赖萨德对我的第一稿叙事报告给出反馈之后，我才开始弱化我的注意力集中程度，并开始更深入地理解安德鲁所生活其中的关于学校的故事。

第二次谈话之后，我开始抽出我逐渐看清的那些叙事线索和张力。为了帮助自己理解安德鲁的经历，我用草图勾画了一个编年史（an annal），在它上面标示出了地点、以学校里的年级为起止点的年份和相关的人物。我们曾经这样描述过编年史 (annals) 和大事记（chronicles）：

> 我们经常会和参与者们一起创造一些我们称之为编年史和大事记的材料，以此作为一个框架帮助参与者建构他们的口述史。在编制编年史和大事记的过程中，参与者们开始回忆他们的经历，并建构出一个个人叙事的大纲……我们将编年史看作一个有关诸多记忆、事件、故事等的日期清单。学生们或参与者们建构出他们的时间表，例如，他们可以以出生的时间作为时间表的起点，也可以以他们家庭历史中某一个遥远过去的重要时期或日期作为起点，或者可以以距离现在较近的日期作为起点。（Clandinin & Connelly, 2000, p.112）

我从谈话的录音转写入手，手绘编年史。但我是以一种开放的方式来画这个编年史的，我想让安德鲁也参与进来，在我画出的编年史上进行添加或修改（见下页）。

我将这个编年史草图带到了我们的第三次谈话。因为我忙于夏季学期的教学和秋季学期开学的一些事，我们的第三次谈话被安排在了几个月之后的2008年10月30日。因为安德鲁也在忙一些其他的活动，所以在九月和十月两个月里要找一个两人都可以见面的时间颇费了一番功夫。这一次安德鲁也是到我大学的办公室来见我的。我将编年史画在一张纸上，是用铅笔画的一张草图。我们一边谈话，我一边将编年史给安德鲁看，我手上拿着一支铅笔，我想通过我的语言和行动让安德鲁明白我们可以改变、增加、修改这张草图，也可以就这张草图做更多的讨论。

那次谈话开始的时候，我们先讲了各自最近的生活。我了解到他还在继续打篮球，现在在一个汽车经销商那儿工作。然后我们就转而谈论那张编年史，

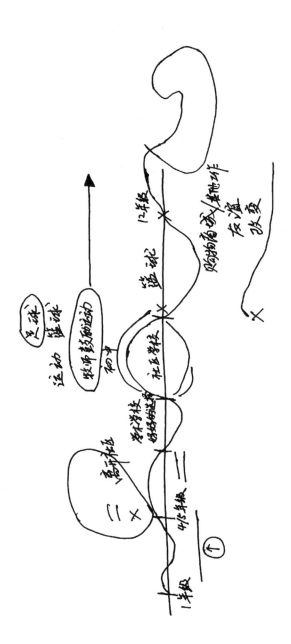

与安德鲁分享的编年史草图

随着我的铅笔在图上的那些文字处圈圈点点地滑动，我谈论起我是怎样理解他的经历的。当我的铅笔移动到编年史的末端时，我开始了提问——

瑾：　　现在我想谈一谈你下一步是怎么想的。

安德鲁：嗯，学校，好吧，我想是，……

瑾：　　肖恩说你可能正在考虑要重返学校，并且……

安德鲁：是的。我想，十二月底到一月初是开始上课的时候。将它读完。然后九月的时候我就去一个［地方学院］，所以，我希望尽量能在九月前读完，那样我就可以去学院了。（录音转写，2008年10月30日）

在我们谈完了他前瞻性的故事，以及他现在正在做的能让他进入学院的事情后，我对他的家庭生活做了更进一步的了解。他提到过他的家庭生活影响和塑造了他想从事社会工作的愿望。我们的谈话从他早期生活中与书本打交道的故事开始，转向了小学时期，然后转向他家里收养孩子的故事，最后是家里其他成员的故事。在谈话开始大约15分钟后，我问起他的妈妈，我问他，关于在西印度群岛的一个岛屿上长大的经历，他妈妈和他讲过一些什么样的故事。

瑾：　　她跟你讲过任何关于她的童年和成长的故事吗？

安德鲁：嗯，只是她有过，她告诉过我，为了上学，她要走"多么远多么远多么远的路"［笑］，她在家里排行老大，所以她还需要照顾家里所有的弟弟妹妹，确保他们做好了上学准备，在她做自己的准备之前要先将他们准备好。然后她自己要花五分钟，或十分钟的时间准备好上学。她跟我讲过那些。（录音转写，2008年10月30日）

因为我的母亲告诉过我的故事看起来与安德鲁所记得的他母亲跟他讲的故事非常相似，所以我也分享了我的故事，并且强调了她上学是多么的困难，以及我应该有的感恩心态，因为去学校上学对我来说要比她容易很多。在交谈中，我了解到他的妈妈先是从西印度群岛搬到了新布伦瑞克省，后来她才搬到他们现在的住址。在交谈中，我对他的大家庭也有了更多的了解。

瑾：　　那么她有没有再回过［西印度群岛］？

安德鲁：是的，我，嗯，一大群人，我、我妈妈、我的外婆，还有几个姨妈和表兄弟们在两年前回去过一次。那趟旅行很棒，很好玩。所以我有，我现在还有与我差不多年龄的表兄弟在那儿。

瑾：　　是吗？

安德鲁：是的。

瑾：　　我还不知道那部分故事。

安德鲁：因为你也才刚刚问起。（录音转写，2008 年 10 月 30 日）

　　正如安德鲁所说的，还有很多的事情他还没有告诉我，因为我还没有问。我想知道还有哪些事情是我仍然不知道的。我再次认识到在叙事探究之中，我们所听到的故事永远都只是部分的故事，永远都是在特定的时间、地点发生的故事，永远都存在于研究者与参与者之间的关系性空间。我想知道如果我们继续交谈的话，我们还可以分享哪些其他的故事。他分享了更多的那次西印度群岛旅行的故事。

瑾：　　那么，那趟旅行怎么样？

安德鲁：那只是，那真是一趟令人惊讶的旅行。有点像是真的热带雨林似的，但是海滩非常漂亮。海水很清。你能够，在有些海滩上，你都可以看到鱼群在海水里游动。

瑾：　　你们去那儿，是住在你的姨妈、舅舅和表兄弟们的家里吗？

安德鲁：嗯，我们住在我外婆的妹妹家。她的妹妹还生活在那儿。我们住在她家，我、我妈妈和我外婆三个人。

瑾：　　因为你的外婆仍然住在这里？

安德鲁：是的。

瑾：　　好的。我记得你告诉过我。那儿怎么样，你和你的表兄弟们见面时感觉怎么样？他们的成长环境和你的是如此的不同。

安德鲁：那儿，那儿很好玩的。那儿很不一样，因为在这儿我习惯了，无论我要去哪儿，一般都只要五分钟，但是在那儿，我们需要步行，我们待的地方是山顶，所以我们不得不步行走下山，那样才能去想去的地方，做想做的事，我猜，才能去岛上的主要部分，然后又要全程一路爬山步行回家。

瑾：　　是的，那么你的表兄弟们打球吗？

安德鲁：是的，他们打板球。（录音转写，2008 年 10 月 30 日）

我们继续谈了一些关于他表兄弟们的事，以及加拿大和他祖籍之间的家庭关系。我们也继续谈论了一些与运动有关的事，以及他的那些表兄弟后来也移民到了加拿大，其中有几个还与他一起在加拿大上学的事。

在我们继续谈论他在加拿大的大家庭的过程中，我开始对安德鲁所生活的故事有了另外一种理解。

瑾：　　那么，你和这一大家子的人一直保持紧密的联系，因为这边有好些人吧？

安德鲁：嗯嗯嗯。是的，我们都是，我们关系都很近，我们所有的人。

瑾：　　你这样说的话，是什么意思？你们聚会为了……

安德鲁：我们每个周末都花时间在一起。

瑾：　　是的，他们都去，他们都和你去同一所教会吗？

安德鲁：是的。（录音转写，2008 年 10 月 30 日）

在第三次谈话之后，我找人做了录音转写，然后反复地听录音、反复地阅读转写的谈话脚本，并且在上面做笔记，记下我所听到的。在谈话录音之中，以及在对脚本的反复阅读之中，我醒悟到从西印度群岛绵延到这里的大家庭，以及教会与安德鲁的故事之间有着更为紧密的联系。虽然在前两次的谈话中我已经意识到那一点，但是现在我认识到安德鲁所处的文化和家庭叙事，远比我原来通过单纯的学校叙事去理解安德鲁的经验叙事要复杂得多。

在认真研读三次谈话的转录文本、我所做的笔记、我绘制并与安德鲁一起分享的编年史，通过三维叙事探究空间做了认真分析之后，我开始草拟一份关于安德鲁与我的叙事报告。

我的这份叙事报告包括这样几个部分：

• 介绍——与安德鲁见面

- 家庭关系
- 做一个负责任的家庭成员
- 参与教会活动
- 喜欢球类运动
- 通过音乐理解生活
- 去上学
- 即将重返校园的故事
- 公平竞争：做一个遵守道德规则的队员

当我与安德鲁和另外一位青年参与者在进行叙事探究的时候，我们研究团队中的其他成员也在与其他的青年参与者进行叙事探究。我们都与各自的参与者进行了谈话，都开始草拟叙事报告。作为整个项目组，我们分成了几个小组，每个小组有三位或四位研究者。我们是回应小组，我们将之称为"朗读—倾听—回应小组"（works-in-progress groups）*。我所在的小组除了我以外，还有肖恩·赖萨德和乔治·巴克两位研究者。我将我的初步的叙事报告用电子邮件发给他们，在他们阅读、思考之后，我们见面对叙事报告进行了讨论。这并不是我们的初次面谈，之前我们也在一起讨论过我们逐渐产生的一些想法和疑惑。

附录是那份草拟的叙事报告，以及肖恩对它的书面反馈。

附录展示出来的肖恩对叙事报告的反馈意见的扫描版可能不太清晰，在下文中我将肖恩的一些反馈意见描述出来。那些反馈意见很有力，我根据这些反馈意见，对叙事报告进行修改之后才将它拿给安德鲁一起阅读。肖恩特别关注安德鲁成为高中篮球队队员，然后又失去队员资格的经历。肖恩利用他作为高中老师的经验和知识，帮我理解了我所感受到的关于安德鲁为什么没有读完高中就离开了学校的那种张力。在一项反馈意见中，肖恩写道："储物柜故事里的悲伤，学校走廊里的悲伤、特权／球队夹克、球队鞋子等都被拿走了！"肖恩在和我交谈的过程中指出，当安德鲁被球队开除以后，他就失去了队服、队

---

* 这里根据实际情况，意译了这个小组的名称。——译者注

鞋这些代表身份地位的东西。我从肖恩那里还了解到，高中篮球队精英队员有权利挑选他们自己的储物柜在学校走廊里的位置，所有球队队员的储物柜都在那一块地方。在学生看来这也是一项特权。虽然安德鲁失去了他的队服和队鞋，但是他的储物柜还是和整个球队队员的储物柜一起，在原来学校走廊里的地方。每一天，或许一天几次，安德鲁不得不去位于其他球队成员储物柜之间的自己的储物柜中存取东西，每一天去那儿都是对自己的一个提醒，提醒他不再属于球队，不再受球队的欢迎。那会是每一天都要遭受的毁灭性的经历。尽管安德鲁对此只字未提，但是肖恩知道那种经历会是什么样子，知道那会怎样决定性地影响安德鲁在学校里的日子。

肖恩还告诉我，他认为叙事报告突出了安德鲁一条一条地讲述他的家庭故事，以及在他的家庭中他是个什么样的人的故事。肖恩也帮助我更多地理解了安德鲁在家庭和学校之间的经历。他在"参与教会活动"那一节写道："张力？在高中？新的女朋友和新的接触、新的同伴、各种尝试。他真的能够将这些告诉他妈妈或者是他的牧师吗？"我一直很疑惑，因为安德鲁在他被驱逐出球队这件事的前前后后，没有找他的妈妈帮他说话。安德鲁并没有寻求他妈妈的帮助。他的妈妈和牧师这两个人本来应该是他学校篮球生活最有力的支持者，但是肖恩怀疑当时安德鲁是否没有将那件事告诉他妈妈和牧师。有没有什么故事是安德鲁不想让他的妈妈和牧师知道的？

在针对叙事报告中关于安德鲁选择高中的决策部分的反馈意见中，肖恩指出安德鲁早在读 6 年级的时候就被那所高中录取了。肖恩写道："6 年级录取他的和 12 年级开除他的是同一个人。没有教育帮助，只有篮球。"

肖恩写道："身份的剥离！"我再一次理解了失去篮球队员的身份、地位和待遇，对安德鲁来说，是一种自我身份的丧失，这种身份的丧失影响到了安德鲁在学校场景中所生活和所讲述的故事。肖恩注意到了这一点的重要性，并建议我将它单独列为一个小节，以使其在叙事报告中显得更为突出。

我希望通过以上的陈述，让一个迹象变得越来越清晰，那就是，肖恩将他生活在高中环境里的个人实践性知识带到了他对这篇叙事报告的阅读之中，带到了他的反馈意见之中。当然，肖恩对安德鲁也是了解一些的，他的这些了解一是通过学校环境，二是通过他开始将安德鲁领进这个研究项目时的那些交谈，以及在研究进行之中他们一起喝咖啡、吃披萨时的交流。但是，在肖恩阅读这篇叙事报告的初稿时，他在几个地方做了标记，并说明安德鲁在校内外生活的那些故事是他以前不知道的。

在修改叙事报告初稿的时候，我认真仔细地考虑了肖恩和研究小组中另外一个成员的反馈。他们的反馈也使我重新回头去一遍又一遍地阅读那些录音转写的脚本，使我重新考虑我在叙事报告中对安德鲁的表述方式。修改稿中最大的改动是新增加了一个名为"打断他赖以生存的故事"的小节。

几周之后，我和安德鲁约好了一个时间在我的办公室见面。我惴惴不安地将叙事报告拿给安德鲁看。因为要将一个人的经历用文本表达出来是很困难的一件事，所以我内心有些忐忑。我们这样写过：

> 作者感觉到的部分的不确定是源自了解，并且关心特定的参与者。在研究开始之前，抽象的理论分类可能是最主要的，但是到了写作研究文本的时候，参与者，以及作者与参与者之间的关系就成了关键。（Clandinin & Connelly, 2000: 145）

我们在办公室见面的时候，我准备了两份叙事报告。我小心地递给了安德鲁一支铅笔，然后我自己手上也拿了一支。我先告诉他，在我阅读的过程中，如果有需要的话，他随时都可以让我停下，然后我就开始以慢速朗读叙事报告。当读到有几处我觉得写得不是很好的地方时，我就停了下来，跟安德鲁交换意见。我频繁地暂停，询问安德鲁是否认同我所写的这些内容。大约一个半小时后，我们结束了这个过程。然后，我又再次问他当时在做什么，我们谈起他可以通过远程教育完成高中课程学习。我再次表明，我愿意提供任何力所能及的帮助。当我们在电梯口分手的时候，我问他是否愿意保持联系。我还告诉他当最终研究报告完成的时候，我会和他再联系。

完成叙事报告

在我和安德鲁一起阅读叙事报告的过程中，没有任何他想要改动的地方。对此我很担心，因为我认识到，在共同谱写一份叙事报告的过程中，研究者所使用的实地文本虽然是由研究者和参与者两个人共同谱写的，但是那些实地文本绝大部分是由研究者来撰写的，那么这就有可能造成参与者的沉默，使他们无法表达自己、让别人听到他们自己的声音。通过和安德鲁分享编年史这一策略有助于弱化这种沉默，因为那个编年史让安德鲁了解了我在真正开始写作叙事报告之前想要表达的内容。一些叙事探究者，例如斯蒂夫斯（Steeves,2000）和德斯罗切尔（Desrochers,2006）也使用过这种策略。她们两位都先画了一个草图，用这个草图标明她们准备涵盖在叙事报告中的内容，并且在写作报告之前将它与参与者进行分享。

我也确保了当时这篇叙事报告的形式看起来还处于写作修改过程之中的样子。当我与安德鲁分享叙事报告时，我确保了它看起来像还没完成的样子。我特意跟他坐在一起，和他一起阅读叙事报告，我们每个人手上都拿着一支铅笔。在朗读的过程中，我改正了所发现的打印错误，标示出那些我注意到的写得不是很好的地方。每读完一个部分，我就会停下来，问问安德鲁对那部分内容感觉怎么样。他读起这篇报告来感觉自在吗？在阅读结束时，我询问他是否还有其他的他想添加进去的内容。当他走出我的办公室的时候，他看起来挺自在的，这让我松了一口气，他对这篇叙事报告的解读似乎是挺满意的。后来，当他联系我，想要我为他写一封推荐信，并索要一份最终报告时，我感觉到他很自在，我相信这篇叙事报告较好地表达了他和我双方的意思。

在写作这一章的时候，我很留心，我没有忘记关系性伦理处于叙事探究的核心位置，没有忘记我们在叙事报告中表达参与者的故事的方式有可能会打断那些维系和支撑他们生活的故事。在我和安德鲁一起进行叙事探究的全过程之中，这一点始终是我最关心的。

更进一层的分析：探究多个叙事报告

前文提到过，我们是一个由 11 位研究者组成的叙事探究团队，参与者包括 19 位年轻人。

在完成与 19 位年轻人的研究后，我们有了 19 份叙事报告。在这个第一层次的分析中，我们从实地文本发展到研究文本，我们根据我们各自与青年参与者的会话和交往的独特经历撰写出了叙事报告。在该过程中，我们每一位研究者都一直关注着社会性、时间性和地点这个三维叙事探究空间。我们草拟出叙事报告（例如第 5 章中的关于安德鲁的叙事报告），然后和每一位青年参与者进行协商、修改，一直到那些青年参与者觉得我们的描述表达出了他们当时的自己，以及他们未来的自己为止。"叙事报告"（narrative account），或者可能是"叙事思考 / 解释"（narrative accounting），这个术语让我们对参与者和研究者双方正在展开的生活进行记录、思考和表达，当我们的故事在那些探究的时间和地点相交和被分享的时候，至少我们那一阶段的生活就在叙事报告之中变得清晰可见了。当我们使用"叙事报告"这个术语的时候，我们努力表达出一种道德上的责任感，这种责任感落实在参与者与研究者彼此之间，落实在我们协商而成的关系之中，也落实在我们协商的文本之中。我们努力在我们所写的叙事报告中表现出一种相互关系和共同谱写的感觉。

在第二层次的分析中，我们探究全部的 19 篇独立的叙事报告，寻求我们所能发现的相互共鸣的线索或模式。我们作为一个研究项目团队合作进行了这个第二层次的分析。我们这样做是为了提供一个对高中辍学青年的经历更深、更广的认识，我们的整体意图是揭示关于高中辍学青年离开学校这一行为现象的新的疑惑和问题，部分意图是帮助我们更多地了解学校，了解如何改造学校，以便学校能够更好地响应所有青年学生们的生活谱写。在这 19 篇独立的叙事报告中，我们辨识出了 6 个相互共鸣的线索（会话空间；诸多关系；多重身份；跨越时间的复杂性；诸多责任；文化、社会和机构叙事的影响力）。

通过有意地聚焦于我们所称为的"线索"（threads），我们兴趣盎然地在每个叙事报告中追寻着贯穿或者是交织在时间和地点之中的特定线索。然后，我们隐喻性地将这些报告并排放在一起，我们整个项目组成员一起搜寻我们认为回荡在所有的 19 篇独立的叙事报告之间的共鸣或回声。

下文中，我展示了一系列的故事片段。希望通过它们，读者们能够了解到 11 位叙事探究者一起，共同谱写那些相互共鸣的线索的情况。

故事片段一

我们一群人聚集在教师教育与发展研究中心。一项研究快要结束了，项目资金用完了，研究报告写出来了，博士研究生们的博士论文也完成了（Murphy, 2004; Murray Orr, 2005; Pearce, 2005），还有一本专著（Clandinin et al., 2006）已经完稿了。我们中的一些人对那本专著的结尾部分非常兴奋。在结尾处，我们看到了新开端、新叙事探究的可能性。在我们写作、交谈和阅读那本专著的草稿的过程中，很多新的研究疑题随着我们的故事和疑惑的展开而不断地涌现和形成，这些新的研究疑题是我们新的叙事探究的开始。我们认为我们的研究和我们的生活是错综复杂地交织在一起的（Clandinin & Connelly, 2000）。因为我们是叙事性的思维，所以我们思考持续性，思考我们的生活和工作是随着时间的推移而不断被谱写的。生活不断继续，而我们的研究是我们生活的一部分，因此研究也不断继续。在我们讲述和生活的故事之中，我们发现新的研究疑题。

我和玛丽莲·休伯 (Marilyn Huber)、帕姆·斯蒂夫斯、薇拉·凯恩兴奋地谈论着我们想要进行的一项新的叙事探究。这项叙事探究会让我们关注在高中毕业之前就离开学校的青年人的经历、关注那些被扣上辍学者或是高中未毕业者帽子的青年人的经历。我们四个人曾经紧密合作，研究过一个小学里的孩子、教师和青少年的生活。我们曾经想要知道孩子们的故事在将来会怎样展开。研究文献和媒体中过去一直充满了统计数据模式，报告着高数量的青年人在高中毕业之前就离开学校的现象。用玛克辛·格林（Greene,1995）所说的"看小"来"看小"这一现象促使我们停下脚步，开始提问。我们想知道叙事性地"看大"这一现象会有什么不同。

在刚刚完成的研究（Clandinin et al, 2006）中，我们已经认识的那些孩子们的生活要被简化成那些统计数据模式吗？在那些统计数据模式之间、之后和之下的空间中有着什么样的差距和沉默？我们能否与那些高中未毕业就离开学校的青年们一起进行一项叙事探究？谁会提供资金支持？谁会作为研究者参与这个项目？谁又会是参与者？

乔伊·露丝·米克尔森（Joy Ruth Mickelson）和李易（Yi Li）刚好来访，她们加入了进来。很快，谈话变成了一个研究设计的讨论会。她们对这项研究感兴趣，想要参与进来。另外还有谁呢？我提到了教育心理学系的同事乔治·巴克（George Buck），其他人提到了教育政策系的另一位同事。还有人提到了玛尼·皮尔斯（Marni Pearce），她现在是阿尔伯塔省教育厅的项目主任。我们都很兴奋，开始设想我们研究小组的构成，这项研究项目开展起来会是什么样子。当然，我们也都回想着我们自己关于学校的故事或者是离开学校的故事，思考着我们在这项研究中如何给自己定位。

（瑾的研究日志，2007 年 1 月）

故事片段一提醒我们如何开始一项叙事探究：我们开始想象一项研究设计；我们开始思考该项研究的个人意义、实践意义和社会意义；我们开始进行自传性叙事探究的过程。我们从多方面、关系性地开始进行该项叙事探究：我们开始探究我们各自的经验叙事；和我们想象中会和我们走到一起的那些年轻人一起进行探究；以及我们这一群叙事探究者开始进行探究。

当我反思我自己关于协作方面的经验性知识的时候，我意识到我将我对协作的理解带入了我与这一群叙事探究者们一起进行的这项关系性研究工作之中，我对协作的这些理解深深地植根于 1950 年代和 1960 年代我在加拿大西部一个农场社区中的经历。在我的父母务农的那个农场社区的农庄家庭中，以及在我的直系和旁系的大家庭中，有一种每个人都有的对社区的归属感。我很早就明白，在艰苦的气候条件下求生存，为了能够及时地播种和收割庄稼，每一个人都需要与他人一起协作。我很早就明白，我的家人关心邻居们的生活。当他们在生活中需要帮助的时候，我们家总是热情地伸出救援之手。我也明白，我们家也依靠其他家庭的支持。虽然那个时候，我们家没有人将那称为关系性工作，但是现在我明白我那时正在学习与其他人一起过着关系性的生活。

在我做教师和校内辅导员的时候，我将自己看作与教师、家长、管理者和其他人一起在学校进行工作。我们一起朝着共同的目标工作。我鼓励孩子们以合作学习小组的形式进行学习，有时我甚至会帮助他们进行合作学习。这是三十多年前我刚开始进行关系性研究时所体现的隐性知识 (tacit knowledge)。我的知识是关系性的知识，我将自己看作与他人关系性地联系在一起。

开始理解作为关系性研究的叙事探究

对研究的理解，以及将这些理解带入我们的诸如叙事探究等关系性研究之中，是深深地植根于我们每一个人的认识论和本体论承诺的。

在我分享我们从关注每一位个体青年的关系性研究工作转向纵观 19 篇叙事报告以寻找相互共鸣的叙事线索的研究发展过程之前，我想首先说明一下我自己是如何转向将叙事探究看作关系性研究方法论的历史。

在我与麦克·康纳利的早期合作研究中，我们继续他和弗里曼·埃勒巴兹（Elbaz,1983）开始的研究工作，我们写到"与学校进行协作性的研究"（Connelly & Clandinin，1988，p.271）意味着我们要遵循八条原则：

1. 协商如何进入和退出学校；

2. 与参与者一起重构意义而不是对他们的实践进行评判；

3. 参与者是有知识有能力的人；

4. 参与者是合作研究者；

5. 研究目的公开；

6. 评判和解释公开；

7. 对文本的多种解释；

8. 与合作参与者关系的伦理质量。

在那个早期的研究中，我们谈到与生活在学校中的人进行协作性的研究，而不是将我们的研究工作理解为关系性的本体论。但是，在那篇文章的结论部分，我们建议将协作转向更深层的关系性。我们写道：

> 协作性研究构成了一种关系。在日常生活中，对友谊的理解蕴含着分享以及一种在两个或更多人经验范围之间的相互渗透。单纯的接触仅仅是相识，并不是友谊。同样的道理可以应用在协作性研究之上，它需要一种类似于友谊一样的亲密关系。正如麦金太尔（McIntyre）所说的，关系是通过我们生活的叙事统一性而连接在一起的。（Connelly & Clandinin, 1988, p.281）

现在，在 25 年之后的今天，当我描述我们这一群研究者一起协作性地纵观 19 篇由叙事探究者与参与者关系性地共同谱写而成的叙事报告的时候，我重新阅读了那些关于关系性的论述。重读那些话让我看到了叙事探究是深深地植根于关系性的本体论的一种关系性方法论。

故事片段二

几个月之后，我们有了进展。我们从阿尔伯塔社区、家庭与孩子研究中心（Alberta Centre for Community,Family and Child Research）
获得了研究资金。很多人，总共11位，已经开始与青年们一起研究，
倾听他们的故事，在他们的生活继续展开的时候来到他们的身边，与
他们在一起。我们对这些高中未毕业就离开学校的青年人的经历进行
的这项叙事探究正在进行中。我们想弄明白高中未毕业就离开学校怎
样影响和塑造了这些青年现在的生活，以及他们的生活怎样造成了他
们高中未毕业就离开了学校。我们每个人都同意在这几个月之内与一
位、两位或三位年轻人进行交谈，倾听他们讲述他们的生活故事，在
那些故事之中，离开学校是他们当时的自己和未来的自己的故事的一
部分。

　　进行这项研究既令人兴奋又有很多的挑战。由于距离和生活状况
的改变使得人们难以碰面，项目组之内存在着这些张力。我们有一些
集中见面的时候，但是从来没有将所有人聚齐。对话有些困难，有些
勉强。我发现我自己更多的是处于项目组领头人的位置，每当我们开
会讨论的时候，无论是面对面的会议还是电话会议，我得确保我们所
有人的声音都能够被听到。我感到疑惑，但是我们的探究正在进行中，
我们没有多少时间可供停下来去思考关系性。

　　我们找到了一些青年人。他们想要我们去到他们的身边，和他们
一起创造出那些让他们能够讲述他们的故事的空间，对此我们都感到
兴奋。肖恩·赖萨德在其中做了很多工作，将很多的青年介绍给了项
目组成员。他首先与那些青年交谈，然后慢慢地、小心地通过一起吃
披萨和喝咖啡的形式将他们一一带来与我们的项目组成员之一开始交
谈。克莱尔·德斯罗切尔（Laire Desrochers）也找到了一些感兴趣的青年，
并帮我们之间建立起了联系。有几个青年人是通过我们的招贴和通告
联系上的。

　　我们这些项目组成员开始分头行动，我们花时间和进行探究的青
年人在一起，了解他们，也让他们了解我们，讲述和倾听彼此的故事，
谱写临时性叙事报告并将其与参与者们协商。当我们非正式地、偶然

地碰面的时侯，我们都感觉自己开始理解那些青年人的生活，同时也开始理解与那些青年人相关联的我们自己的生活。我们的焦点是我们各自与一起进行探究的那个青年人之间的研究关系。

整个项目组在一月份时聚集了一次，但是现在看起来有太多的故事、太多的经历，大家很难全部听到所有的故事和经历。我们都意识到需要作为一个研究组重新连接在一起。

我们决定以三四个人为一个小组，组成小的"朗读—倾听—回应小组"，这样，我们就可以在小组内分享彼此所写的叙事报告，并且对叙事报告做出反馈。

（瑾的研究日志，2009 年 1 月）

我们知道叙事探究在人们（既包括研究者也包括参与者）故事化的生活中开始和结束，我们开始明白我们需要找到纵览所有 19 篇叙事报告的方法，以此找出不同参与者故事之间的相互共鸣。我们开始感觉到，如果我们想要继续保持故事化的生活，而不是将其简化成主题或类别的话，纵览由研究者和参与者共同谱写的 19 篇不同的叙事报告需要有一个新的概念框架和一套新的流程。

在保持将叙事探究看作一项深度复杂的关系性实践活动的前提下，我们重新回到认识论和本体论的问题上。我和杰里·罗谢克（Clandinin & Rosiek,2007）绘制了一幅作为方法论的叙事探究的地图，并划出了叙事探究与其他研究方法论之间的边界地带。在我和杰里·罗谢克分析诸多方法论的本体论和认识论的前提的过程中，我们开创性地提出了在诸多方法论之间的空间中有边界地带这一概念。

边界和边界地带

我和杰里·罗谢克（Clandinin & Rosiek, 2007）将边界地带（borderlands）

定义为环绕边界而存在的空间，在该空间之中，一个人有可能会过着多样性的不同经历的生活。安扎尔朵（Anzaldúa, 1987）将边界地带描述为"一个模糊而不确定的地方，这个地方是由非自然边界的情感沉积而创造出来的……是一个一直不变的过渡状态。那些过境之人就住在这里……那些跨越、越过，或者是突破了'正常'局限的人"（p.3）。虽然安扎尔朵所写的是个人在跨越文化和国家边界时所谱写的关于他们自己、他们自身身份的经历，但是我和杰里·罗谢克（Clandinin & Rosiek, 2007）引用了他关于边界地带的这一思想，用它去理解不同研究方法论之间的哲学性的边界地带。用"边界地带"作为理解环绕不同方法论的哲学性边界的空间符合一种知识场景观，该种知识场景观并不非常明确地去区分人们离开一种理解方式而转向另一种理解方式的分界标记。我们认为研究者，包括叙事探究者，会经常发现自己在多种文化语篇、意识形态和机构边界之中穿越。我们认为这有助于扩大对研究者所生活的故事之中的张力和相互矛盾的可能性的理解。

我们想象将诸多方法论之间的各种张力理解为边界地带空间的可能性，这是一个充满张力、挣扎和不确定的空间。我们将这些边界地带空间看作那些需要我们一直不断地审视我们的本体论、认识论和方法论的前提以及它们彼此之间的相互联系的空间。

正是这个边界地带的概念给我们提供了帮助，让我们理解了在我们纵览所有 19 篇叙事报告的时候我们正在做的是什么。这是一个深层次上的关系性实践活动。

故事片段三

我们在教师教育与发展研究中心的大桌子旁聚集。那是一个周五的午餐后，我环视整张桌子，忽然意识到每个人看起来都是那么疲倦，可同时他们又是那么地专注和投入于这项工作。帕姆·斯蒂夫斯和李易都是坐飞机过来参加这次会议的，马里恩·斯图尔特 (Marion

Stewart) 从卡尔加里开车过来。我们总共有 11 个人，推掉其他的约会和事情，专门赶到这里，一起度过这个周五的下午、晚上和周六的大半天，一起合作完成这项研究的这一步工作。自从一月之后，我们就再也没有碰过面。我感觉到我们每个人都感到兴奋和牵挂，我知道是有什么东西将他们带到这个地方，一起在这儿进行这项研究工作。

我们所有人都和青年参与者们谈过话，我们中大多数人正在努力完成我们和青年参与者一起进行研究的叙事报告。我坐在那儿环视着我的同事们，他们中的一些人我很熟悉，另外一些人我不那么熟悉，我心里再次犯嘀咕，我怀疑我们试图在我们与每个青年参与者一起共同谱写叙事报告的同时，要纵览全部叙事报告并找出能相互共鸣的叙事线索的潜力和可能性。不知怎么地，尽管我明明知道这项工作有很大的挑战性，但是我也知道别无他法，我们只能向前走。

下午的工作开始展开了。我尽力从项目组领头人的位置退下，让多个声音一起参与进来共享领导权，直到我们一起制订了一个怎样进行下一步研究的计划。我们带来的叙事报告大部分都复制了多份。最开始，我们试图通过交谈的方式进行，但是谁也不知道其他人与他的参与者一起生活的那些关系和那些故事。我们犹豫了。怎样做才能让大家都知道？我们同意先花两个小时将每一份叙事报告默读一遍，同时在空白处写上反馈，通过这种方式尽量了解每一位研究者与他的青年参与者一起经历的旅程。

我们每个人拿起一份报告，找一个安静的地点去阅读。两小时之后，我们再次坐到中心的大桌子旁，坐在一起，那个时候，我们对其他研究者与一个、两个或三个参与者之间所经历过的旅程已经有所了解。我拿了几页纸开始阅读，心里担心着下午晚些时候我们将要做什么。

（瑾的研究日志，2009 年 3 月）

边界地带空间

当我们开始辨认出那些贯穿 19 位青年故事化的生活的相互共鸣的叙事线索的时候，我们将纵览诸多叙事报告的探究过程当作进入和生活在边界地带空间中的经历，通过这一概念框架来看待我们的这个工作过程，我认识到了我们所遇到的边界地带的复杂性和多层次性。在和高中未毕业就离开学校的青年进行的叙事探究之中，我看到了多重边界地带，在此我指出它们中的五个。

1. 学科之间的边界地带

在我们——帕姆·斯蒂夫斯、玛丽莲·休伯、薇拉·凯恩和瑾·克兰迪宁——开始对话，谈论邀请哪些人进入研究团队，展开这项关于高中未毕业就离开学校的青年的叙事探究的时候，我们特意将不同学科的人引入这个项目组。这样的话，我们或许能拥有不同学科的视角。

纳入教育学和护理学等不同的学科是重要的，但是纳入教育学之内的不同领域也很重要，例如教育心理学、课程研究、教师教育。所有这些学科都可能会给高中未毕业就离开学校的青年的研究的复杂性带来新的真知灼见。

因此，当我们试图尊重不同学科的多样性的视角的时候，我们认识到我们当时正在创造着我们现在所看到的边界地带空间，在我们将不同的学科知识带到一起的时候，这些边界地带空间之中可能会充满张力。例如，我们认识到，从护理学科的角度来看，健康结果方面的知识可能会被强调。从政策的角度来看，新的政策要求或指令可能会被强调。从教师教育学科的角度来看，那些对职前教师教育和在职教师专业发展方面有益的见解会被强调。在对我们经验故事的生活和讲述的过程中，我们学会了关注那些我们想象可能会带来张力的情况。我们这样做并不是想要消除或者解决那些张力，而是想要突出我们是如何经历和承受那些张力的，因为我们知道对那些青年参与者生活的深入理解来自我们一直留意的那些张力。

现在，当我再回头去阅读我自己的这一部分经历的报告时，我认识到我现在能够理解我们当时活在由不同学科之间形成的隐喻性边界地带里的那些张力和那些挣扎之中。

2. 研究者之间的边界地带

在我们学习一起合作进行这项研究的时候，我们认识到，虽然组建这么大的一个研究团队是困难的，但是这项研究会因为其所包含的多样性而变得更丰富，因为这种多样性包含了多个视角、从不同的经验中获得的不同的知识。例如，我们吸纳了像薇拉·凯恩、乔伊·露丝·米克尔森和李易这样的研究者，她们都有从其他国家移民到加拿大的生活经历。我们吸纳了李易和克莱尔·德斯罗切尔这样的研究者，她们都有将英语作为第二语言进行学习和教学的生活经历。我们吸纳了乔伊·露丝·米克尔森和帕姆·斯蒂夫斯这样的研究者，她们都有与智力发展滞后的儿童和青年一起生活的经历。我们吸纳了肖恩·赖萨德和薇拉·凯恩这样的研究者，他们都有与原住民青少年近距离紧密接触的生活经历。我们希望研究者们同时也是为人父母的人。我们希望研究者们具有不同的专业角色，例如大学教师（瑾·克兰迪宁、克莱尔·德斯罗切尔、帕姆·斯蒂夫斯、玛丽莲·休伯、乔治·巴克）、心理咨询师（马里恩·斯图尔特）、社会工作者和心理学家（乔伊·露丝·米克尔森），中学教师（肖恩·赖萨德）、护士（薇拉·凯恩），还有政策制订者（玛尼·皮尔斯）。我们认识到我们中的很多人拥有多种社会角色，有时我们认识到，我们现在所看到的边界地带里的那些挣扎，当时不仅存在于不同的研究者之间，而且还存在于我们每一个人自己的不同角色之间。我们现在明白了，通过吸纳多样性的研究团队成员，我们在不同研究者之间创造了边界地带。在这些边界地带，我们能够努力尊重由多样性带来的丰富性，而不会为了寻求一个统一的声音去抹杀我们之间的差异。

3. 研究者与参与者之间的边界地带

我们认识到，在该项针对高中未毕业就离开学校的青年的经历的研究中，叙事探究者与青年参与者及他们的家庭之间也存在边界地带空间。在我们开始纵览 19 篇叙事报告的时候，我们以更生动的方式意识到，研究者们和参与者们是居于一个关系性的边界地带空间中的，有时融洽，有时不那么融洽。将研究者和参与者看作居于一个关系性的边界地带空间能让我们重新思考在探究过程中当时的自己和未来的自己。

在作为一种深层次关系性实践活动的叙事探究之中，我们一直尊重研究所涉及的每一个人的生活。尝试纵览 19 篇叙事报告，注意每一位参与者和每一位叙事探究者之间的边界地带，把我们的注意力引到了尊重每一种关系和彼此的知识的重要性。当我们承认我们和参与者们一起迁移到这些边界地带的时候，我们就失去了作为研究者的特权地位，我们迁移到了参与者们的身边。我们不能将我们与那 19 位青年的诸多不同的关系类同化 / 标准化，我们只能继续将叙事探究看作处于关系中的人对处于关系中的人的研究。这种尊重每一个人和每一种关系的需要，使得我们纵览 19 篇叙事报告的工作变得更为复杂。

4. 对研究伦理不同理解之间的边界地带

叙事探究是一种关系性研究方法论，它由关系性伦理所引导。我们不断认识到我们大学的研究伦理委员会并不是处于关系伦理之中的。麦金托什（Mclntosh, 2009）指出，如果我们践行功利主义的研究伦理，那么就会与践行关系性伦理或者是关心伦理的那些研究者产生一种脱节或分离，造成一个边界地带空间。当我们在多种边界地带之内犹疑不决地进行研究工作的时候，我们需要重温以关系性伦理生活、在关系性伦理之中生活意味着什么。当我们来到彼此的身边，我们学会了在这些边界地带之中彼此密切关注，尊重处于关系之中的我们的多元化生活。

5. 处于关系之中的不同生活之间的边界地带

在叙事探究之中，参与者们的不断展开的生活，还有我们这些研究者每一个人的不断展开的生活，是最重要的。叙事探究关注生活，关注正在进行的生活和正在酝酿之中的生活。

我们将纵览 19 篇叙事报告看作一个进入边界地带，同时又将焦点保持在关系性生活之上的过程。这一理解提醒着我们继续抵抗主流的大学研究叙事——那些研究看重单一作者、竞争和所有权。继续以关系性研究的方式纵览多篇叙事报告，有助于提醒我们参与叙事探究改变着我们所有人。社会科学研究中的主流叙事认为，研究是一系列的项目，那些项目是可以完成和结束的。作为一种深层次关系性实践活动的叙事探究将研究看作处于关系之中的人们的生活的不断展开。以"就目前而言"（for now）的精神，一些新人会加入，另外一些人会淡出，叙事探究者们知道，他们的生活总是会被他们所经历的每一项叙事探究所影响和塑造。

叙事探究不会让我们每一位研究者在经历了彼此一起，以及与参与者一起的生活后，毫无改变地离开。

故事片段四

我们在周五夜晚离开之前，围坐在小桌子周围吃着三明治和水果。我们边喝茶水边交谈。虽然精疲力竭，但是我们还是再一次地聚拢在大桌子周围谈论我们从相互阅读的叙事报告中所学到的东西。谈着谈着，我们开始注意到谈话之中的相互共鸣，我们开始很兴奋地将这些贯穿于不同叙事报告之间的相互共鸣的叙事线索记录了下来。我们列了一个大约包含二十来条线索的清单，玛尼·皮尔斯找来了一叠大大的、我们可以贴在走廊里的纸，她在每张纸上写了一条线索。

现在是星期六上午，走廊里贴着二十张大纸，每一张纸上都标有一个可能贯穿那些叙事报告的线索或共鸣。我们每个人都拿着记号笔，一边思考着一边在走廊里慢慢地来回走动，如果我们所研究的青年参与者的故事或想法符合哪一个线索，我们就将相关内容添加到那张纸上。在我们阅读其他人所写的内容、在我们添加自己的内容到纸上的时候，可以听到低低的谈话声。走廊里墙上挂着的那个时钟在滴答不停地走动。我们这些人中，有人要乘当天的飞机赶回家，有人要长途开车回家，还有人有其他的事情要忙。

我们将那二十来张纸收集起来，返回到中心的大桌子旁，开始思考每一条线索，阅读人们所写下的内容。我们倾听、反馈、添加内容。我们计划建立一个网站，将这些线索连同那些大纸上的材料一起发布在网站上。我们每一个人负责一至两条线索。我们又一次朝着新的空间进发。精疲力竭的我们结束了这一天的工作。

（瑾的研究日志，2009 年 3 月）

纵览多篇叙事报告、关注我们称之为"贯穿多篇报告的相互共鸣"（resonances across the accounts）的过程不是一个容易的过程。作为一个研究项目组，我们辨识出如下六条线索在全部 19 篇叙事报告之中都有共鸣或回响：会话空间；诸多关系；多重身份；跨越时间的复杂性；诸多责任；文化、社会和机构叙事的影响力。在我们努力关注叙事探究的关系性本体论承诺的时候，我们将纵览多篇叙事报告，以辨识出相互共鸣的多条叙事线索的过程被概念化为进入学科之间、研究者之间、研究者与参与者之间、对研究伦理不同的理解之间，以及处于关系之中的不同生活之间的边界地带空间的一个过程。

在我们辨识确认多重边界地带空间的时候，我们同时努力保持注意叙事探究的地点、时间性和社会性三个维度的探究空间。在我们找出并强调那些相互共鸣的叙事线索的过程中，我们努力保持注意尊重不同的生活，既包括我们自己的生活，也包括青年参与者们的生活。对于每一条相互共鸣的叙事线索，我们尽力展示了那些共鸣是贯穿了所有那些青年们的经历的，我们尽力继续强调那些线索的时间性、展开性和情境性特征，我们并没有将它们看作固定的、僵化的、独立于情境（生活）而存在的确定性的线索。

7　开端于生活故事：
参观"要塞"

在第 2 章中，我提出了进行研究设计时需要考虑的一些因素，一些叙事探究开端于参与者生活中正在发生的故事，当然，在这种以生活故事为开端的叙事探究中，也会包括讲述故事（telling story）或者是已被讲述过的故事 (told story)。下文就是从这种类型的研究中摘录的一个范例。

（以下内容引自由 J.Brophy 和 S.Pinnegar 合作主编的 *Learning from Research on Teaching: Perspective, Methodology, and Representation*(Vol.11) 一 书中的"Living in Tension: Nego-tiating a Curriculum of Lives on the Professional Knowledge Landscape"（pp.313-336）章节。该书于 2005 年出版。原作者为 J.Huber 和 D.J.Clandinin。此处获准引用。）

生活在张力之中：专业知识场景中的生活故事协商

本章源自一个探索学校内学生生活与教师生活相交的研究项目。[1]
在校内他们生活相交的地方之一是在课程建构的过程之中。[2]我们关于课程建构的观点来自克兰迪宁和康纳利的理论，她 / 他们提出，课程"可以被看作师生在学校和课堂共同生活的记录……［在这种课程建构观里］教师被看作课程建构过程中一个必不可少的组成部分……在这个过程中，教师、学生、课程科目和环境一直处于动态的互动之中"

（Clandinin & Connelly, 1992, p.392）。这把我们的注意力引到了在课程建构协商过程之中处于中心位置的师生们的生活。我们同意她 / 他们关于"课程就是生活的一个历程"（p.393）的观点。

在思考课程就是生活的一个历程这一思想时，我们开始想象课程可以怎样被看作关于生活的课程，也许是关于师生们不同生活的课程。[3]我们这样思考，当然就将师生们的生活身份的谱写、师生们的"赖以生存的故事"的谱写（Connelly & Clandinin, 1999）作为课程建构过程的中心。

大多数情况下，我们将注意力集中在教师和学校管理者赖以生存的故事上。"赖以生存的故事"（stories to live by）这一术语使我们能够"理解知识、情景和身份是怎样联系在一起的，并且可以怎样叙事性地去理解它们"（Connelly & Clandinin, 1999, p.4）。对于教师和学校管理者来说，他们赖以生存的故事是受到"诸如隐秘教师故事 (secret stories)、关于学校教育的神圣故事 (sacred stories)，以及教师们的表面故事（cover stories）所影响和塑造的"。（p.4）

在本章中，我们不仅继续关注教师们赖以生存的故事，也开始发展我们对学生们赖以生存的故事的认识和理解。我们认为学生们也在发展和生活出他们自己的、处于不断变化中的、多种多样的赖以生存的故事，那些故事也受到了他们的知识与环境的影响和塑造。在这种思路下，我们关注学生们的叙事性生活谱写，这种思路让我们理解学生们的生活也受到他们的环境的影响和塑造，以及他们的生活同时也影响和塑造了他们的环境。其他一些叙事探究者（Bach, 1998; Huber, Huber, & Clandinin, 2004; Huber, Murphy, & Clandinin, 2003; Murphy, 2004）也探讨过学生们赖以生存的故事。同时关注教师和学生的生活，这种理解课程的双起点，能够让我们从多个角度去看每一个课程情况。这样的话，我们可以在课程建构之中研究教师与学生的生活身份的相遇。思考这一点的一种方式是教师和学生一起在课堂之中，在他们进行课程建构的同时协商他们赖以生存的故事。

在一项对城市高地学校（City Heights School）[4] 三、四年级合班学生与教师进行的为期一年的叙事探究中（Clandinin & Connelly, 2000），我们关注了课程协商过程之中的学生与教师的生活。对我们来说，关于师生们不同生活的课程，必须是关于多样化的课程。[5] 在该研究中，在我们努力协商关于师生们不同生活的课程的时候，我们关注了作为教师研究者的我们自己的生活，也关注了学生们的生活。

在本章，我们以一个实地笔记开始。这条实地笔记记录了一个课程建构的时刻，当时我们感觉到了那种协商关于师生们不同生活的课程的可能性。在我们努力想弄懂那种协商之中我们和学生们是什么样的人的过程中，我们识别出了一些张力，这些张力是围绕着课程建构时我们想要关注学生的多样化生活所遇到的困难而产生的。我们引用了三名学生的经验叙事，用以说明被带入到课程建构那一刻的学生们的不同生活，并提出一些有关他们如何经历那个课程建构时刻的问题。让我们感到困惑不已的是，我们不能生活出那个我们刚刚开始讲述的、有关我们想要在课堂里协商一个关于师生们不同生活的课程的新故事。

这一困惑促使我们关注专业知识场景（Clandinin & Connelly, 1995），关注那些正在影响和塑造那个场景的不同故事。那些故事的情节主线包括诸如"富有成效的高质量学习的天数"，以考试分数为衡量成绩的检测标准，根据考试成绩来给学校排名，根据成绩测试分数来评价必修课程的教学结果，等等。我们所感受到的那些张力通过协商一个关于师生们不同生活的课程的复杂性被表现出来，那些张力给我们提出了一个伦理困境：作为教师教育者和研究者的我们，应该怎样和教师们及学生们一起生活。[6]

探索一个课程建构的时刻

我们在一个三、四年级合班的课堂里进行了为期一年的研究。到一年结束的时候，我们有了大量的实地文本（Clandinin & Connelly, 2000），包括实地笔记、谈话录音转写、学生的个人纪念品，以及计划文件、学校文件。在我们开始分析实地文本、理解课堂课程建构的时候，我们采用了不同的途径，寻找出那些能够帮助我们理解教师们和学生们赖以生存的故事的多条叙事线索。为了写作这一章，我们阅读了我们的实地文本，打算寻找、辨识那些有可能产生的关于师生们不同生活的课程建构的时刻。对我们来说，在这样的时刻，我们应该能够关注到处于动态互动之中的教师、学生、课程科目和情景，我们还能看到我们的教师研究者们的赖以生存的故事和一些学生们的赖以生存的故事。对我们来说，这些故事在我们感受到张力的时候是最清晰可见的，也就是在不同的故事之间相互碰撞的时候。我们选择了以下的时刻，因为那一时刻充满了张力，正如在我们的实地文本中所记录的那样，我们不仅在当时经历那个时刻的时候感受到了那种张力，而且在我们解包这一时刻以求理解那些人们赖以生存的故事的时候，在我们分析解释这篇实地文本的时候，我们也感受到了那种张力。这一时刻让我们看到了在现行的专业知识场景[7]中进行关于师生们不同生活的课程的协商是一个棘手的问题，我们看到了它的复杂性和困难程度（Clandinin & Connelly, 1995）。当前，影响和塑造专业知识场景中，关于学校的故事受到标准化测评的情节主线如此强烈的影响和塑造，在此情况下，关注学生和教师的生活尤其困难。

我们从一个实地笔记开始，这篇实地笔记记载了课堂内外师生们都正在践行的一个社会研究课程领域中的具体的话题。

> 我们大约于上午 8:30 到达学校……这个时间，学生们正陆续来到学校。他们非常兴奋。巴士预定在上午 9:00 从学校出发开往要塞博物馆……
>
> 当我们到达要塞时，我们和学生们第一眼看到的是木制的要塞城墙外扎起的一大片圆锥形帐篷（teepees）*。学生们很踊跃，有些学生讲述了曾经住过家庭帐篷的故事，有些学生询问那些帐篷是怎样扎起来的，还有些学生甚至注意到了帐篷上的装饰和蕾丝花边。学生们询问他们能不能进到那些帐篷里面去，我们说在上午的某个时间，我们肯定会参观那些帐篷的。
>
> 巴士开到要塞内停下，我们下车之后，琼和乔治接待了我们。他们两人会和我们一起组织开展三个活动——做游戏、穿珠子和做薄饼。在一个燃着两堆篝火的大房间里，乔治先作了介绍，提出了一些规则要求。他说，学生们需要先举手才能发言，发言时一个接一个轮流进行；他是领队，所有的同学都要跟着他。他想从皮毛交易开始讲解，于是他先询问了一下学生们已经知道了些什么。班上的老师解释说他们即将学习的皮毛交易的课程内容。她说学生们正在研究森林（Woodland）和平原（Plains）克里族人**的生活方式。
>
> 乔治让学生们排成一队去参观交易室里的皮毛（那个房间里非常冷）。他解释了一下，然后问了几个关于交易过程的问题。他让达米安和达斯汀扮演了两个角色，让他们扮成是带着皮毛来

---

* teepees, 加拿大原住民生活和居住的地方，类似蒙古包。——译者注

** 克里部落是加拿大阿尔伯塔最大的原住民部落。——译者注

交易的土著。他让萨姆扮作一个和他们有着长期生意往来的皮毛商。瑾一边听，一边伸出胳膊，将布里特妮、科丽娜和凡搂在怀里，帮他们取暖。她意识到，学生中很多人的祖先都可能是乔治所说的"土著"。乔治似乎将皮毛交易理解为是进步和移民定居的过程，但是他并没有问学生们的理解是什么……房间里非常冷，学生们到处走动，乔治对此不满意……然后我们就去了代理人[8]的屋子，那儿有暖气供应。乔治让学生们猜有多少人住在那个大屋子里：五个人。学生们问了几个关于墙上挂着的物件的问题。他们非常好奇，想知道这所大房子里的其他地方，想问更多的问题，但是乔治将我们带回到开始的那个房间，他让学生们按照小组坐好。

当我们到做饭的屋子的时候，我们被分成了小组。瑾跟着一个小组去外面玩游戏，那个游戏需要一些木棒和一个皮球，乔治将那个游戏称为双球游戏；班上的老师跟着一个小组去做薄饼，贾尼斯跟着一个小组去穿珠子……当瑾的小组开始做薄饼时，乔治解释了怎样将薄饼面团卷在木棒上。

他没有问学生薄饼的事，但是很多学生告诉瑾他们知道怎样和他们的奶奶／外婆一起做薄饼。早些时候，达尔文的妈妈肖娜说过她不知道怎样做薄饼，她不喜欢做饭，但是她的妈妈会做薄饼，而且她非常喜欢吃……乔治没有接过那些话头。在他将面团甩在木棒上的时候，卢伊问他要不要洗手。乔治说："不用。"肖娜和瑾帮学生们将面团卷在木棒上，然后他们开始在火堆上烤熟它们……烤薄饼的过程中出了些问题，木棒烧着了，薄饼烧糊了……在这期间，卢伊问了乔治一个问题，卢伊喊他克雷格。乔治制止住他，说道："这是你第三次喊我克雷格了。记住，我的名字叫乔治。"卢伊被这么严厉的训斥吓呆了，瑾介入干预了，解释说卢伊才刚刚到我们学校来，正在学习记住很多的名字……

我们在下午 1:00 后回到学校。贾尼斯和瑾去帮忙拿学生们的午餐。她们到办公室的时候，肖娜在那儿，然后她们就谈论起这趟实地考察，因为当时学校的秘书正在问我们是否喜欢这趟实地考察。我们都说觉得乔治和琼不怎么好。瑾想知道作为一个有着原住民血统的人，肖娜是怎样理解乔治关于皮毛交易的解释的。肖娜说她自己也对这趟实地考察很困惑。（实地笔记，11 月 19 日）

我们将这一刻看作课程建构的一刻，因为这一刻提出了有关学生和老师协商关于师生们不同生活的课程方面的问题。在这一刻，我们看到了许多不同生活的相交：三、四年级合班学生们的生活；他们的老师的生活；两位教师研究者的生活；一位母亲的生活；以及两位当地要塞博物馆老师的生活。在这一刻，他们的生活首先在学校相交，然后在博物馆相交，然后，又返回到学校相交。课程建构的核心就是师生们不同生活的相交（Connelly & Clandinin, 1988）。

在我们解包这一刻时，我们关注在建构一个关于师生们不同生活的课程的过程之中，我们所感受到的张力和不确定。博物馆两位教师明确的课程科目的教学目的与必修的、关于原住民早期历史的教学内容有关，这些教学内容现在就在这个三、四年级合班的教室里进行教学。学生们是在学习以这些内容为焦点的一个单元的时候，去参观要塞的。正如我们在要塞所经历的课程所示，在校内课堂上讲授的必修的单元内容与要塞教师对必修课程的解释是前后一致的。

乔治和班上的老师核对了这一点，班上的老师向他描述了学生们已经学习到了必修课程内容的哪一部分。我们知道，我们在要塞所观察到的单元教学的方法与学年末全省统一标准化考试所要考察的内容是一致的。在学校课堂内，我们已经观察到那个单元是通过研究型的方法进行教学的。

无论是在亲身经历那一刻时，还是在讲述那一刻时，我们都感到了张力。第一层张力源自博物馆教师所使用的"原住民"这个术语。乔治似乎想当然地认为学生们对于原住民生活一无所知。他似乎将原住民的生活的一个方面看成是奇怪而陌生的。这种将原住民的生活看成是奇怪而陌生的"别人"的生活的观点，与很多人在课程导读里所获取的信息是一致的。而在那一刻，瑾认识到乔治所指的正是很多学生的祖先。虽然当时她感到了那种张力，但是她并没有说出来。瑾也注意到乔治的课程内容的情节主线是欧洲中心论，这在他关于进步和移民定居的过程的描述中可以判断出来。又一次地，瑾感觉到了那种张力——那条情节主线会将学生们置于何处？但是她并没有说出来。

另外一层张力来自学生们好奇心的表达，那种表达与他们在学校课堂之内课程建构过程中的研究型教学是一致的。乔治，作为教师，并不欢迎学生们提问。这里还有另一层张力，那就是乔治没有注意，也不允许学生们将他们自己的知识带入做薄饼的过程之中。在肖娜和瑾与一组学生一起做薄饼时，达尔文的妈妈肖娜和瑾很明显地表达了她们所感受到的张力，当时她们试图开始谈论肖娜关于做薄饼的知识。通过谈起她喜欢薄饼，以及关于她妈妈做薄饼的记忆，肖娜努力想将她的生活引入那个正在进行建构的课程之中。肖娜和瑾一起，努力想打断乔治正在讲述的关于做薄饼的故事。在做薄饼的那一刻，瑾和肖娜都知道在场的一些学生的生活中有着关于做薄饼的记忆。她们希望学生们的知识能够成为那项活动的开端。肖娜和瑾在那一刻所想做的就是将要塞中正在进行的课程建构变得与学生们在学校课堂内课程建构中的探究和生活焦点一致。学生们也加入了那项转换课程的努力，他们通过故事讲述了他们在家庭生活中所学到的做薄饼的知识。乔治似乎并没有听进去。当乔治忽视她们想要重塑他正在生活着的课程的努力的时候，瑾感觉到了张力。

又一层张力出现在卢伊询问乔治是否需要洗手的时候，他这样问是因为在他的家庭故事中在接触食物之前需要洗手，而乔治告诉他不需要。在卢伊喊错了乔治的名字时又出现了一层张力。瑾在那个时候介入并分享了一点卢伊的故事，但是乔治没有反应。

回到学校之后，在与肖娜的对话中，肖娜表达了她对实地考察的内容，以及对乔治缺乏对学生的尊重的顾虑。瑾和贾尼斯也有相同的顾虑。然而，那天晚些时候，我们了解到我们和肖娜对这次实地考察热情的消失给班上的老师制造了张力，因为有人在办公室里问她对这趟实地考察"是否有任何喜欢的东西"，她难以回答。

在对那一时刻进行解包的过程之中，我们意识到了在学生们的生活、我们的生活，与必修课程相交时会产生的连续性、不连续性和沉默，因为它在乔治的教学实践中得到了体现。我们看到了必修课程、要塞课程、不容置疑的文化叙事、教师是专家的故事，以及作为知识接受者的学生的故事之间的连续性。我们看到了虽然感觉到但是没有表达出来的诸多张力之中的不连续性。实地文本之中的沉默随处可见，例如，我们对文化叙事的沉默，我们对文化叙事之中的学生们是什么样的人的沉默，对博物馆教师缺乏对学生的和肖娜的知识的尊重的沉默，对博物馆教师缺乏对学生们提问和探究的尊重的沉默。

在返回学校时，我们对于究竟发生了什么充满了疑问，我们迷惑不解的是，为什么一个充满了课程建构可能性的情形会如此展开和收场。就像那些位于要塞城墙外的锥形帐篷一样，我们和学生们都想参观那些帐篷，但是没有获得允许，我们感觉我们的要塞之行将我们的和学生们的生活也撂在了要塞城墙外，撂在了那儿所发生的课程建构之外。在我们试图理清困惑的过程中，我们思考怎样才能重新设想这趁实地考察活动，以使它更关注学生们的生活、我们自己作为老师的生活，以及所教授的课程内容。为了做到这一点，我们需要谈谈学生们的生活。

关于在这一课程建构的时刻相交的不同生活，我们知道些什么？

在要塞之中课程建构发生的那一刻，有 28 名学生的生活没有受到关注。在我们一起生活在学校课堂里的前几个月中，我们作为教师与研究者，都努力关注学生们的生活，至少是关注我们能看到的那部分生活。

我们想象至少在部分时间内，对部分学生，我们能够这样去做。在思考我们课堂内课程建构的时候，我们知道那儿所发生的一切是一个复杂的、在不断展开的叙事的一部分。在那个叙事之中，学生的故事和教师的故事与课程科目相互混合在一起，共同处于一组相互交织的叙事背景之中。在这组混合一体的不同故事之中，我们抽出了科丽娜、凡和布里特妮这三个学生的经验叙事作为线索。我们选择了这几位学生的经验叙事，是因为相对于这一单元的课程内容来说，这三个学生在不同的历史阶段所处的位置是不同的——科丽娜是有着原住民血统的混血儿，凡是刚到加拿大的新移民，布里特妮的父母有欧洲血统。在我们进行分析的过程中，我们意识到，当我们聚焦于这三个学生和这一单元的课程内容在不同的历史阶段有着不同的关系的时候，我们是从这三个学生的生活里的诸多叙事线索之中抽取出来一条。我们可以通过选择其他的叙事线索的方法来选择其他的学生。我们同时也意识到，那条有关他们在不同的历史阶段所处的不同的位置的叙事线索，可能并不会影响他们如何经历那个单元的课程内容。

我们返回到了与这三名学生有关的实地文本之中。随着我们在课堂上慢慢地了解她们，我们通过将穿插出现在实地笔记中的故事片段编织在一起，为她们每个人的生活创造了一组图像。[9]我们的图像系列在时间上跨越了从八月下旬一直到上文所描述的十一月下旬的那个实地考察日。因为我们使用的实地文本是我们的实地笔记，作为教师研究者，我们认识到我们已经开始分析和解释每一个学生的生活了。实地笔记本身就已经是解释性文本，通过分析实地笔记，从中抽出一组图像，我们创造了另一个层次的解释。我们用来描绘这组图像的过程笼统地引用了理查森（Richardson, 2002）和巴特勒 - 基斯伯（Butler-Kisber,2001）提出的"重拼诗"的思想。理查森和巴特勒 - 基斯伯都从访谈及会话录音转写入手，在其中"寻找出"参与者们的用词用语，然后将它们放在新的解释性文本中，她们将这个解释性文本称为"重拼诗"（found poetry）。在本章，我们使用了我们自己的研究词汇，那些我们用来创造实地笔记的词汇。我们阅读和分析了跨时几个月的实地笔记，从中我们"找到了"我们自己的词汇，用它们创造了这些图像，用重拼诗将这些图像展现出来。这里有两层解释，这一点与理查森和巴特勒 - 基斯伯所建议的不同。在这些解释之中，我们展示了我们是什么样的人，展示了我们带到课程建构这一刻的不同的生活。

科丽娜

第一天

赖雷和西尔维亚到了

科丽娜和她们一起

去年六月不确定是否回来

带着科丽娜到教师休息室拿吃的

她感觉身体不好
腿上有块刮伤
在上学的路上摔倒
不想贴创可贴
她的肚子难受
她饿得慌

分享阅读
温暖的角落
雷切尔在一边
科丽娜在另一边
她俩的身体靠近瑾的

体育课时间到了
想要继续阅读下去
谈起家庭阅读
经常和照顾她的朋友一起阅读
喜欢读关于人的书
阅读比以前要容易些

科丽娜回应了《你自己最秘密的地方》（Baylor, 1991）
写了爸爸的卧室和衣橱
悲伤或孤独时喜欢去那儿

赖雷的妈妈
西尔维亚
挨着科丽娜
科丽娜生活中的母亲的身影

一大包鞋子
在富裕学校的失物招领处
"如果你需要就拿一双"
应该也要问问父母
"确保那样做没事"
科丽娜说那一双很合适
大概短了四厘米

照相日
漂亮的衣服
科丽娜将贾尼斯带到更衣室
她不想照相

写作句子
作为一个小组
老师在透明塑料纸上写[*]
学生们抄
老师提及原住民学生
达米安，赖雷，科丽娜
提到他们所知道的原住民的旅行方式
很久以前

似乎有困难
完成回家作业并带回学校

---

[*]　与投影仪一起使用。——译者注

展示恶梦捕捉网 *
她妈妈做的
作为礼物送给科丽娜
一直放在爸爸的卧室里

全校大会开始时播放《奇异恩典》的乐曲

科丽娜想知道为什么是那首歌
塔伦觉得那是一首教会的歌
科丽娜继续想
为什么要演奏它

在上面的三楼
开阔的空间
制作立体模型
科丽娜想帮忙
做一只水牛
一起工作
削出一个模子
粘上皮毛织物

科丽娜帮助组织拼写
似乎喜欢做

一边谈话
一边做剪贴簿

---

* 原住民的一种手工艺品，挂在床头，会挡住恶梦。——译者注

在周末看到爸爸

有时

去他住的地方

他来到她待的地方

没有和妈妈或是爸爸住在一起

想念他们两个

期盼周末和假日的到来

我们的生活与科丽娜首次相交是在开学的第一天。我们想从这组图像中描绘出编织在她生活中的多样化的故事情节——在不同地方、不同种族和不同关系之间奔走、生活的故事情节；生活漂泊不定、短暂无常的故事情节；依靠自己想清楚问题的故事情节；寻求关系的故事情节；关系创造者的故事情节；喜欢了解别人生活的故事情节；想要融入的故事情节；被她的老师看作原住民的故事情节；轻声提问的故事情节；跟随他人的故事情节；爱她的父母的故事情节。

布里特妮

十一月上旬

两个新来的女生

加入了我们班

布里特妮是一个

来自街道那头的屋子

一所提供保护的屋子

为妇女和儿童

和妈妈一起

离开了北边的一个地方

在 4 年级的时候

另一个女生
同学
表达高兴
对两个新来的女生
两个新朋友

写回应
"但愿所有伸出的手都能连接在一起"
把手描画在纸上
帮助剪出来
小组活动
另一个女生
来自索马里
把玩着她的纸手和真手
把一只放在另一只上面
它们相配吗？
布里特妮看着

告诉女生
她好脏
沉默
一直盯着看
女生眼帘低垂
布里特妮说，
"是你的指甲
不可能干净
如果它们是脏的"。

谈论珠宝

全校大会
要分享
"但愿所有伸出的手都能连接在一起"
去之前
表达害怕
不需要练习
已经能很好地阅读
真的很高兴能被要求分享
老师说她爱这个班
我们知道她不会待很久吗？

想要留下来
不要回到北边的地方
学习更有趣
老师和同学更好

一群学生
回到教室
在课间休息的时候
难过
另一个学生
写着纸条
关于性的

拼写
说出单词

为了帮助同学

实地考察
要塞博物馆
在巴士上
想和瑾坐在一起
讲述北方的家
和继父和妈妈一起
独生女

来到城市
和妈妈一起
在巴士上
长途旅行
睡着了

没有谈到北方学校
非常喜欢城市高地学校
谈论友谊
和卢伊一起
同学
也读 4 年级
也住在保护屋

一起阅读
《韩塞尔与葛雷特》
点心时间
她和科丽娜

和瑾分享水果
瑾分享了点小松饼

后来，
和平烛光
谈论研究
知情同意书
似乎喜欢讲故事
想参与其中
吹灭蜡烛

我们对布里特妮的了解，最开始是基于校长给我们讲的一个故事：在 11 月上旬的时候，布里特妮和她妈妈从北边的学校和家来到保护屋。那也是这所学校里其他一些学生的生活故事的情节主线，学校是和保护屋关联在一起的一个临时性庇护所。我们想从这组影像中描绘出编织在她生活中的多样化的故事情节——将她自身置于主流小女孩流行文化中的故事情节；交朋友和不想离开的故事情节；学会坚强、和她妈妈一起谱写新生活的故事情节；与同学们在一起时突然意识到自己是白人的故事情节；做一名好学生的故事情节；找到自己在课堂和世界之中位置的故事情节。

凡

九月上旬
刚到加拿大
读 4 年级

回应一首诗歌

《珍视我》
写自我介绍
全班
谈论差异
长相

各种文化背景
同学，母语也是中文
翻译
英语——中文
中文——英语
描写头发
"像一匹闪亮的黑马"
用英语写的

看起来熟悉
数字
中文单字
词汇

其他的学生
听到中文
聚在一起
都讲中文
帮助翻译

在温暖的角落
数学

加法的题目

一年中的月份

单独说月份

大声说出来

微笑

在体育馆

身体移动

种子的生命周期

靠近同学

说话

用中文

欢笑

新来的男生

从匈牙利来

到这儿只有 5 天

老师解释说

和凡一样

会讲另外一种语言

正在学习英语

和老师讨论

学习英语的可能性

字母书

画画

抄写字母

老师寻求

志愿者

和凡一起学习

同学主动请缨

给他书看

凡和同学

在温暖的角落

正在做些不同的事

和其他人不一样

凡的小组

凡和同学用中文交谈

其他人讲英语

在英语和中文之间变换

很自在的会话

凡和妈妈

在学校的旁边

在寒冷的风中

试着交谈

困难

交流

行为

面部表情

懂了

外面冷

科学区
和同学一起
一起读书
跟着贾尼斯重复单词
靠向她
倾听
仔细地
听她的发音

同学的书
关于中国新年的
她和凡
可以一起读
他笑了
和她靠得更近

写作
同学和凡
谈论着朋友们
凡的回应
朋友因为讲他的语言

做研究
同学画画
帮助凡理解

牙科护士
担心

需要看牙医
尽快

凡在九月上旬来到班上。他是一个来自中国的新移民，不会讲英语。我们想从这组图像中描绘出编织在他的生活中的多样化的故事情节——努力想弄明白在这个新地方自己是什么样的人的故事情节；知道不讲英语会将他自己排除在课堂参与之外的故事情节；被他的老师看作第二语言学习者的故事情节；通过与其他人一起在语言、小组活动和玩耍时发展友谊的故事情节；希望被接纳的故事情节；坚持不懈寻找自己的位置的故事情节。

喜欢嬉闹、大笑、微笑，以及一直努力与别人一起参与的故事情节；是家庭的一分子、和家人一起、正在寻求如何在这个新的社会和新的语言之中找到归属感的故事情节。

回到课程建构的时刻

通过上文的这些影像，我们讲述了三个学生的生活故事，在这个过程中，我们再一次清晰地认识到协商一个关于师生们不同生活的课程可能意味着什么的复杂性。我们将注意力转到那一刻，尽力想象28个学生生活之间的协商，我们看到了无限的、充满极大挑战的各种可能性。我们重返那一刻时并不是带着答案，而是带着一组疑惑，我们想了解在协商这个关于师生们不同生活的课程的时候，每一个学生正在发展中的赖以生存的故事所处的位置与他们所要学的具体的课程内容之间的关系是什么。

比如说，科丽娜，一个在不同种族、地点和关系之间奔走、生活的学生，当她的故事，与"土著"（native）的语言和奇怪而陌生的"别人"（other）的图像相交的时候，我们看到了什么？布里特妮，一个突然意识到自己处于一个多元文化世界之中的学生，当她的故事，与"土著"的语言和奇怪而陌生的"别人"的图像相交的时候，我们看到了什么？凡，一个在新国家和新语言中寻找自己的位置的学生，当他的故事，与"土著"的语言和奇怪而陌生的"别人"的图像相交的时候，我们看到了什么？

又比如说，科丽娜，一个被人看作原住民的学生，当她的故事，遇到了将皮毛交易解释为进步和移民定居过程的欧洲中心主义的故事情节的时候，我们看到了什么？布里特妮，一个生活在主流女生流行文化之中的学生，当她的故事，遇到了将皮毛交易解释为进步和移民定居过程的欧洲中心主义的故事情节的时候，我们看到了什么？凡，一个被人看作第二语言学习者的学生，当他的故事，遇到了将皮毛交易解释为进步和移民定居过程的欧洲中心主义的故事情节的时候，我们看到了什么？

再比如说，科丽娜，一个喜欢提问的学生，当她的故事，遇到了将自己当作专家、不欢迎学生问问题的教师的故事情节的时候，我们看到了什么？布里特妮，一个好学生，当她的故事，遇到了将自己当作专家、不欢迎学生问问题的教师的故事情节的时候，我们看到了什么？凡，一个希望被接纳的学生，当他的故事，遇到了将自己当作专家、不欢迎学生问问题的教师的故事情节的时候，我们看到了什么？

还比如说，科丽娜，一个寻求关系的学生，当她的故事，遇到了将学生们看成对制作薄饼这项课程内容一无所知的人的故事情节的时候，我们看到了什么？布里特妮，一个在课堂和世界之中寻找她自己的位置的学生，当她的故事，遇到了将学生们看成对制作薄饼这项课程内容一无所知的人的故事情节的时候，我们看到了什么？凡，一个关注友谊的学生，当他的故事，遇到了将学生们看成对制作薄饼这项课程内容一无所知的人的故事情节的时候，我们看到了什么？

再比如说，科丽娜，一个深爱她父母的学生，当她的故事，遇到了不重视个别"其他学生们"的家庭故事的老师的故事情节的时候，我们看到了什么？布里特妮，一个学会坚强的学生，当她的故事，遇到了不重视个别"其他学生们"的家庭故事的老师的故事情节的时候，我们看到了什么？凡，一个将自己看作家庭的一分子、和家人一起、正在寻求如何在这个新的社会和新的语言之中找到归属感的学生，当他的故事，遇到了不重视个别"其他学生们"的家庭故事的老师的故事情节的时候，我们看到了什么？

我们对于师生们赖以生存的故事与课程内容在课程建构过程之中相交的时候所产生的这一组疑惑，促使我们更周全地思考，为什么我们会感到无能为力。为什么在当时当地，在生活中的那一刻，我们没有能力去回应这些张力，去改变来自乔治的个人实践知识（Connelly & Clandinin, 1988）的、那个根据他自己对必修的课程内容的理解和解释而进行的课程建构；我们为什么没有能力把课程建构的那一刻转换为我们一直努力想在学校课堂之内实行的那种课程建构，那种学生的自主探究和他们的生活相互交织在一起进行的课程建构。

故事化的专业知识场景

理解我们的疑惑的一个方法是，将我们的注意力转移到课程建构发生那一刻的场景之中的地点上。将"专业知识场景"（Clandinin & Connelly,1995）的隐喻看作一组层层嵌套的各种情境有助于我们看到课程建构可以发生在不同的地方。克兰迪宁和康纳利这样写道："一个场景的比喻……让我们可以讨论空间、地点和时间。而且，它让人

有广阔的感觉，有可能会充满了处于各种不同关系之中的许多不同的人、许多不同的东西和许多不同的事件。"（p.4）

她们将场景描述为是由两个不同的地点构成的：课堂之内的地点和课堂之外的地点。我们在为期一年的叙事探究中，大部分关注的是城市高地学校场景中课堂之内的地点。在那个场景地点之中，我们研究了课程建构，努力关注教师的、我们自身的和学生们的生活与课程内容的相互交织（Clandinin & Connelly, 1992; Connelly & Clandinin, 1988）。但是，在本章中我们选择进行研究的那一时刻，我们移到了一个课堂之外的地点。在那里，必修课程的内容更直接地来自于省级的必修课文件。将课程看作必修课的教学效果的故事情节主线占主导地位。

在另外的研究中，克兰迪宁和康纳利（Clandinin & Connelly, 1996）写道，专业知识场景是一个故事化的场景。在那个场景之中，学校故事和关于学校的故事不仅受到关于教师的故事和教师的故事的影响和塑造，而且受到那些通过隐喻性的导管自上而下要求教师改变教学实践的教育理论和政策的影响和塑造。当我们思考那些影响和塑造城市高地学校课堂之外的课程建构的那一刻的各条故事情节主线的时候，我们注意到通过导管自上而下的那些教育政策的情节主线大部分是关于以考试分数作为衡量成绩的检测标准、课程教学以必修课的教学效果为导向、学校按照学生的考试分数进行评定和排名。

当我们回头去试图理解发生在要塞博物馆中的一切时，我们发现学生们、教师和我们都被置身于那些故事之中。博物馆的教师也一样。置身于课堂之外的地点之中，他们以他们知道的在学年结束时学生受到测试的方式来进行教学。例如，学生们可能会被测试他们知道多少关于在欧洲人到达之前，原住民的生活方式，以及皮毛交易商和移民定居者是怎样给原住民的生活方式带来了改变的知识。乔治在要塞内上课的时候，使用做薄饼、穿珠子和做游戏这些活动，帮助学生去理解皮毛交易商到达之前的原住民生活方式。在有关皮毛交易的角色扮演中，通过将皮毛作为维系生存所需的衣服、居所的原材料演变成用来交换金钱或物品的商品的过程，他向学生们展示了皮毛交易是怎样影响了原住民的生活。他更进一步向学生们展示了，通过控制和利用原住民以及他们的生活方式来生产皮毛，皮毛交易商们，尤其是那个代理人，变得富有了。通过在一个仿制的要塞中参观现实生活中的文物、角色扮演和其他活动，学生们有机会"走回从前"，去体验这个单元的社会研究课程的内容。通过这种模拟学习，学生们就会做好准备，较好地回答考试中关于原住民生活方式，以及皮毛交易怎样影响了欧洲人和原住民生活的考题了。

通过考试成绩衡量必修课程的教学效果的故事情节主线强烈地回荡在学校之中。当我们和肖娜对在这趟要塞实地考察中学到了什么提出问题的时候，张力就产生了。我们的焦点是协商关于师生们不同的生活的课程，这与那些影响和塑造课堂之外的地点的故事情节主线有冲突。班上的教师发现自己处于这两种互相冲突的课程故事情节主线之间。

作为叙事探究者的方法论困境

作为叙事探究者，我们的意图是理解参与者们的经历。作为探究课堂课程情景的叙事探究者，我们试图理解置身于互相嵌套的诸多的机构叙事之中的多个参与者的经验。我们的意图是理解教师的经验叙事，以及学生们不同的经验叙事，我们想理解当这两者与特定的课程内容在特定的课堂、学校和文化叙事（环境）之中相交和互动的时候，师生们的经验叙事是什么。面对着这么一组复杂的、互相嵌套的、互动的、流动的、处于变化中的叙事，作为叙事探究者的我们面临着特殊的方法论上的困境。

一组困境围绕着我们需要首先关注这些复杂的经验叙事在生活中的践行。这些经验叙事是随着时间的推移正在不断被谱写的，是在一系列的地点被不断谱写的，这些生活的谱写既有个人维度又有社会维度。经验叙事是生活出来的，也是讲述出来的，也就是说，人们既践行那些经验故事，同时也讲述着那些经验故事。在研究课程建构时刻的时候，我们大部分是生活在经验故事里，而不是在讲述经验故事。这一组困境影响和塑造了我们在城市高地学校中的探究，在那儿，我们渴望尽我们所能与课堂中的教师、学生们和他们的家庭密切地生活在一起。我们一直亲身出现在课堂、学校、操场、校内晚间的活动、社区里的活动以及与学生们有关的活动中，这些亲身经历深化了我们对于教师、学生们和他们的家庭正在经历的经验的理解。

第二组困境围绕着我们需要谱写那些可以让我们放慢课程建构的时刻的实地文本。那些实地文本能够让我们仔细关注其中的复杂性。我们在这项探究中谱写的实地文本很多很杂，包括大量有关我们参与课堂教学活动的实地笔记、与 8 个学生及 4 位母亲的研究会话录音、收集的学校实物、收集的学生作品复印件等。研究多种类型的实地文本有助于我们放慢课程建构的时刻，在我们对这些实地文本进行探究时，我们将它们置于克兰迪宁和康纳利（Clandinin & Connelly, 2000）所描述的三维叙事探究空间之中进行考察。关于三维叙事探究空间，克兰迪宁和康纳利做过如下的阐述：

> 我们的术语是个人性的和社会性的（互动性）；过去、现在和将来（延续性）；再加上地点（情景）的概念。这套术语创造

着一个隐喻性的三维叙事探究空间，时间性是一个维度，个人和社会性是第二个维度，地点是第三个维度。使用这套术语，我们可以在这个三维空间定义任何一项具体的研究：研究具有时间维度，关注时间问题；研究聚焦于个人性和社会性，并在两者之间取得适当的平衡；研究发生在具体的地点或一系列的地点。（p.50）

第三组方法论困境围绕着我们需要做到不隐藏我们自己作为研究者的弱点。当我们与教师、学生和学生家庭一起进行关系性叙事探究时，我们的经验叙事会与这些教师、学生和学生家庭的经验叙事相交、互动，也会与具体的课程内容的情节主线，以及课堂、学校和文化叙事相交、互动。

第四组方法论困境围绕着我们需要找到合适的表达形式。这些表达形式既要能够体现经验叙事的关系性方面，同时还要能够体现经验叙事的流动性、变化性的特征。各种艺术形式的表达方式，诸如重拼诗和情节主线的草绘与勾勒，是我们在本章中使用的两种艺术表达形式，我们试图抓住读者的想象，并邀请他们进入我们的描述。前文讲过，我们创造的这种艺术表达形式是高度解释性的，在阅读时也需要将它当作解释性文本进行阅读，谱写这些解释性文本是为了激起和强调一些特定的解释。

作为教师教育者和研究者的伦理困境

写作这一章对我们两人来说都意味着很多自我面对（self-facing）的时刻：在我们故事化我们作为教师教育者的教学实践的时候，在我们故事化我们作为研究者的研究实践的时候，我们都需要自我面对。当我们逐渐理解建构一个关于师生们不同的生活的课程的复杂性的时候，我们认识到这种类型的研究工作肩负着巨大的责任。

比如说，对于一位课堂教师而言，意识到协商一个关于师生们不同的生活的课程的诸多可能性意味着什么？在她践行这种协商的时候，她是生活在一个专业知识场景之中的。这个专业知识场景受到一个关于学校的故事的影响和塑造，这个故事的情节主线是"富有成效的高质量学习的天数"，预先设定的必修课的教学效果是由学年末的学生考试成绩结果来衡量的。她的教学世界中的所有一切，学生们的学校经历中的所有一切，至少在政府政策制定者的眼中看来是重要的，都在这个主流故事情节中被简化成学生们的考试分数。

又比如说，对一位职前教师而言，意识到协商一个关于师生们不同的生活的课程的诸多可能性意味着什么？当她清楚地意识到一个有教育意义的经验对她和未来与她一起工作、生活的学生、青年及他们的家庭所提供的可能性的时候，当她进入了一个专业知识场景，尽力建构一个关于师生们不同的生活的课程的时候，却发现那个专业知识场景中的主流故事情节是用学生们的考试分数来决定教学是否成功，她会怎么样？

我们作为研究者，与城市高地学校的学生及教师一起生活；我们作为教师教育者，与职前教师一起工作，我们需要问自己我们的责任是什么？我们怎样才能继续和这些教师们在一起，特别是在她们的故事情节与当今主流专业知识场景的情节主线相悖时？我们对于诸如科丽娜、凡和布里特妮这样的学生们有什么义务？作为大学教授，我们怎样才能继续与那三个学生在一起？

作为大学教授，我们过着教师教育者、课程理论家和研究者的生活，我们可以选择远离这些生活。我们可以选择评论教师们的课堂实践、评论学校的排名、评论教学评估方法的质量。或者，我们可以选择将自己置身于那些选择了肩负协商一个关于师生们不同的生活的课程的重任的教师们的身边。在我们谱写自己的生活时，我们需要问自己的问题是，在这个隐喻性的游行队伍中，我们是谁？对这些选择与我们一起在游行队伍中共舞的人们，这些职前教师、在职教师和学生，我们的责任是什么？在我们继续谱写我们作为教师教育者、课程理论家和研究者的生活的时候，这是一直摆在我们面前的问题，这是一个我们赖以生存的问题。

尾注

1 学校、学生、博物馆教师和学生家长的姓名都是假名。

2 例如，佩利（Paley,1979,1990,1995）关于她与学生们共享的幼儿园课堂生活的研究关注了她作为一个白人教师，与非洲裔美国儿童生活在一起的时候，她是什么样的教师，以及正在变成什么样的教师，她也关注了儿童们的生活与她的生活的动态互动（例如故事扮演）是如何影响和塑造了课堂中的课程建构。奥伊勒（Oyler,1996）在探索儿童与教师在课堂环境下如何分享权威的研究中，也将儿童们的生活和经验看作课程建构的一部分。其他人的研究，例如赫默斯（Hermes,2002）、奥勒伦肖与里昂斯（Ollerenshaw & Lyons,2002）探讨了在课程建构中师生们的生活也可能会变得沉默。卡尔金斯与哈维（Calkins & Harwayne,1991）将传记看作儿童们能够在课程建构中探索自己生活故事的一个空间。

3 在 1980 年代，从杜威（Dewey,1938）关于经验的延续性、互动性和情境性的理论出发，康纳利和克兰迪宁（Connelly and Clandinin,1988）将教师知识理解为具体化的，具有时间性、关系性、道德性、情感性、情境性的特征，这种教师知识会受到过去的经验和将来的计划的影响，会在现在的情景中被塑造和被重塑。他们将这种对教师知识的理解引入了将"课程作为经验"的叙事探究。当康纳利和克兰迪宁将课程与经验联系起来的时候，他们不仅想要理解在教师和学生使用课程材料和教学要求指南进行教学的时候，师生们做了什么，而且想要理解师生们在这种互动过程中，他们经历了什么。

4 我们与城市高地学校的一位教师和 28 位三、四年级合班的学生协商了我们如何进入探究的实地。在一个学年内，我们作为教师研究者在课堂之中进行研究。贾尼斯每周有五个半天在课堂里工作，瑾每周有一个半天在课堂里工作。在这项叙事探究中，我们的实地文本包括课堂内外的日常活动、与家长和学生们研究会话的录音转写，以及课堂生活中的实物。有时，我们会帮助计划学习活动，辅助学习，以及参与个人和小组活动。

5 我们对于课程建构之中身份建构的叙事性理解更感兴趣。在考虑多样性时，我们没有从文化、经济、宗教、语言、能力、性取向或家庭结构等有关多样性的形式主义的类别开始。

6 在探索师生如何都是相互关系密切、相互嵌套的知识掌握者的研究中，里昂（Lyons,1990）提出了教师所经历的伦理困境的问题。虽然里昂没有探讨教师研究者与教师教育者如何也可能经历作为相互关系密切、相互嵌套的知识掌握者而感受到的张力的问题，但是她所提出的概念有助于我们思考：作为教师教育者和研究者的我们，在与教师和学生进行叙事探究时，我们是什么样的人；在与在职教师和职前教师一起时，我们又是什么样的人。

7 专业知识场景（Clandinin & Connelly，1995）是一个将情境概念化为叙事建构的术语。克兰迪宁和康纳利使用场景隐喻以呼吁人们关注学校情景的关系性、时间性和变化性的特征。

8 代理人是对驻扎在加拿大西部、现场管理所有那些皮毛交易要塞的监督人的称呼。

9 玛丽·凯瑟琳·贝特森（Bateson, 2000, p.247）帮助我们思考了选择表达这一研究文本的方式。她写道："个人的许多故事以及这些故事之间随着时间而变化的各种关系提供了另外一种观察的方法，但是我们需要那些讲述这些相互交织、不断被重复的故事的方法，那样就能够避开文字的线性、鼓励读者发现诸多新隐喻。"

参考书目

Bach, H.(1998). A visual narrative concerning curriculum, girls, photography, etc. Edmonton: Qual Institute Press.

Bateson, M.C.(2000). Full circles, overlapping lives: Culture and generation in transition. New York: Random House.

Baylor, B.(1991).Your own best secret place. New York: Atheneum.

Butler-Kisber, L.(2001).Whispering angels: Revisiting a dissertation with a new lens. Journal of Critical Inquiry into Curriculum and Instruction, 2(3), 34-37.

Calkins,L.M., & Harwayne,S.(1991).Living between the lines.Toronto:Irwin Publishing.

Clandinin,D.J., & Connelly, F. M.(1992).Teacher as curriculum maker. In P. Jackson (Ed.), The American Educational Research Association handbook of research on curriculum (pp.363-401).New York: MacMillan.

——.(1995).Teachers' professional knowledge landscapes. New York: Teachers College Press.

—— .(2000). Narrative inquiry: Experience and story in qualitative research. San Francisco: Jossey-Bass.

Connelly,F. M., & Clandinin,D.J.(1988).Teachers as curriculum planners: Narratives of experience.New York: Teachers College Press.

——.(1999). Shaping a professional identity: Stories of educational practice. New York: Teachers College Press.

Dewey,J. (1938). Experience and education. New York: Simon & Schuster Inc.

Hermes,M.(2002). Teaching in support of native culture: Two White science teachers. Paper shared at the Curriculum Inquiry conference on Experiential Approaches to Multiculturalism in Education, Centre for Teacher Development, Ontario Institute for Studies in Education of the University of Toronto, May.

Huber,M.,Huber,J., & Clandinin,D.J.(2004).Moments of tension: Resistance as expressions of narrative coherence in stories to live by. Reflective Practice, 5(2), 181-98.

Huber,J., Murphy,S., & Clandinin,D.J.(2003). Creating communities of cultural imagination: Negotiating a curriculum of diversity.Curriculum Inquiry, 33(4), 343-62.

Lyons,N.(1990). Dilemmas of knowing: Ethical and epistemological dimensions of teachers' work and development. Harvard Educational Review, 60(2), 159-80.

Murphy, S.(2004). Understanding children's knowledge: A narrative inquiry into school experiences. Unpublished Doctoral Dissertation. University of Alberta,Edmonton, Alberta.

Ollerenshaw, J., & Lyons,D.(2002). "Make that relationship": A professor and a pre-service teacher's story about relationship building and culturally responsive teaching. Paper presented at the American Educational Research Association Annual Meeting, New Orleans, April.

Oyler, C.(1996). Making room for students: Sharing teacher authority in room 104. New York: Teachers College Press.

Paley, V.G.(1979).White teacher. Cambridge: Harvard University Press.

——.(1990).The boy who would be a helicopter: The uses of storytelling in the classroom. Cambridge:Harvard University Press.

——.(1995). Kwanza and me: A teacher's story. Cambridge: Harvard University Press.

Richardson, L.(2002). Writing sociology. Cultural Studies—Critical Methodologies, 2(3), 414-22.

8 解包
"开端于生活故事：参观'要塞'"

前一章提供了一个直接从生活故事开端的叙事探究样例。克雷格和休伯（Craig & Huber，2007）总结了在采用这种开端方式的叙事探究中探究者们所感受到的各种张力。其他人，例如巴赫（Bach，2007）使用了参与者们展示她们正在不断展开的生活的照片，纳尔逊（Nelson，2008）和德斯罗切尔（Desrochers，2006）强调了通过进行叙事探究参与者们的生活有了改变，她们都以生活故事作为叙事探究的开端。以生活故事方式开端的叙事探究的分析和解释方法，与采用讲述故事为开端的叙事探究的分析和解释方法基本相同，只不过在前者中，张力、冲撞的地点和时间线索被更多地用作分析工具（Chan，2006；Clandinin et al.，2006；Steeves，2006）。

在这篇样例中，休伯和克兰迪宁（Huber & Clandinin，2005）一开始就将她们进行该项研究的意义清楚地表达出来，在她们的研究文本中有些意义比其他意义更清晰可见。正如第 4 章中所阐述的，每项新的叙事探究最初所要做的自传性叙事探究，通常不会出现在最终发表的文本中。这就意味着，在很多情况下，一项叙事探究的个人意义需要读者在"字里行间"辨别出来。休伯和克兰迪宁原来都当过老师，现在都是教师教育者。她们都非常关心学校里教师和学生的经验，也关心师生们在学校里的经验是如何影响和塑造着她们的生活的。在她们所选择的许多实地笔记里，有一点非常明显，那就是在与学生们一起生活的时候，她们感受到了各种张力，并且认识到那名乔治老师不知道，或者是不想知道学生们是什么样的人。她们对实地笔记的选择暗示了进行这项研究时她们是什么样的人，以及该项研究对于她们的个人意义。

实践意义相较于个人意义在文中表达得更清楚。休伯和克兰迪宁想要改变一种课程观，她们想将教师灌输学生知识的课程观改变成由学生和教师在课堂之中进行共同谱写的课程观，这种新的课程观特别关注学生和教师的生活。很显然，她们正在致力于开发教师和学生在课堂之中一起学习、工作的新途径。

社会意义和理论意义在该章的开头部分也表达得很清楚。两位作者发展出了新的课程理论概念，她们将课程看作是关注师生们生活的，师生们协商和共同谱写他们的生活。该研究的理论意义还在于她们将有关自我身份的叙事概念看作赖以生存的故事，为丰富自我身份研究的文献做出了贡献。

休伯和克兰迪宁（Huber & Clandinin，2005）采用了经验的叙事观，她们将学校教育看成是教师和学生在课堂和学校之中生活的经验。教师和学生的自我身份被叙事性地理解为赖以生存的故事。那一章清楚地说明，整项叙事探究的研究疑题是基于她们作为教师和教师教育者的生活的，是扎根于一种寻求丰富那些狭隘地、技术性地理解课程的论述之中的。然而，该章所提出的研究疑题是"围绕着关注学生多样化生活的课程建构中的困难"（p.315）。正是这个研究疑题影响和塑造了她们的方法、实地文本和对实地文本的分析。

这个研究项目采集了大量不同来源的实地文本。因为这个叙事探究的开端形式是生活故事，所以作为探究者的休伯和克兰迪宁与参与者们一起生活就是一件很重要的事。考虑到一学年中有十个月的工作日，她们选择每周有2天至2天半的时间与学生及他们的老师生活在一起。在那儿，她们撰写了发生在课堂之中的师生们的生活故事的实地笔记。她们也与教师、几个被选的学生和他们的家长进行了一对一的会话。会话进行了录音，并且转写出了会话脚本。她们也收集了"学生的作品、计划文件和学校文件"（p.315）。在实地文本的谱写之中，她们关注了叙事探究的三维空间。

休伯和克兰迪宁（Huber & Clandinin, 2005）描述了她们从实地文本进展到研究文本的过程，也就是她们分析的过程，她们采用了下面的方法。

带着研究疑题，即"理解课堂之中的课程建构"（p.315），她们阅读实地文本，阅读的意图在于"寻找、辨识那些有可能建构一个关于师生们不同生

活的课程的时刻"（p.315）。为了辨识那些时刻，她们将它们定义为"她们
应该能够关注到处于动态互动之中的教师、学生、课程科目和情景，她们还能
看到她们的教师研究者们的赖以生存的故事和一些学生们的赖以生存的故事的
时刻"（p.315）。她们也指出，赖以生存的故事"在她们感受到张力的时候
是最清晰可见的，也就是说，在不同故事之间相互碰撞的时候"（p.315）。

　　为了分析大量的诸多不同来源的实地文本，我们仔细框定了这些选择标准。
休伯和克兰迪宁（Huber & Clandinin, 2005）指出所选出的时刻符合她们所框
定的标准，因为"那一时刻充满了张力，正如在我们的实地文本中所记录的那样，
我们不仅在当时经历那个时刻的时候感受到了那种张力，而且在我们解包这一
时刻以求理解那些人们赖以生存的故事的时候，在我们分析解释这篇实地文本
的时候，我们也感受到了那种张力"（p.316）。挑出那些时刻是分析的第一步。
她们在研究文本之中包括了整个实地笔记。

　　休伯和克兰迪宁（Huber & Clandinin, 2005）接着描述了分析的第二阶段。
在三维叙事探究空间之中，她们进行了仔细的研究，突出了实地笔记之中表现
出来的、哪些人的生活在特定的时间和地点相交了。然后，她们展示了在实地
笔记中她们看到的那些人的生活的延续性和课程科目的延续性。

　　牢记她们的探究目的是理解、谱写一个关于师生们不同生活的课程的困难
所在，她们用"张力"（tension）作为一个关键的分析术语。在研究文本中，
她们分析实地笔记，以展示她们感觉到的各种张力。"对于很多教师来说，
事实上对于很多人来说，张力被认为是一种消极的阻力，也就是说，张力是
应该努力避免或者应将其掩盖的。"（Clandinin, et al., 2009: 82）但是，我们"用
一种更关系性的方式去理解张力，也就是说，我们认为在不同的人、事、物之
间所产生的张力是一种创造一个介于两者之间的空间(between space)的方式"
（p.82），那个空间是一个探究空间。关注张力是一种阐明"采用叙事探究这
种关系性方法究竟意味着什么"（p.83）的有用方法；张力提供了"一种重要
的方法论策略"（p.83）。休伯和克兰迪宁从实地笔记出发，在时间性的维度
上进行了回溯和展望，她们使各种感觉和事件清晰可见，同时关注了地点。

分析的第三步又将她们带回到全部的实地文本，其目的是从全部的实地文本中找出所有与那三名学生（布里特妮、科丽娜和凡）有关的内容，这三名学生是实地笔记中的中心人物。正如休伯和克兰迪宁（Huber & Clandinin, 2005）所描述的，从实地文本中，她们"抽出三名学生的经验叙事的线索"（p.319）。这些学生，她们写道："相对于这一单元的课程内容来说，在不同的历史阶段所处的位置是不同的。"（p.319）

她们注意到她们也可以选择在实地笔记中出现的达米安、达斯汀、萨姆，或者卢伊等其他学生，但是她们最终还是选择了这三名学生。她们"可以选择其他的线索来挑选学生"，她们同时也意识到"那条有关他们在不同的历史阶段所处的不同的位置的叙事线索可能并不会影响他们如何经历那个单元的课程内容"（pp.319-320）。

为了探究大量的、与所挑出的三名学生中每一个人有关的实地文本，休伯和克兰迪宁（Huber & Clandinin, 2005）使用了一种特别的表现形式——词汇图像。在三维空间之中，她们"通过将穿插出现在实地文本中的故事片段编织在一起"，为三名学生每个人的生活"创造了一组图像，就像我们在课堂上慢慢地了解他们那样"（p.320）。这些图像跨越了时间、地点和诸多关系。每名学生的这些词汇图像是进一步分析和解释的结果。在每一组词汇图像的结尾处，两位作者总结了她们称为的"多条故事情节"，这些故事情节是被编织在每一名学生的生活之中的。

到这一步，研究文本包括了实地笔记、对实地笔记的分析，以及对三个学生的解释性的词汇图像。休伯和克兰迪宁（Huber & Clandinin, 2005）重返实地笔记中的课程建构时刻，开始思考她们对研究疑题的回应，寻求她们对协商一个关于师生们不同生活的课程的困难所在的理解。在这一步，她们写道，"我们重返那一刻时并不是带着答案，而是带着一组疑惑，我们想了解在协商这个关于师生们不同生活的课程的时候，每一个学生正在发展中的赖以生存的故事所处的位置，与他们所要学的具体的课程内容之间的关系是什么"（p.328）。她们在每一名学生的生活环境中思考着这样一些疑惑。

　　然后，休伯和克兰迪宁（Huber & Clandinin, 2005）回到了通过她们的叙事探究而显示出来的她们对理论的理解，这是她们对"那又如何"这个问题的回应。最后，她们提出了在研究之中她们所遇到的方法论困境。她们总结了四组困境。第一组困境讨论的是研究设计中，以与参与者一起生活为开端，而不是以讲述故事为开端的困境。她们确认了她们所选择的研究设计，并说明"在研究课程建构时刻的时候，我们大部分是生活在经验故事里，而不是在讲述经验故事"（p.331）。如果没有首先在课堂之中，而且在整个研究之中与学生及他们的教师生活在一起，她们就不可能深入地理解教师、学生和学生家庭正在生活着的这些经验故事。第二组困境与她们共同谱写的实地文本的不同种类有关。她们再一次将这一点与"将课程建构的时刻放慢"的研究设计考虑因素联系在一起，说明这样做是为了关注多角度的叙事探究的复杂性。第三组困境与探究之中她们是什么样的人和她们正在变成什么样的人有关。这种"自我面对"，从研究起点的自传性叙事探究开始，变成了一种方法，让她们避免"将我们自己置于解决问题的位置上，试图掩盖或者抹平那些复杂的、每时每刻发生的互动，这些互动是在特定的环境下，是在各种不同的生活（教师的、学生的和学生家庭的）与课程内容相交的时候发生的"（p.332）。这种对她们是什么样的人和正在变成什么样的人的关注，是与她们跟参与者一起生活时她们是什么样的人联系在一起的，是与她们与参与者一起倾听和讲述故事时她们是什么样的人联系在一起的，也是与她们怎样在研究文本之中描述自己和参与者联系在一起的。她们的第四组方法论困境与她们选择和创造的研究文本的表现形式有关。她们的表现意图是"既要能够描述经验叙事的关系性方面"，同时也"要能够描述经验叙事的流动性、变化性的特征"（p.332）。

　　在最后一部分，她们讨论了伦理问题。但是，休伯和克兰迪宁（Huber & Clandinin, 2005）所讨论的伦理问题并不是那些在叙事探究中与学生、学生家庭和教师一起生活时直接相关的关系性伦理，而是长期意义上的那些关系性责任（Huber, Clandinin, & Huber, 2006），这些关系性责任是她们在叙事性地思考她们作为叙事探究者的生活，以及学生、学生家庭和教师的生活的时候所需要承担的。这些关于她们作为叙事探究者所承担起的长期意义上的关系性责任的思考，再一次地转向了关于她们在探究之中是什么样的人的思考。她们问她们自己："在这个隐喻性的游行队伍中，我们是谁？对这些选择与我们一起在游行队伍中共舞的人们，这些职前教师、在职教师和学生，我们的责任是什么？"（p.333）

下一章是一个自传性叙事探究的样例。

9 自传性叙事探究：
敲门砖还是救赎故事？

自传性叙事探究是叙事探究的一种特殊形式，与自传性民族志有些相似。下面由特鲁迪·卡迪纳尔（Trudy Cardinal）所写的这篇文章是一篇自传性叙事探究的样例。

（以下内容引自 Trudy Cardinal 发表于 LEARNing Landscapes 2011 年第四卷第二期的论文"敲门砖还是救赎故事？"，原文页码 79-91 页。此处引用得到许可。）

硕士的研究：敲门砖还是救赎故事？

人们为什么要读研究生？作为一位原住民进行土著研究意味着什么？获得硕士学位的意义是什么？在我仔细思索着这些问题，努力避开我所感觉到的这些问题所产生的张力时，有人告诉我，硕士学位只不过是获得博士学位的敲门砖，不值得做这样自我反省的内心斗争。在读研究生时，我花了两年时间去弄清楚做一名原住民研究者意味着什么以及找到一个真正重要的研究问题。"敲门砖"这个词不断在我脑中闪现，烦扰着我，因为它与我的生活经验发生着冲撞。最终，我选择了一个问题，并开始准备着手一个研究项目来回答那个研究问题。但是在最后时刻，我决定如果我想要有信心地去进行土著研究，那么我就需要解析我正在经历的诸多张力，弄明白那些张力的意义。于是，我改变了研究的焦点，选择了自传性叙事探究，探究我自己作为原住民学生，努力想成为一位土著研究者的经验故事。

自传性叙事探究（Clandinin & Connelly, 2000）的过程与结果，以及由此而创造出来的探究空间，让我能够探究我的故事，这对于我来说，远远超越了敲门砖的意义。对于我和其他可能感到过相似张力的人而言，那是一个"救赎故事"（King, 2003, p.119）。在这篇文章中，我要讲述我对五位亲戚的教育故事进行叙事探究的经验怎样帮助我理解了故事的重要性，以及自传性叙事探究对我和我的家人的影响。

我的研究疑题围绕着我对我作为一位原住民研究生选择与原住民一起进行研究所应承担的诸多责任的思考，我应该如何以伦理上负责任的方式展开我的研究。研究的实地文本包括研究生两年期间的写作：学期论文、回应日志、课外作业和生活写作。从实地文本进展到研究文本的过程中，我辨识出了在逐渐理解原住民研究的过程中我所经历的诸多张力和冲撞点。在我阅读、再阅读和对实地文本进行探究的过程之中，我的理解也越来越深刻，我开始理解这些时刻对我的身份、我的赖以生存的故事、我作为一名成长中的研究者，以及我的归属感所产生的影响。

研究生培养方案中的最后一门课程要求我以原住民教育为题，对一个原住民社区做一个小规模的研究项目。研究的任务是寻找人们的故事，然后从中确定共同的主题，去发现针对那个特定社区的原住民的教育有些什么问题。在我思考这项任务到底意味着什么的时候，在我想象自己回到一个我已经与之失去了密切联系的原住民社区，但是现在是为了完成一项课程作业而突然又对他们感兴趣的时候，我感受到了张力。因为时间有限，我知道我没有足够的时间去和我想与之接触的、生活在那个社区里的那些家庭重新取得联系，并建立起关系。（无论是叙事探究 [1]（Clandinin，2006）还是土著研究 [2]（Wilson，2008，p.77），建立关系都是做好研究一个必不可少的核心部分。）这些疑惑让我重新思考我所持有的社区概念，并拓宽它的定义。我开始想到那个由女性亲戚组成的小社区。在修读研究生课程期间，我总是不断地去找这些我信赖的女性，和她们一起探讨关于原住民问题的观点，比较我在大学里读到和听到的观点与这些女性生活经历之间的异同。我回到了在我的研究旅程上一直相伴在我身边的那个家庭成员核心小组。每当我为了研究助理的职位需要找参与者的时候，只要符合参与者的条件，她们总是那么地信任我，愿意将她们的故事讲述给我听。她们之所以走进来，是因为她们想帮助我，想努力和我一起理解那些关于原住民的问题。

她们也是在关系之中走进来的。我回到了那些女性身边，每一次我为了研究助理的职位需要找原住民参与者时，她们都会自愿参加，来到我的身边。她们愿意回答我的问题，并和我一起开怀大笑，笑我在研究起始时刻的尴尬不安，笑我重复使用太多次"好的"这个词，因为我想要保持做一个中立、客观的研究者。我意识到，我们作为生活在都市背景下、通过家庭纽带和共同的早期生活场景而联系在一起的原住民女性，我们形成了一个社区。我们不像孩提时候那么亲密，我们现在只是作为成年人相互开始了解。但是，我觉得我对这些女性的生活经历和知识的信任，以及我们之间已经形成的关系，在我与原住民一起进行关于原住民话题的符合伦理道德的和负责任的研究时，对我来说，都是必需的。

在我选择这些女性作为我的社会团体的时候，我终于找到了一种让我在进行这种与我自己非常接近的研究时感觉少一些张力的方式。

作为一名原住民女性、母亲、阿姨、教师和家庭成员，进行与原住民教育问题有关的话题的研究是非常复杂的，充满了张力。当我思考一份统计报告的预测，思考那些不成比例的高数量的、高中未毕业的原住民青年可能会"终身贫困"（Mendelson, 2006, p.24）时，我看到了一张张我深爱着的人和家庭成员的脸填满这一个类别。我感到悲痛与恐慌。同时我也感到不自在，因为我感觉责任重大，我能感觉到她们对我的研究所抱有的那些闪烁摇曳的希望和信念，她们相信通过我的研究，我能够回答那些关于原住民学生的难以回答的问题，能够帮助人们理解我们作为原住民学生的生活经验。在叙事探究中，关系和来到参与者身边是关键（Clandinin, 2006, p.48）。当这些我信任的女性成为参与者之时，她们也成为合作研究者。我们一起，通过重新讲述，也就是说，通过对那些生活过和讲述过的故事（Clandinin & Connelly, 2000）的叙事探究，谱写我们对生活经验的理解。在我与我的亲戚们的会话中，我们谈论了我们童年时期的教育经历，也谈论了我们作为成年学生、作为母亲或者阿姨的教育经历。通过这些会话我们所获得的理解要比探究那些与我没有任何关系的其他人的经历更使人信服。在完成前两次访谈之后，我对叙事探究的过程有了更好的理解，我明白那是一个让我与参与者一起花时间探究每一个故事的过程。最重要的是，我感觉到作为一个与她的原住民的根已经断开的原住民研究者来说，当我能够与我的朋友和家人一起进行研究时，我会感到少一些的张力。

很快，我就认识到了我对与人一起进行的研究的复杂性的理解是多么的天真。当生活真的介入我为了最后一门课程所做的小型研究项目之中时，我想起了"所有研究项目都是存在于人们的生活之中的"（Clandinin & Connelly, 2000）这句话。就在我完成访谈计划之中 5

个参与者的第 2 个的那一天，家庭悲剧发生了。一位堂姐意外地去世了。我暂停了一周的研究工作，回到家与所爱的人待在一起。我们团聚在一起共同应对这最新一次的损失。整个大家庭的人聚集在一起，举行了仪式，对我们深爱的一个生命表达了我们的怀念和尊敬。那次家庭团聚拉紧了使我们团结起来的纽带，将我们作为一个大家庭拉得更近了。我记得家人和朋友围聚在社区大厅举行了那次仪式，一周之前我还感觉和他们是那么的疏远。在他们张开有力的臂膀，欢迎那一天所有聚集在一起的人时，我再一次感觉到了那种仍然存在的强有力的纽带。我的课程作业远远地隐退到了幕后，这个刚刚失去了一位母亲、姐妹、堂姐、朋友和深爱的人的家庭的生活经历让我停步下来，我再一次地问自己做一名原住民研究者意味着什么，研究，甚至包括我的研究，将会对我所深爱的这些人造成什么样的影响。

我终于完成了最后的三个访谈。在我与我们生活中受到最近这次家庭事件影响的同一批家庭成员一起创造的探究空间里，我们的关系是关键。我的研究所得出的结论和所写出的论文试图尊重她们所讲述的故事的神圣性。带着关爱和呵护，我通过写作去理解和尊敬那些馈赠给我的故事。我通过写作去回馈那些在过去两年的研究生学习期间、在我人生的大部分时间，一直给我支持和鼓励的人。在我成为一名研究生、研究者和土著学者的过程中，她们随时愿意给我提供无私的帮助。那些在邀请他人参加研究项目之前所要思考的研究的严肃性和考虑伦理因素的必要性（Kahakalau, 2004），在我与亲戚们坐在一起，共同缅怀我们最近失去的亲人，完成访谈之时，变得那么的清楚明白。洛佩（Loppie, 2007）的话帮助我描述了我进行这最后一个课程论文项目的过程。那"既是一个知性的过程，又是一个直觉的过程……它基于我与这些女性的关系，也基于我对原住民教育不断扩展的知识和理解……这个过程也是一个在情感上、在心理上和在精神上非常艰苦的过程，因为它需要我保持对原住民女性继续面临的挑战有持久的、密切的清醒认识"，而那些女性是我的大家庭中和我关系亲密的人的一部分。"根据土著学者的研究（Battiste, 2002; Castellano, Davis, & Lahach, 2001; Smith, 1999），这种在情感上、心理上和精神上的多层面的投入对于学习是很关键的，尤其是对于原住民女性生活的历史和社会政治环境的学习"（Loppie, 2007, p.277）。

我为最后一门课程所写的最后一篇论文代表着我已经开始有了一些理解，当我最终允许自己处于关系之中，坐在研究参与者的对面，就她的个人教育故事提出一些不好回答的问题的时候，我开始孕育出自己的那些理解。有时是眼泪，有时是很难讲述和倾听的故事，更多的是欢笑，一直存在的是关爱。因为这次研究经历对我产生了深刻的影响，它影响了我对叙事探究的理解，对土著研究的理解，对我自己作为一个人的理解，所以我对待这次研究经历的叙事探究非常认真。在最后一门课程我提交的期末论文的结论部分，我表达了在两年研究生学习中所逐渐获得的知识和认知。但是，在我写作那篇论文的时候，我还没有进行后来在硕士论文研究时所进行的自传性叙事探究。现在回头再看，我注意到我当时是尝试着想在那篇课程论文中花点时间进行反思，试图表达出我心中正在萌发的理解。这些初步评论反映了那段时期我所进行的思考，它们吸引着我，使我想进行一个关于我自己研究生学习经历的自传性叙事探究。

在这篇课程论文的研究过程中，我对叙事探究这种方法论，以及土著研究的方法论原则的了解才刚刚开始。然而，即使在那么短的时间之内，我还是努力尊重和遵循那些将我吸引到这两种方法论的原则，因为这两种方法论的本体论原则是一致的，是相互重叠的。我努力建立关系、收集故事，在探究过程中，我寻求对赖以生存的故事的理解。通过自己的生活经历，文献阅读，对所收集故事的阅读、再阅读和再经历、再感受，我逐渐有了一些更深入的理解。我努力寻求那些宏大叙事的影响，总是尽力去"看大"，也"看小"（Greene, 1995）。最重要的是，在我阅读、再阅读和重温那些我和我的女性亲戚们一起共同谱写的故事的时候，我努力尊重"他人的存在"（Stewart-Harawira, 2005, p.156），因为这些故事是在我拜访她们的时候，也是在我们从小到大的关系之中共同谱写的。我寻找这些叙事之中的共同线索，开始创造研究文本，在写作过程中我总是回头去找她们，检查确保我继续尊重他人的存在。虽然我对叙事探究到底意味着什么的理解还处于起步阶段，也不是很清楚它与土著研究关系性本体论的相似点，但是我想要比较一下通过叙事探究所能获得的那种理解。

威尔逊（Wilson, 2001）写道：

> 作为研究者，在进行研究之时，你是在回应与你有关的所有的人……你必须履行你与你周围世界的人的诸多关系之中所承担的各种角色的责任。因此你的方法论必须提出不同的问题：你要问的不是效度和信度的问题，而是要问"我怎样在这个关系之中完成我的角色"，以及"在这个关系中我的责任是什么"这样的问题。（p.177）

我的确想象了与我有关的所有的人阅读我逐渐理解和开始写作的东西。我最想寻求的是她们的认可。在这个最后一项课程论文研究项目中，我仔细考虑了我的社区有些什么人，以及我怎样确保她们也能从研究过程之中受益。这些仔细的思量与我过去两年的研究生学习过程中所逐渐取得的理解是一致的。在选择我的社区时，我想到了卡杰特（Cajete, 1994）对社区的定义："是一个能够最充分地表达个人从

内心到外在都感觉他 / 她是一个人群中的一员的地方。"（p.164）
我所选择的"可以依靠的女生"（go-to girls）的那个女性社区是一个的
确让我感到我是"那个人群中的一员"（p.164）的社区，在最后那
篇课程论文的写作中，我需要对这群女性负责。通过对生活经历的这
种近距离考察、对我自己的故事的这种关注，以及对来自我的社区的
女性的故事的尊重，使我开始明白我需要成为什么样的研究者，以及
在研究中关系性的方面是多么的重要。我开始明白叙事探究可以是一
种应对我仍然感受到的那些张力的方法。那些张力源自"土著研究者"
这个标签，以及我对自己已经从我的传统的根基和原住民的文化中漂
离，却仍然在进行会有益于原住民生活的研究的负罪感。

我努力抓住在与原住民一起进行原住民教育研究时所获得的心灵
感悟。我的论文题目是"为了所有与我有关系的人"。这个题目帮我
继续应对那些张力，继续留在研究场景之中，尽管我继续经历和感受
着那些不自在和不舒服。我认识到我不能代表那些还生活在保留地上
的家人说话。我无法完全理解他们的故事。我能够完全理解那些与原
住民文化的联系纽带已经松散的人的故事，他们已经从这个大家庭中
漂离出来，被放逐在都市的环境之中。作为一名原住民，我认识到，
我的社区能够而且确实包括那些家人，她们在我有需要的时候出现，
她们是我的那些"可以依靠的女生"，她们是原住民生活的专家，她
们是那些我将要与之一起讨论、测试我在大学里面学到的理论的效度
的女性。我了解到，从我的这个原住民社区的观点看，原住民教育问
题远远超越了学校机构的四面围墙，原住民教育问题已经深深地进入
到那个摇摇欲坠的"已经受到伤害的学习者"[3]的心里，原住民教育
问题已经广泛地涉及整个社会，而这个社会对原住民最初的了解仍然
停留在将他们看作一群半裸的、在海岸上为看到大船而发出赞叹，却

浑然不觉那些大船带来了破坏和对他们未来永久改变的人。我希望我的论文能够真实地看待历史，准确地描绘作为原住民的我们现在在哪儿，我们的那些成功故事、政治结构，以及我们作为一个活生生的，还在呼吸、不断发展着的民族现在在哪儿；继续将希望寄托在未来，寄托在那些小宝宝身上，当我就原住民教育问题访问他们的妈妈时，这些小宝宝们在欢笑、哭闹，偎依在妈妈的怀里。在我们痛失亲人之时、在我的研究过程之中、在我们的访谈之中，我一次又一次地看到，那些若隐若现、挥之不去的我的社区里最小的成员。当我搂着他们的小小身体，亲着他们圆乎乎的小脸蛋时，我知道我在土著研究课堂上学到的那些关于造福社区、关于尊重和关系的话语是多么的正确。对于这个研究课题，我不能只做一个客观的研究者。我无法那样去表达这个研究课题，仿佛我没有在这里生活过一样，仿佛这句"不能失去又一代的孩子"（Hancock, 2010）[4]的话不是在说我和我的后代一样。在这项研究的过程中，我被改变了，我的这些变化是因为痛失亲人、因为希望、因为家人对我的爱，虽然我的家人在统计数据上代表着我们所听说的有关原住民的所有的糟糕的东西。我的这些变化也是因为我为我的这些家人感到非常自豪，为她们纯粹的力量、她们的美丽优雅、她们的决心，特别是她们对她们孩子的爱而感到非常自豪。我们为了这些孩子而去做研究，去努力改变一个在统计数据上业已决定的未来。

我越来越意识到叙事探究方法论能够创造多么大的安全空间以容纳故事的存在、讲述和探究，我也意识到这些安全空间对于土著研究者和参与者一样是多么的重要。我认识到我是多么的需要这些安全空间，以便能够分享个人故事，能够获得我需要的支持，以她们需要被关爱的方式去关爱她们。洛佩斯（Lopez, 1990）这样写道：

> 你只要记住这一件事就好。人们讲述的故事有一种关照他们
> 的功效。如果故事到你这里来，好好地保管它们，并且学会在需
> 要的时候将它们转送出去。有时一个人需要的是故事，而不是食
> 物，才能继续活下去。这就是为什么我们将这些故事放在彼此的
> 记忆之中。这是人们关照他们自身的方式。（p.60）

这种关心我的参与者和她们的故事对我来说一直都很重要，但是，直
到我自己亲身坐在她们身边，意识到我的参与者需要信任我到什么程
度才会愿意分享那些她们讲述给我听的故事的时候，我才认识到洛佩
斯（Lopez, 1990）所说的话的真正含义。

叙事探究、土著研究，以及两种方法论都珍视的关系性方面创造
了一个"在两者之间"（in between）的空间。在那个空间之中，参
与者和研究者能够开始看到各种可能性，来一起讨论和协商在研究的
过程中他们如何应对他们过去的自己、现在的自己，以及未来的自己
之间所产生的那些张力。我注意到巴顿（Barton, 2004）所写过的话：

> 我发现了，叙事探究是对编织在我们日常生活中的那些线索
> 进行解释。叙事探究是要从生活故事之中抽出那些人们对事物的
> 洞察、对事物本质的理解，以及能够取得的共鸣，这些都是伴随
> 着我们想要表达的哲学思想和文化意识，以及我们希望它们被人
> 们所认可的愿望。作为一种与土著认识论一致的方法论，叙事探
> 究可能被用来见证原住民抵抗外来殖民侵略的努力，他们要重获
> 对自己身份的信心、重获在政治上的发言权、纠正在过去殖民时
> 期对原住民的不公正。叙事探究关乎一个人的整个生活。（p.525）

在进行自传性叙事探究之前，我对进行土著研究的责任重大感到
气馁，我担心自己的能力，担心自己是否能够坚持那些基本原则，那
时我正在学习那些对于讲伦理、重关爱的研究来说至关重要的原则。

当时我感觉到我没有一个有说服力的声音，我对自己作为原住民研究者的身份，甚至是自己作为原住民的身份也没有信心。

在叙事探究的过程中，我同时坚守了土著研究方法论的原则，这样我不仅表达了我逐渐获得的理解，而且描述了进行叙事探究是怎样帮助我应对这些张力的。通过叙事探究，我找到了一种"通过文化礼仪来表示尊敬"（Archibald，2008，p.x）的方法，当时我仍然在学习这种方法被应用到我的家庭内部时到底意味着什么。叙事探究提供了一种让我应对这些张力的方法，这些张力源自我想象着要更深入地进行土著研究，却感觉到在我自己的赖以生存的故事中缺少相关的故事。在反思叙事探究方法论和土著研究方法论（Wilson，2001）中的"关系性"（Caine & Steeves，2009）这一概念时，我觉得我能够展示"精神存在的意义以及对精神存在的尊重，尊重教师和学生的责任，践行一种不断循环往复的互惠性，这一点对那些对第一民族／土著研究方法论感兴趣的人来说是重要的一课"（Archibald，2008，p.x）。我也觉得我更有能力坚持吉尔尼斯和巴姆哈特（Kirkness & Barnhardt，1991）在《第一民族和高等教育：四个方面——尊重、切题、互惠、责任》这篇文章中所讲到的那些原则。在我想象着进入那些关系，与人们生活在一起（Connelly & Clandinin，2006），而不是对参与者或者对原住民问题进行研究的时候，我看到了许多可能性。斯图尔特 -哈拉外尔（Stewart-Harawira，2005）用下文对此进行过解释：

> 互惠性意味着任何事情的发生都会引来相应的行为。互惠性意味着深深地认可对方的各种才能，并在此基础上用行动来体现对对方的深深的尊重。在其最深沉和最基本的层次上，互惠性要求我们认识并且尊重对方的"存在"。（p.156）

吉尔尼斯和巴姆哈特（Kirkness & Barnhardt，1991）谈到的尊重、切题、互惠和责任四个原则，对我来说一直都是一个抽象的理想，直到我和那些与我有着同样的历史的亲戚面对面地坐到一起的时候，当她们向我敞开心扉、分享她们的故事的时候，那些原则才变得真实、具体。当我双手捧着她们的故事之时，我认识到现在要保管好这些故事（Lopez, 1990）对我来说是一项多么荣耀和责任重大的使命。

我感到有责任分享我的这个认识。通过与我的"可以依靠的"女生们、其他朋友和其他家庭成员的讨论，我了解到我的故事并非只发生在我自己身上，其他人也经历过许多相似的张力。叙事探究与我感觉到的，在与人特别是与土著社区进行研究时所必需的伦理责任之间是一致的。在诸多土著研究方法论中，在完成最终研究文本时，研究者不得不考虑"所有与[他们]有关系的人"（Wilson, 2001，p.177）。

在我努力按照卡杰特（Cajete, 1994，p.264）所说的去"过这种良善的生活"之时，我想象着自己变得越来越时刻不忘所有那些将被我的论文所影响的人们，他们的生活将被这篇研究文本、这篇自传性叙事探究、我的故事所影响。从探究过程之中，我更能够看到进行土著研究的诸多可能性。我这样说并不是因为我傲慢的自信，而是因为我默然的决心，只要我努力去过这种良善的生活，只要我不忘尊重、责任和互惠，我就更有可能"不造成伤害"，并想象进行更深入的研究。

关系性的本体论、研究的探究空间、牢记心间的需要"为造福'所有与我有关系的人'（Wilson，2001，p.177）而写作"，这些都让我对自己的研究工作负责任。

今天，距离我与亲戚们面对面地坐在一起，请她们信任我、告诉我她们的故事已经有六个月了，但是我仍然深深地被我从那个空间、从那些对话和随后几个月中所学到的东西所影响。我对其他的家庭成员和研究生同学讲得越多，我对于我们所有人的生活是如何紧密联系、相互交织的认识就越深刻，我对于我的故事会怎样影响把我们所有的人都联系在一起的生活网络的认识就越深刻。正如塞特费尔德（Setterfield, 2006）所注意到的："人们的生活并不是一根根的细线，可以将它们从与他人的生活环环相扣的结中分离出来，并将它们拉直、放在一边。不同的家庭［所有与我们有关系的人］构成不同的生活网络。我们不可能只碰触网络其中的一部分而看不见网络其他部分的振动。若对整体没有感觉，我们就不可能理解其中的一部分。"（p.59）

分享故事的重要性，以及创造出那些安全空间来分享故事的重要性，对我来说，是显而易见的。当我自己个人的生活经历与我听到的故事产生共鸣时，当我描述自己的不自在而我的听众有如释重负的表情时，当她们恳求我再多讲一点、让她们也能感觉到她们自己的故事得到了验证时，这两种重要性就被证实了。在我产生怀疑的那些时刻，这些经历提醒着我，我们的故事确实会在我们的生活网络中产生振动，会以我可能永远都不能理解的方式影响我们。

我的硕士学历并不是很多人所认为的那样，它不仅仅是一块敲门砖，它不仅仅是获得更高学历这个大奖时的荣耀一刻。对于我来说，通过对自己生活经历的重新经历和重新讲述的探究过程，我对故事在土著研究中的重要性逐渐有了更深入的理解。我逐渐明白我关系性存在的方式、我叙事探究的研究方法、我所选择的方法论的时间性本质，以及我通过故事理解世界的方式是与土著研究完全相吻合的，也是与原住民的世界观完全吻合的。对我研究生学习经历的反思让我看到我关于原住民文化的理论知识继续不断涌现，然而，我的具体的实践知识一直都在那儿，只不过直到现在我才能看清它，才能理解我过的是什么样的生活。在与我的堂姐堂妹们一起分享过故事之后，虽然我们很久以前就分开了，但是我们现在又团聚在一起了，我相信故事本身就是老师（Archibald，2008）。在对我的堂姐堂妹进行的访谈中，我听到了那些将我带回到我们青少年时期的故事，听到了历经苦难和泪水的故事，听到了令人心碎的故事，但是，那些故事也提醒着我，我们的坚强，我们现在已成长为坚强的女性。那些故事也提醒着我，那些维系着我们家庭、让我们度过那些艰难困苦时刻的家人之间的爱，以及我们家庭成员特有的欢笑和幽默。

在我们每一个人分享艰辛的故事时，我们不是正在计划开始，就是已经踏上了我们自己作为成人的教育旅程。我在这些女性的故事中找到了希望和鼓舞，尽管根据统计数据，她们是不应该在这个给她们创造了如此之多张力的教育系统中生存下来的，但是，现在她们已经成为她们自己孩子的榜样，继续勇敢地面对有时让她们感到不自在的学校场景。在我们分享我们的故事、发现更多的相似点而非差异之时，我看到了我们作为女性的圈子的力量正在增长。虽然我们还没有完成自己的教育旅程，但是我感觉到了每一个故事中所包含的力量，以及分享我们所拥有的这些知识的重要性。我找到了一个让我有归属感的社区，我们一起在彼此的故事之中找到了灵感，验证了我们自己的故事。

在硕士学位论文研究开始之时，我内心充满了不自在。我想象着自己作为一名研究者重返我的社区，企图从她们那儿拿到故事以完成我自己的教育旅程。叙事探究不仅帮我找到了方法，让我通过协商重新返回进入我已经离开的那个社区，重新寻回我以为会永久失去的那些关系，而且创造了一个让我感到足够安全的空间，在那个空间之中，我能够成为我想要成为的土著研究者。我现在仍然，我可能永远都会，在成为我想要成为的土著研究者的过程之中。但是在我努力成为我所设想的那一个她的过程中，我会牢记威尔逊（Wilson，2001）的话："作为研究者，在进行研究之时，你是在回应与你有关系的所有的人……
你必须履行你与你周围世界的人的诸多关系之中所承担的各种角色
的责任。"（p.177）分享从我的自传性叙事探究中所学到的知识，
是我分享叙事探究和土著研究重要性的方式，是我分享与他人一起进
行关系性研究，尊重他们以故事的形式带来的知识的方式。它使我不
仅将故事拿过来，而且要分享我有幸从中学到的知识的方式。我进行
这种分享是基于自己坚定的信念，我相信对于我和所有与我有关系的
人来说，我们讲述的那些故事和我重新讲述的那些故事确实是"救赎
故事"（King，2003）：我们可以将这些故事讲述给"我们自己听、
给我们的朋友听，有时还可以给陌生人听。因为它们使我们欢笑。因
为它们是一类特别的故事。它们是救赎故事，如果你愿意这样想的话，
这些故事能够帮助我们继续活下去"（Wilson，2001，p.119）。

尾注

1 "我们协商诸多不同的关系、不同的研究目标、研究过程中的各种过渡转换，
   我们也协商在那些关系中我们能做些什么让自己变得有用。"（Clandinin,
   2006，p.48）
2 "对或错；效度；统计显著性；值得或不值得：诸多的价值判断失去了它
   们的意义。更重要和更有意义的是在研究关系之中履行一个角色和其所承
   担的义务——对所有与你有关系的人负责任。"（Wilson, 2008，p.77）
3 已经受到伤害的学习者——兰格和霍瓦内茨（Lange & Chovanec, 2010）在
   他们未发表的论文中解释说："瓦杰科（Wojecki, 2007）也将那些内心有
   失败感、对学习有消极情绪的学习者定义为那些已经经历过'伤害性学习
   实践'的个人。他拒绝使用'已经受到伤害的学习者'这个术语，他认为
   它隐含了内化的观点和个人的缺陷。但是，我们使用这个术语来表示创造
   学习条件的结构动态系统，在这种结构动态系统中，因为失败是必要的，
   所以有些人就受到了有意的伤害。当他们不再相信他们是失败者，不再认
   为他们不应该得到更好的教育，不再认为他们不拥有任何学术能力，不再
   认为他们应该为自己的失败负完全责任的时候，他们才能看清一个系统的

象征性暴力，这个系统使他们成了牺牲品，将他们视为心理病态的人，在这个系统之中，教育被用作争夺社会地位的工具。"（Goldstein, 2005，p.5）

4 "底线是那些学生的教育正在蒙受损失，我们不能冒险失去一代年轻人"——引自阿尔伯塔教育厅长大卫·汉考克 (Dave Hancock) 针对解散整个北地学区 (Northland's School Division) 校董会的决定所做的回应，引起了媒体的关注；这句话将原住民，特别是他们的孩子故事化为"迷失的一代人"。

参考文献

Archibald, J. A. (2008). Indigenous story work: Educating the heart, mind, body, and spirit. Vancouver: UBC Press.

Barton, S. S.(2004). Narrative inquiry: Locating aboriginal epistemology in a relational methodology. Journal of Advanced Nursing, 45(5), 519-26.

Caine, V., & Steeves,P.(2009). Imagining and playfulness in narrative inquiry. International Journal of Education & the Arts, 10(25).Retrieved July 12, 2010, from www.ijea.org/v10n25/.

Cajete, G.(1994). Look to the mountain: An ecology of indigenous education (1st Ed.). Durango, CO: Kivak？ Press.

Cardinal, T.(2010). For all my relations: An autobiographical narrative inquiry into the lived experiences of one Aboriginal graduate student. Unpublished thesis, University of Alberta.

Clandinin, D. J. (2006). Narrative inquiry: A methodology for studying lived experience. Research Studies in Music Education, 27(1), 44.

Clandinin, D. J., & Connelly, F. M.(2000). Narrative inquiry: Experience and story in qualitative research. San Francisco: Jossey-Bass.

Connelly, F. M., & Clandinin, D. J.(2006). Narrative inquiry.In J.Green, G.Camilli, & P.Elmore (Eds.), Handbook of complementary methods in education research (pp.375-85).

Mahwah, NJ: Lawrence Erlbaum. Greene, M.(1995). Releasing the imagination: Essays on education, the arts, and social change (1st ed.). San Francisco: Jossey-Bass.

Hancock, D.(2010). Education minister fires school board to address poor student performance (CTV.ca article). Retrieved June, 2010, from http://edmonton.ctv.ca/

servlet/an/local/CTVNews/20100121/edm_school_100121/20100121/?hub=Edm ontonHome.

Kahakalau, K.(2004). Indigenous heuristic action research: Bridging western and indigenous research methodologies.Hülili: Multidisciplinary Research on Hawaiian Well-being, 1(1), 19-33.

King, T.(2003). The truth about stories: A native narrative.Toronto: House of Anansi Press.

Kirkness, V.J., & Barnhardt, R.(1991). First nations and higher education: The four Rs-Respect, Relevance, Reciprocity, Responsibility. Journal of American Indian Education, 30(3), 1-15.

Lange, E., & Chovanec, D.(2010). Wounded learners: Symbolic violence and dreamkeeping among marginalized adults. Unpublished paper presented at Montreal CSSE Conference, June, 2010.

Lopez,B.(1990). Crow and weasel. San Francisco: North Point Press.

Loppie, C.(2007). Learning from the grandmothers:Incorporating indigenous principles into qualitative research. Qualitative Health Research, 17(2), 276-84.

Mendelson, M.(2006). Aboriginal peoples and postsecondary education in Canada. Ottawa:Caledon Institute of Social Policy.

Setterfi eld, D.(2006). The thirteenth tale:A novel. Canada:Bond Street Books.

Stewart-Harawira, M.(2005). Cultural studies, indigenous knowledge and pedagogies of hope. Policy Futures in Education, 3(2), 153-63.

Wilson, S.(2001). What is an indigenous research methodology？ Canadian Journal of Native Education, 25(2), 175-79.

——.(2008). Research is ceremony:Indigenous research methods.Halifax: Fernwood.

10 解包
"自传性叙事探究：敲门砖还是救赎故事?"

前一章展示了一个自传性叙事探究的范例。自传性叙事探究是叙事探究的一种形式，所有的叙事探究都从自传性叙事探究开始。通过自传性叙事探究，研究者理清头绪，认清在所探究的现象中，自己是谁。这有助于阐述研究的个人、实践和理论 / 社会意义，也会影响和塑造渐渐出现的研究疑题。在第 3 章，我们已经看到了一个我们称之为"叙事开端"（narrative beginnings）的样例。然而，大多数叙事探究最终都会涉及参与者，他们与叙事探究者一起，或多或少地共同谱写实地文本、临时性研究文本和最终研究文本。

但是，有时一项自传性叙事探究会仅仅聚焦在探究者身上，这一类探究有点类似于自传性民族志（autoethnography）。卡迪纳尔基于她自己的硕士学位论文研究（Cardinal, 2010）所写的这篇文章，就是一篇自传性叙事探究的样例。

基于对"生活就是叙事"的理解，布鲁纳（Bruner, 2004）提出"我们所讲述的关于我们生活的故事……就是我们的'自传'"（p.691）。然而，叙事探究者明白，讲故事并不是一个放任自流的过程。人们怎样讲述他们的故事以及他们的故事讲述了什么，这些都受到"文化习俗和语言使用的影响和塑造……并且反映着当时那些有关'可能的各种生活'的理论，这些'可能的各种生活'是其所属文化的一部分"（p.694）。我们在卡迪纳尔的自传性叙事探究之中，看到了布鲁纳所描述的情况。在她一遍一遍地问自己"成为土著研究者究竟意味着什么"（p.82）的反思过程中，她的生活故事在她的自传性叙事探究之中逐渐展现。

在思考她当时是什么样的土著研究者，以及她未来想成为什么样的土著研究者的时候，她的想法和主流的学院叙事产生了冲撞，她认识到，她需要，她也想要"对于她作为一名原住民学生努力想要成为土著研究者的经历进行一项自传性叙事探究"（p.80）。正如弗里曼（Freeman, 2007）关于自传性叙事探究所写过的话："对个人过去的解释和写作……是……现在的产物，是伴随着现在的兴趣、需要和愿望的。而这个现在，以及和这个现在在一起的这个自我，本身会在这个过程之中并通过这个过程得到改造。"（pp.137-138）这些思想，在自传性叙事探究之中得到了强调。它们在涉及他人的叙事探究中也存在，但是通常没有在自传性叙事探究之中那么明显。

卡迪纳尔（Cardinal, 2011）将她的研究疑题描述为"围绕着我对我作为一位原住民研究生选择与原住民一起进行研究所应承担的诸多责任的思考，我应该如何以伦理上负责任的方式展开我的研究"（p.80）。以这样的方式提出她的研究疑题，卡迪纳尔不仅强调了她的探究中自传性的方面，也突出了她的探究中关系性伦理的强度。她研究工作中的关系性伦理涉及的不仅仅是她个人和家庭之间的关系，而且也涉及她个人与更大的、所有原住民之间的关系性责任。

她的研究疑题影响和塑造了她所选择的实地文本——她在读硕士两年期间所有的写作（课程论文、回应日志、课后作业、生活写作）。在从实地文本发展到研究文本，也就是进行分析时，她使用诸多张力和诸多碰撞点作为关键的分析概念。她所确定的一个关键的张力是在她与一个原住民社区一起进行关于原住民教育的小型研究项目的时候经历和感受到的。正如她在实地文本中所描述的那样，在她"以原住民教育为题进行那项研究"（p.81）的时候，她并没有以关系性和尊重的方式去进行研究，为此她经历和感受到了张力。她在实地文本中描述了她的经历，她逐渐认识到在邀请参与者进入研究项目之前就要考虑关系性伦理的必要性——"在我与亲戚们坐在一起、共同缅怀我们最近失去的亲人、完成访谈之时，［关系性伦理］变得那么的清楚明白"（p.82）。

通过辨识实地文本中显示出来的诸多张力和诸多碰撞点，她"搜寻共同的线索"并且"开始创造研究文本"（p.83）。在研究文本中，她写到她发现了"叙事探究可以是一种应对我仍然感受到的那些张力的方法。那些张力源自'土著研究者'这个标签，以及我对自己已经从我的传统的根基和原住民的文化中漂离，却仍然在进行会有益于原住民生活的研究的负罪感"（p.84）。

听众和读者也会影响和塑造自传性叙事探究（Torgovnick, 1994；Zinsser, 1987）。在人们的故事中有哪些角色、人们选择讲述出来的故事情节，以及他们所面对的读者听众都会影响自传性叙事探究。对卡迪纳尔来说，听众和读者的问题是她重要的考虑因素，这一点可以从她的硕士学位论文的标题"为了所有与我有关系的人"（Cardinal, 2010）看出来。她指出，通过进行自传性叙事探究，她明白了她能为哪些人讲话，以及她不能为哪些人讲话。在写作研究文本的时候，她强调，她是如何逐渐明白"作为一名原住民，我认识到，我的社区能够而且确实包括我的家人，她们在我有需要的时候出现，她们是我的那些'可以依靠的女生'，她们是过着自己作为原住民的生活的专家"（p.84）。所有这些人都影响了她的自传性叙事探究的最终研究文本。同时，那些关于"现在的原住民"的故事，即那些关于"一个活生生的，还在呼吸、不断发展着的民族"（p.84）的故事，也影响着最终研究文本。同时，她继续将希望寄托在未来一代代原住民身上，寄托在那些"当我就原住民教育问题访问他们的妈妈时，还在欢笑、哭闹和偎依在妈妈怀里的小宝宝们"（p.84-85）的身上，这也影响着最终研究文本。

卡迪纳尔的自传性叙事探究的意义通过回答"那又如何"和"谁会在乎"这两个问题而得以实现，这通常也是所有自传性叙事探究被特别指出和需要回答的问题。卡迪纳尔写到了她的"转变"（p.85）："叙事探究不仅帮我找到了方法，让我通过协商重新返回进入我已经离开的那个社区，重新寻回我以为会永久失去的那些关系，而且创造了一个让我感到足够安全的空间，在那个空间之中，我能够成为我想要成为的土著研究者。"（p.88）

在实践意义上，卡迪纳尔认识到其他人，既包括原住民也包括非原住民，都可以通过阅读她的自传性叙事探究和她自己对于"故事在土著研究中的重要性"（p.88）的更深的理解学习到一些东西。在理论意义上，她的自传性叙事探究将叙事探究与土著研究这两种方法论的关系性方面联系了起来。她这样写道："我能够展示'精神存在的意义以及对精神存在的尊重，尊重教师和学习者的责任，践行一种不断循环往复的互惠性，这一点对那些对第一民族/土著研究方法论感兴趣的人来说是重要的一课'。"（p.86）卡迪纳尔提出了带有原住民世界观的土著研究与叙事探究之间在理论上是相互一致的。

关于记忆与想象交织的思考

尽管以下的话题可以放在本书的任何章节中，但是我还是选择在此处对它进行讨论。叙事探究者怎样概念化记忆与想象在整个叙事探究过程中是非常重要的。

克尔比（Kerby, 1991）指出："线性的时间观是对所生活过的时间的客观表述或重新详述。它假定了一个过去，一段历史。那个过去不可挽回地留在了我们的身后，那个过去是一个已经结束的过去，那个过去仅仅存在于过去，而现在已经消失了。"（p.22）克尔比的研究让我们注意到一种线性的时间观，这种线性的时间观认为，现在我们只有回忆和个人纪念物，再也没有其他的东西了。但是，克尔比（Kerby，1991）主张，我们的回忆和个人纪念物总是处于重构之中。这样的一种观点与叙事探究是共享的。正如克尔比所写的那样，我们的努力是"尝试去重构一个关于过去某些特定事件的，或多或少具有连贯性的故事"（p.23）。克尔比认为，"这种连贯性可能更多地取决于我们所加入材料中的东西，而不是回忆本身的基本材料"（p.23）。因此，在卡迪纳尔的研究文本中，我们可以看到她是如何小心翼翼地使用她的个人纪念物，诸如日志和课程论文等。她并没有将这些个人纪念物看作用来复制原本经历的材料而把它们呈现出来，而是将它们看作一个个的探究点，用来重新讲述她的经历。

将我们的记忆理解为回忆，而不是对原本经历的精确复制，这一点对于叙事探究者理解过去的事件非常重要。然而，凯尔（Carr，1986）也提醒过我们，作为叙事探究者，"过去确实会限制我们；它确实有着一种确定性，这种确定性只允许我们对过去进行某种限度的重新解读"（p.99）。根据卡迪纳尔的个人纪念物和记忆，正像凯尔所表明的那样，她告诉我们她的过去"出现在一个更大的安排之中。在那个更大的安排之中，未来并不是固定不变的，而是被预计或被延伸的。这意味着，整体很可能会发生变化，部分也会发生变化，但部分的变化不在于自身的变化，而在于其与构成整体的其他部分的相互关系的变化"（p.99）。凯尔的这些思想，特别是当我们将它们用于叙事探究之中时，与贝特森（Bateson, 2000）研究思想的一部分是重合的。她这样写道："故事保留在记忆之中，它们是开放性的，随着时间的推移，对它们会有各种不同的解读，而不仅仅只有一个唯一正确的版本。"（p.241）凯尔曾暗示人们生活出来的故事具有开放性，贝特森在他的这一观点之上又增加了一层意思，她认为故事的开放性不仅仅存在于对它的生活之中，而且存在于对它的讲述和对它的阅读之中。

这些关于我们所记得的经历的观点能够帮助我们思考那些我们讲述过去经历的故事。在我们讲述那些记忆中的经历过的故事时，我们的讲述会随着时间、地点和听众的变化而变化。

克尔比（Kerby, 1991）这样写道："过去可以用多种方式进行讲述。人们很容易就相信过去已经是不可逆转地固定和确定下来的、留在我们身后的事情，从某种意义上看的确是这样……但是，还存在一个最重要的问题，那就是我的过去对于我的现在的意义是什么。"（p.30）对过去的讲述总是在现在的时间、地点和各种关系之中进行的。我们从过去的故事中得到的意义，也就是说，我们如何讲述那些记忆中的故事，是根据现在的角度确定的。弗里曼（Freeman, 2010）将这称为"后见之明"（hindsight）。他提醒我们，在记忆和讲述我们的故事之时，我们"将过去的经历置于从那之后所有所发生的事情的关系之中，经由后见之明，我们站在现在的角度对那些故事进行理解和重新理解"（p.60）。

然而，在我们作为叙事探究者的研究工作中，有一点变得很明显，那就是，我们的记忆和想象是交织在一起的。我一直意识到记忆和想象之间是如何紧密地联系在一起的。布鲁纳（Bruner, 2002）这样写道：

> 通过叙事，我们建构、重新建构，甚至在某种意义上是重塑昨天和明天。在这个过程中，记忆与想象融合在一起。即使是当我们创造可能的虚构故事世界时，我们也不会放弃熟悉的东西，而是将它们虚拟化放入曾经可能的世界里和未来可能的世界里。人类的思维，无论怎样培养它的记忆能力或者是完善它的记录系统，永远都不能完整而忠实地重新捕获过去；同时，过去也无法逃过记忆的捕获。记忆和想象彼此供给和消耗对方的东西。（p.93）

克尔比（Kerby, 1991）帮助我们理解了涉及记忆与想象的这种融合的过程。他写道："特别是对童年时期的记忆，想象性地估计可能会发生的事情能够轻而易举地将回忆留下的空白填满，这样一来，我们就再也无法确定记忆与想象两者之间的区别了。"（p.25）在前一章，我们看到了卡迪纳尔是如何认真地注意到了记忆和想象在她的自传性叙事探究中所起的作用。

萨宾（Sarbin,2004）也将想象和记忆连接在一起，他将我们的注意力引到了把想象看作受到记忆影响和塑造的具体化的知识。他写道：

> 我的观点是，想象是由所阅读过的或者讲述过的故事而引起的，想象是弱化的角色扮演的实例。那个弱化的角色扮演要求有肌肉运动的行为，这种行为会产生肌肉运动的知觉线索和其他的表现行为，而那些表现行为又成为人们决定怎样去生活的整个环境的一部分。（p.17）

这些作者强调了我们过去的经历怎样在我们生活过和讲述过的故事中得到具体化。我们带着这些故事与我们同行。在卡迪纳尔（Cardinal, 2011）和休伯（Huber, 2008）的自传性叙事探究之中，我们可以看到她们的这些记忆是怎样活在了她们的生活中，并且是怎样在新的地点、在她们生活在故事里和讲述她们的故事的时候找到了表达方式的。然而，我们并没有感觉到她们的记忆在她们的生活中是固定不变的。她们的记忆总是活着的记忆，也是有可能不断改变和变化的。因此，与记忆交织在一起的想象总是在时间这个维度上向后和向前移动，总是跨越时间的、适时的，或者是随着时间推移改变。弗里曼 (Freeman,

2010) 写道：

> 在处理所记得的事件的时候，这些事件不可避免地要通过我现在世界的这一棱镜过滤——我既是在解释过去，也是在创造过去，我既是在发现过去，也是在制造过去，这些都同时发生：我在所记得的事件之间发现一种可能的关系，这种发现是通过想象这些事件之间的可能性来实现的，而当我这么做的时候，我重新塑造了我的过去。（p.63）

弗里曼表明通过记忆和想象的融合，过去可能怎样被重新故事化，无论我们是否注意这一点，它都存在着。作为叙事探究者，我们必须密切关注这些记忆与想象交织的过程，这种关注不仅仅是为了我们自己，而且是为了我们和参与者一起生活、倾听他们的故事。我们在叙事探究中考虑这些交织过程的时候，也必须理解这些过程是怎样被我们的记忆和想象的视野所影响和塑造的。我们能够想象的是有界限范围的各种可能性，而不是无限的可能性。基于想象和记忆的可能性，未来也是可能被改变的，变化的，这种改变和变化可以通过想象其他各种可能的叙事来实现。这再一次地突出了叙事探究回应小组的重要性。在我与安德鲁所做的研究工作中（见第6章），我表明了，如果没有肖恩·莱萨德的回应，我是不能想象安德鲁的经历的复杂性的。我的经历中缺少作为高中精英运动员的生活体验，因而，我无法通过想象去理解安德鲁被学校篮球队开除之后在学校的生活经历。回应小组成员的多样性让我更深入地理解了安德鲁生活过和讲述过的故事。在第12章，我会重点讨论回应的重要性。

11 叙事探究内外的关系型伦理

麦克·康纳利和我在 2000 年谈到叙事探究的伦理时，我们使用了以下的话作为讨论的开头：

> 伦理问题需要贯穿在叙事探究的全过程中进行讲述。伦理问题并不是一次就可以解决的，并不像看起来的那样简单——为了我们的探究，只要填一些伦理审查表格，然后得到大学的批准就行了。伦理问题随着我们探究的进展而转移和变化。无论我们处于探究过程的哪一步，它们从来都不会远离我们探究的核心。（Clandinin & Connelly, 2000，p.170）

在麦克·康纳利和我对伦理问题的讨论中，我们强调需要以关系性的方式来思考伦理。多年前，我们写过这段文字：

> 在日常生活中，友谊的概念蕴含着分享，蕴含着两个或更多人的经验领域之间的相互渗透。单纯的接触只是认识，不是友谊。同样的道理可以应用在合作研究之中，它需要类似于友谊般的密切关系。正如麦金太尔所暗示的，关系是通过我们生活的叙事统一性而联结起来的。（Clandinin & Connelly, 1988，p.281）

在关于叙事探究的早期研究中，我们就认识到我们需要远离那种墨守成规的、以权利为导向来思考研究伦理的思路。

这种思路似乎影响和塑造着大学研究伦理委员会，我们认识到我们需要从研究者与参与者的关系性责任出发，去理解研究伦理问题，并以此为基础，来展开我们的研究工作。

几年之后，我们（Clandinin & Connelly, 2000）注意到，关系性伦理（Bergum & Dosseter, 2005）在整个叙事探究领域随处可见，从写作叙事开端找到研究疑题开始，到考虑"那又如何"和"谁会在乎"的问题，再到置身于实地，谱写实地文本、临时性文本和最终研究文本，甚至还延伸到最终研究文本的写作和发表之后。关系性伦理需要持续不断地成为我们叙事探究的中心（Clandinin & Huber, 2002）。虽然伦理审查对于所有涉及与人有关的研究都是必不可少的，但是，在叙事探究中，我们特别需要思考关系性伦理。

> 在叙事探究之中，探究者需要深入理解以讲伦理的方式关系性地生活到底意味着什么……伦理性思考贯穿着叙事探究的始终：在最开始设想探究结束在望的时候；在探究者与参与者的关系展开的时候；在将参与者的故事表达在最终研究文本中的时候。（Connelly & Clandinin，2006，p.483）

在下文中，我重新阐述我们在《叙事探究：质性研究中的经验和故事》一书（Clandinin & Connelly, 2000）中讨论过的部分伦理问题。叙事探究者遵守机构研究伦理委员会所坚持的有关伦理的法律方面和程序方面的规定。但是，"在开始协商我们的叙事探究工作之前，就要求我们的研究计划书获得研究伦理委员会的批准，这种做法是与叙事探究中关系性的协商相矛盾的，关系性的协商是叙事探究工作的一部分"（p.170）。在当时，我们进行叙事探究所要面临的一个问题是需要通过研究伦理审查、获取研究伦理许可的时间上的安排。要在研究开始之前、在我们与参与者相遇和协商之前，获得研究伦理许可，我们找到的一个办法就是对研究做出全面的设想，设想那些最终我们和进入我们研究之中的参与者可能看作探究的一部分的各种实地文本。但是，有时，我们无法设想到我们和参与者们将要决定共同谱写的全部内容。当我们面临想要包括那些没有预先设想到的实地文本这一问题的时候，我们要返回到机构的伦理委员会申请补充的研究伦理审查。

在 2000 年，麦克·康纳利和我也写过关于知情同意书的问题，我们指出在面向学校或其他机构背景的研究工作中，有时并不清楚在这种背景下获得知情同意指的是什么。

在协商知情同意的时候，我们持续不断地思考在我们的探究之中我们对参与者的关系性责任。当我们思考在我们的探究之中我们是什么样的人和我们想要成为什么样的人的时候，我们小心仔细地思考在与研究所涉及的那些人的关系之中，我们是什么样的人。这些关于在研究之中我们是什么样的人和我们想要成为什么样的人的思考，将我们送回到探究的开端，让我们再一次关注我们的自传性叙事探究，这些自传性叙事探究会帮助我们解释该项研究的意义、找到我们的研究疑题。思考探究之中的我们是什么样的人，有助于我们以关系性的方式思考知情同意问题，特别是为了获得知情同意而需要与谁展开会话的问题。

本着"忠实于各种关系"（Noddings, 1986）的原则，叙事探究中的伦理考虑一般被看作在探究所有阶段参与者和叙事探究者之间所协商的责任（Clandinin & Connelly, 1988, 2000）。无论是在探究开始阶段准备伦理审查材料的时候，还是在寻找参与者的时候，还是在开始倾听他们的故事或者与他们生活在一起的时候，所有这些伦理问题都需要叙事探究者进行想象性的构思和编写。利布里奇（Lieblich）敦促叙事探究者在机构叙事关于"不要造成伤害"要求的基础上更进一步地去学习一种态度，在他们处理参与者故事的时候，要学会移情性地倾听、学会不要持评判的态度、学会搁置他们的怀疑（Clandinin & Murphy, 2007，p.647）。这些关系性的责任越来越被理解为既是短期的责任也是长期的责任。无论是在进行探究的时候，还是在写作研究文本的时候，还是在探究结束之后人们的生活继续面向未来展开的时候，我们需要始终关注参与者和叙事探究者的生活（Coles, 1997; Huber, Clandinin, & Huber，2006；Lieblich，1996）。

在我们与参与者生活在一起，或者是倾听他们的故事时，我们始终关注着我们共同谱写的"这个实地"正在发生什么样的变化，以及我们与参与者一起共同谱写了什么样的实地文本。所有的这些探究经历都充满着深深的伦理观念。我们尽可能地保持清醒，认清处于探究空间之中的我们是什么样的人，认清我们的存在是怎样影响和塑造了我们与参与者之间的那些空间的。正如科尔斯（Coles, 1989）所写的：

> 我们必须认真注意我们所说的话。病人所说的话告诉我们怎样去思考是什么伤害了他们；我们所说的话告诉我们，我们身上正在发生什么样的事——我们在想什么，我们哪里可能出了问题……他们的故事、你的故事、我的故事——这是我们所有人在这趟人生旅途中所携带的东西，我们应该彼此尊重我们的故事，并且从这些故事之中得到学习收获。（p.30）

在我们从共同谱写实地文本发展到共同谱写临时性和最终研究文本的过程中，关系性伦理到底意味着什么有时会变得更加清晰。

在叙事探究中，我们会从实地文本进展到临时性研究文本阶段，然后进展到用于公开发表的最终研究文本阶段。每次从一个阶段进展到另一个阶段都是一个共同谱写的过程，都是一个需要仔细地、带着敬意进行协商的过程。有些时候，为了谱写最终研究文本，需要从实地文本发展到临时性研究文本这个过渡阶段，在这个过渡阶段中我们可以和参与者再进行一些会话，用来谱写最终研究文本，在斯蒂夫斯（Steeves, 2000）和德斯罗切尔（Desrochers, 2006）的研究中她们就利用了这样一个过渡阶段。在另外一些时候，临时性文本仅在一次会话中和参与者分享，例如关于安德鲁的临时性研究文本就是那样。很重要的一点是，让参与者们知道那些文本只是临时性研究文本。我们能够通过语言解释说明那一点，也可以通过我们所起草的临时性研究文本的形式来展示那一点——在纸张上留下空白处，以便可以添加词语、疑惑、问题和评论，这样就可以邀请参与者再多说一些，或者是做出澄清，或者是增加或减少细节。有时，从实地文本到临时性研究文本再到最终研究文本的过程是以一种非常关系性的方式进行的，那样的话，参与者就有可能或者是真的变成了一个合作作者（Sweetland, Huber, & Whelan, 2004）。

协商临时性和最终研究文本的过程会创造一个空间，在这个空间里参与者的叙事权威（narrative authority）（Olson, 1995）得到尊重。在参与者们的复杂的生活通过临时性和最终研究文本变得清晰可见的时候，匿名性和保密性的问题就会显得更加重要。叙事探究者需要明白的重要的一点是，那些叙事探究空间是既属于探究者们也属于参与者们的——是始终遵循伦理原则和具有开放态度的空间，是承认双方相互都有弱点的空间，是具有互惠和关爱态度的空间。

叙事探究的关系性方面使叙事探究者们不得不注意那些在研究文本写作阶段会出现的具体的伦理问题。叙事探究者们明白，一个人生活过和讲述过的那些故事就是关于他们现在是什么样的人，以及将要变成什么样的人的故事，一个人的那些故事维系着他们的生存。这种理解决定了协商研究文本的必要性，研究文本必须尊重地表达参与者们生活过和讲述过的故事。正如舒尔茨（Schultz, 1997）所认识到的，也如洛佩斯（Lopez, 1990）所告诉我们的：

> 人们讲述的故事有一种关照他们的功效。如果故事到你这里来，好好地保管它们，并且学会在需要的时候将它们转送出去。有时一个人需要的是故事，而不是食物，才能继续活下去。这就是为什么我们将这些故事放在彼此的记忆之中。这是人们关照他们自身的方式。（p.60）

从实地文本阶段到临时性研究文本阶段，再到最终研究文本阶段，这是作为一种方法论的叙事探究的分析和解释过程中的一部分，在其核心处，这一过程始终是一个遵循伦理原则的过程。关系性伦理和关系性责任的考虑贯穿整个过程。在我们协商各种文本、始终关注三维叙事探究空间的时候，我们首先也是让我们的伦理责任来引导我们的探究过程。在协商临时性研究文本时，如果参与者觉得他们的故事太显而易见或太易招致抨击的话，有时我们就需要采取一些策略，例如将他们的故事写成虚构的小说，或者是将时间、地点和人物的身份模糊化。这些都是协商过程的一部分。

在我们关注关系性责任的时候，我们实际上就是关注公平和社会正义的问题，这两个问题会体现出我们研究的重要性。在一起进行研究时，研究者与参与者之间的关系打开了一个关系性世界，在这个关系性世界中我们能够关注处于关系中的人们的生活——处于三维叙事探究空间（Clandinin & Connelly, 2000）之中的参与者和研究者的生活。三维叙事探究空间始终在研究者和参与者之间起作用，无论是在他们的实地生活阶段，抑或是在他们谱写和共同谱写实地文本的阶段，抑或是他们对实地文本进行探究并将它们发展到共同谱写临时性和最终研究文本的阶段。

故事所有权的归属问题有时会在临时性和最终研究文本的写作阶段显露出来。在 2000 年我们（克兰迪宁和康纳利）特别提到，将有关故事的所有权问题看作关系性的责任而不是所有权的归属，可能会让我们更好地思考这个问题。这些伦理责任，在很多时候，是日常生活的伦理道德责任（Charon & Montello, 2002）。在我们与参与者一起进行叙事探究工作时，我们需要一直关注我们共同谱写的那些关系性空间。这些空间经常会充满着各种不确定的因素、各种复杂性和各种张力。生活在一个关系性空间会带来各种责任，在那些责任中，关注人们的生活故事、出现在他们的生活故事中，以及回应他们的生活故事是很重要的（Bateson, 1994; Lugones, 1987）。

虽然在叙事探究中，我们在参与者和研究者生活的中途进入然后离开，但是我们继续保持着长期的关系性责任，我们对于曾经有幸成为其生活的一部分的参与者的生活承担着义务。托马斯·金（King, 2003）提醒我们："故事的真实性就在于它使我们成为自己的全部。"（p.2）叙事探究提醒我们，我们是什么样的人，以及我们正在变成什么样的人，始终是处于与参与者的关系之中的，因此，我们需要以新的、已经变化了的方式去关注我们故事化的生活，去关注参与者们的生活，或许还去关注其他人的生活。没有人会毫无改变地离开一项叙事探究。

12 研究文本：
重访探究的意义

影响和塑造研究文本的概念承诺

在多年的叙事探究之中，我接触过教师、学校管理者、师范生、医科学生、医生、青少年学生、小学生和学生的父母。我理解，作为一名叙事探究者，我的研究开始于我自己生活的中途，参与者生活的中途，机构、社会、家庭、语言和文化叙事的中途。在一个特定的时期里，在那一段时间，我和参与者一起进行研究，研究的方式有时是与他们生活在一起，共同经历他们的生活与讲述他们的生活故事，有时仅仅是倾听他们讲述故事。无论每一项叙事探究的开端形式是什么，我知道当我写作研究文本时，我仍然处于中途。永远都不会有故事的大结局。每一个经验故事都会引出一些将要被生活出来和被讲述出来的新的故事，这些故事总是有可能被重新讲述和重新生活出来。正如唐尼和克兰迪宁所述（Downey & Clandinin, 2010）：

> 出乎意料的故事也会发生并贯穿在研究者与参与者不断展开的关系之中。在别人生活的中途开始加入一段自己的生活，让我们看到了这段新的经历将会带来的可能性，这段经历将会唤起我们哪些过去的经历，又将会引领我们进入哪些新的经历。这种出乎意料的故事不仅是叙事探究所期望的，同时也是叙事探究的目标之一，因为和别人一起进行的叙事探究为我们的成长提供了可能性，这句话的意思是说，我们有可能慢慢开始讲述和生活出，至少在那一刻看起来是，更好的故事。（p.390）

研究者在一段时间内关注不确定性、关注人们不断前行的生活与对这种生活的讲述，这种关注使研究者必须将生活看成是动态的，他们必须从发展的角度观察和表达生活，将生活看作始终处于发展和形成之中的（Greene，1995），这是叙事探究者的承诺。唐尼和克兰迪宁（Downey & Clandinin，2010）回到杜威关于经验的概念，发展了对这种承诺的理解。他们写道：

> 我们总是生活在我们的世界之中，生活在一个永远不会静止不动的我们的生活的中途，我们的生活总是还在展开之中。经验就是如此，我们费力地将我们的世界在这个世界之中搬来搬去，经验是一种尝试，或者一种努力，这些尝试和努力可能会导致一些出乎意料的结果，其中包括一种令我们非常头疼的结果，那就是我们有时努力想要复原我们世界中的一些方面。杜威将这些理解为生活本身的一个过程，是我们应该欢迎并且应对的东西，而不是我们应该躲避的东西。（p.391）

唐尼和克兰迪宁（Downey & Clandinin，2010）利用一面破碎的镜子的隐喻这样写道：在叙事探究中，为了努力将那些"'无数的小镜片'看作一个人的生活，看作一个人在特定的时间和地点生活过和讲述过的故事，我们需要关注镜子破碎的模式"（p.391）。作为叙事探究者，我们关注的是：

> 我们是在中途进入这些散落在一个人生活之中的小镜片的，我们是以关系性的方式来关注一个人可能有的生活，从时间性、社会性和地点三个维度去理解一个人不断前行的生活。叙事探究者要关注在逐渐展开的生活中显现出来的多重性，我们就要关注每一块"小镜片"或小碎片的特殊性，只有这样我们才能写出各种可能被重新讲述的故事，以富有想象力和具有叙事连贯性的方式推进我们的研究。（p.391）

作为叙事探究者，我们明白，在我们与参与者一起共同谱写实地文本、临时性研究文本和最终研究文本的过程中，我们一直关注着经验在时间维度上的不断展开，关注着我们关系的不断展开。正如唐尼和克兰迪宁（Downey & Clandinin，2010）所写，叙事探究者集中注意力一只眼睛盯着生活过和讲述过的故事，另一只眼睛盯着存在于他们生活边缘的那些故事和生活，这样就创造了一种取向。这种取向更多让人感觉的是头昏眼花、迷失方向，而不是给人指清方向；在组成一个人的生活的无数的故事之中，这种取向更多的是弄乱人们的生活，而不是让他们生活中的任何一个情景变得更清晰来达到往前走的目标。（p.392）

在叙事探究者与参与者共同谱写临时性和最终研究文本时，我们清楚地意识到，随着每一次的讲述，被讲述的那些故事都会有所改动。这些被重新讲述和重新生活出来的故事总是在叙事探究者与参与者讲述、生活和重新讲述的诸多张力之中被共同谱写，这诸多张力将叙事探究者与参与者的生活绑定在一起，这诸多张力让我们有可能以各种新方式重新谱写和重新故事化我们的经验。然而，这一过程在我们谱写出的文本中并不容易传达出来。唐尼和克兰迪宁（Downey & Clandinin, 2010）再一次引用了杜威的"双向移动"的思想，即"将生活的不确定性和不完整性推向一个有利的方向，与此同时艺术性地朝着谱写一个具有叙事连贯性的生活而努力前行"（p.395）。这种理解人们的生活总是处于动态之中的观点为各种新关系的出现创造了机会，为人们的生活能出乎意料地展开创造了机会，也为人们的生活中始终存在的惊喜和不确定创造了空间。虽然他们关注的是人们不断前行的生活，但是这些话用在谱写研究文本时也特别恰当。没有最终的讲述，没有最终的故事，没有一个单一的我们能够讲述的故事。我们认识到，这么说不能让那些想要看到真相、数据的准确性或数据的可验证性的人满意。但是，这就是我们作为叙事探究者在研究文本中提供的内容。唐尼和克兰迪宁（Downey & Clandinin, 2010）这样写道：

> 叙事探究者不会试图通过对各种情景的某些具体方面进行系统分析而将经验'沼泽'的水排干，相反，他们会试图将沼泽中混浊不清的水，如果有任何可能的话，变得更加具有催生能力，这样的话就有可能使它成为不同的沼泽，就有可能将那些不同的故事生活出来和讲述出来。（p.395）

持有这些叙事探究的概念承诺就意味着我们创造的这种临时性和最终研究

文本至少在两个方面会存在困难。困难的一方面在于谱写出继续遵守这些承诺的文本；另一方面在于这些文本促使我们关注多个方向和面向多种读者，这对我们也是一种挑战。

声音、署名和受众问题

在 2000 年，麦克·康纳利和我写到了在临时性和最终研究文本中表达出多种声音和署名的重要性。在研究文本的谱写过程中，叙事探究者既关注参与者，也关注可能的读者公众。但是，研究文本需要与参与者协商，参与者是确定最终研究文本最有影响力的声音。这种我们必须首先忠实于研究参与者，维持他们不断前行的生活的顾虑意味着我们首要的关爱对象是研究的参与者。

在谱写临时性和最终研究文本的时候，如果共同谱写变得更加重要的话，这些问题就更为复杂。当叙事探究者共同写作最终研究文本时，例如斯威特兰、休伯和惠兰（Sweetland, Huber, & Whelan, 2004）所做的那样，尊重参与者和研究者经历的强烈程度和困难程度变得更为集中。叙事探究的研究文本是充满着细节丰富多彩的、随着时间的流逝而不断展开的叙事报告，这些叙事报告再现了参与者和研究者一起进行研究时他们生活过和讲述过的经验。为了找到尊重研究者和参与者故事化的生活的方法，我们要面临找到能够让我们这样做的各种形式的挑战。研究文本可以采用多种形式，包括文本性的、视觉性的和听觉性的。

虽然本书中所提供的样例都是文本形式，但是我们也明显看到有多种不同的文本形式。在由休伯和克兰迪宁（Huber & Clandinin, 2005）共同写作的那一章中，我们看到了词汇图像（word images），她们创造性地采用了这种简洁但是易于引起人们共鸣的方法，再现了她们与学生在课堂中一起进行研究工作时那些学生的生活。在那一章中她们也包括了一长节的实地记录，因为她们想要生动地再现在那个情景下的学生与教师的生活经历，让读者有身临其境的感觉。关于安德鲁的叙事报告展示了如何使用谈话录音转写的不同部分来将那些叙事线索穿插编制在他的整篇叙事报告中。安德鲁的声音形塑了整篇叙事报告，虽然克兰迪宁的声音在报告中也充当了解释性的声音。

当然，也可以使用其他丰富多彩的文本形式来创造最终研究文本。要记住的重要的一点是，最终研究文本的谱写过程本身就是一种进一步的探究，这一点与参与者是否积极参加共同谱写的程度无关。正如劳雷尔·理查森在她的研究中指出的那样，我们写作是为了学习。写作是一种进一步的探究。理查森写道："我将写作看成是一种探究的方法，一种弄清楚你自己和你的研究话题的方法……一种发现和分析的方法。通过不同形式的写作，我们发现我们所研究话题的新方面，以及我们与它的关系的新方面。形式和内容是不可分割的。"（Richardson, 1994，p.516）

将写作看作探究是谱写临时性和最终研究文本的一部分。在我们处理实地文本，通过将它们与其他的文本放在一起的方式对它们进行形塑的时候，在通过从时间性、地点、个人性和社会性方面对它们进行分析考察的过程中，故事化经验的不同方面会变得清晰可见。谱写研究文本没有一定之规。一旦我们开始谱写研究文本，我们就面临着持续保持格林（Greene, 1995）所说的警醒（wakefulness）的挑战。我们必须保持清醒，以开放的态度来面对经验故事中可能会出现哪些情况，以及有些什么情况在经验故事中变得清晰可见了。

对于叙事探究者来说，这经常是一个令人沮丧抓狂的时期，因为在那一时刻，他们感受到了写完论文、完成报告或资助期限临近的压力。

《叙事探究手册》（Clandinin, 2007）中伊利（Ely）所写的那一章提供了很多可供参考的形式。故事拼凑、戏剧形式、分层的故事等其他的形式都可以选择。在最终研究文本（也包括实地文本）中使用视觉表征形式也是可能的。薇拉·凯恩的硕士学位论文（Caine, 2002）是一个视觉叙事探究（visual narrative inquiry）的很好的例子，在研究中，她和参与者主要使用了照片来创造研究文本。

在选择表征形式时，很重要的一点是所选择的形式能够与它所表征的参与者和叙事探究者的生活一致。有时，某种比喻或体裁在实地文本中会变得很明显，它们就会被用在最终研究文本中作为表征形式。但是，这些表征形式不能被事先规定一定要用于记录实地文本。

关注更大的社会、文化、机构、家庭和语言叙事

研究文本需要反映参与者和研究者经验的叙事品质，以及这些经验故事嵌置在社会、文化、家庭、语言和机构叙事之中的方式。在叙事探究中，我们必须展示社会、机构、家庭和文化叙事是如何影响和塑造我们的理解以及研究者和参与者赖以生存的故事的（Connelly & Clandinin, 1999）。关注这些背景叙事能够深化我们对于怎样处理始终处于动态之中的人们的生活的复杂性的认识。

在本书第 7 章，休伯和克兰迪宁（Huber & Clandinin, 2005）将学生和教师关于那次实地考察的经历放在了更大的社会、文化和机构叙事之中。每一名学生的故事都被置于那些影响和塑造他们赖以生存的故事的更大的社会和文化叙事之中。科丽娜被再现为一个原住民后裔和移民后裔学生。她也被看作是一个有着复杂生活故事的学生，她的故事受到单亲家庭叙事的影响和塑造，这种家庭里的学生与父亲或母亲一方单独生活，另一方根据需要和协议也会安排照顾。布里特妮被描述成一个处于更大的社会叙事中的学生，在这些社会叙事中，她是白人，可能是第一次遇到那些刚刚来到加拿大的新移民学生。凡被看作是处在更大的社会和文化叙事中，在这些社会和文化叙事中，他是一个华裔和新移民学生。

在这些更大的社会和文化叙事之中，每一个孩子的家庭叙事都变得略微清楚一些。关于学校教育的机构叙事也通过必修的课程和加拿大的一个都市学校里的关于学校的故事而显现出来。关于加拿大西部的历史的时间、社会和文化叙事也通过那些记录着要塞考察之行的实地文本而显现出来。如果没有深入地理解这些更大的叙事以及参与者和研究者的生活是如何嵌置于这些叙事之中

的，那么那项叙事探究的最终研究文本就不会那么令人信服。

在关于安德鲁的叙事报告中，我们也可以看到相似的东西。安德鲁所生活和讲述出来的故事是嵌置于那些更大的关于移民的社会叙事之中的。他的家人从西印度群岛的一个岛屿移民到加拿大的一个都市，这是安德鲁所生活和所讲述的故事的叙事背景。那些围绕着大家庭的情节主线和一种对宗教信仰的承诺而谱写出来的家庭叙事也显示了他的家人生活的复杂性。

关于沉默和空白空间

当我反思我和其他研究者所写的那些研究文本的时候，我学到了很多关于漏洞、沉默和空白空间的知识。安娜·诺伊曼（Neumann， 1997）关于她与她母亲的极具说明力的研究对我产生了很大的影响，在研究中，她描述了谱写她母亲在"二战"期间经验故事的研究文本的情况。关于沉默，她写了这样的话：

> 沉默不可避免地会出现在每一个文本之中，沉默会在对他人生活的尽力想象中增长，沉默会伴随着每一次移情性的想象。它教我认识到，我所听到的他人的生活故事只有一部分是写于文本之中的；那些故事本身也包含了无法用词语表达的沉默的部分。（p.92）

诺伊曼的论述中吸引我注意的是"在关于人们生活的故事中，文本和沉默之间的相互影响"（p.92）。她写道：

> 在写作父亲的故事的时候，我领会到每一篇讲述的文本都伴随着无法被转换为文字表达的沉默或是无法完全被分享理解的沉默。从我母亲的生活中，我领会到，即使在没有语言却依然存在的一个故事的沉默之中，也存在着一个需要去了解与讲述的文本，尽管它的讲述可能以意料之外的方式进行。（p.92）

在她的研究中，诺伊曼用三个版本讲述了她母亲的故事，展示了她是怎样领会"人们生活中无言故事的存在，以及这些故事的讲述是如何仍然继续着的"

（p.107）。她写道：

> 人们生活在他们的故事中，就像他们用言语讲述出来他们的故事一样。他们生活在那些故事中，但并不用言语讲述出来那些故事。他们生活在那些故事中，但他们只关注周围其他人的言语，而不是他们自己的。他们生活在那些故事中，因为每当周围所有的人都在交谈时，他们会带着一种凝望的表情，深深地陷入自己内心里的思想和谈话。他们生活在那些故事中，因为他们活在那些逐渐包围着他们的情感里面，那些情感通过叹气、表情、手势而被释放出来。他们生活在那些故事中，或者仅仅因为他们的出现和存在会唤起其他人的这种情感。所有这些都是讲述的不同形式，尽管没有语言，但是它们都是讲述的形式，是我们不需要通过语言也能够开始读懂和听懂的形式。（pp.107-108）

这些话很有力。它们能够帮助叙事探究者思考当我们与参与者生活在一起、倾听他们的故事的时候，我们既要听懂他们用语言表达的故事，也要听懂他们无声的故事。不但如此，这些话对于我们思考如何谱写研究文本也有很大的启示。我们怎样才能在纸上留下用以表达沉默的空白空间？我们怎样传达出没有说出口的话？怎样传达出那些有意或者无意没有被讲述出来的故事所遗留下来的漏洞？怎样传达出那些无法用语言讲述、存在于语言之外的经验？我想到了那篇和一个辍学青年一起谱写的叙事报告，想到了安德鲁留下的沉默，他没有详细地告诉我导致他被校篮球队开除的那件事的来龙去脉，我想到了在那次实地考察中，贾尼斯·休伯和我感觉到的沉默，我们当时没有与那位母亲一起提出疑问。在研究文本中，我们怎样表达出这样的一些沉默？我也想到了我们正在进行的一项叙事探究中，那些原住民后裔青年学生所创作的面具照片：一些面具没有嘴巴，一些面具被涂成白色，可能是为了盖住棕色的皮肤。我们怎样才能在照片周围留下空间，用以说明那些没有拍摄照片的时间内的情况？当人们不想讲述在某一些时间或地点上发生的故事时，我们怎样才能在编年史上留下空间？

　　在我们努力谱写临时性和最终研究文本去再现人们故事化生活的复杂性时，这些疑惑深深地留在我的心里。

看向研究的社会和理论意义

虽然研究文本通过研究者与参与者之间或多或少密集的共同谱写的各种不同方式协商完成，但是研究者对学术社区也负有责任，因此他们所谱写的研究文本必须回答"那又怎样"和"谁会在乎"这两个问题。这些问题把注意力指向了每一项叙事探究的社会和理论意义。临时性和最终研究文本就是在不断询问研究意义的过程中谱写出来的。

研究文本也关注研究的个人和实践意义，关注研究者和参与者的成长，这些成长可能会发生在对经验的重新生活和重新讲述的过程中。当叙事探究者以关系性的方式逐渐了解参与者的时候，叙事探究也可以成为一种干预的手段。这就需要研究者保持对伦理问题的关注，即便是在离开实地和完成最终研究文本的写作之后很长一段时间内都应该如此。

回应小组／团队

叙事探究者总是被鼓励要积极参与一个回应小组或团队。在这样一个回应小组或团队中，最初的研究疑题、进展中的研究（临时性研究文本）和最终研究文本都可以进行分享和讨论。我们在对没有完成高中学业就离开学校的辍学青年进行探究的时候，建立了几个朗读—倾听—回应叙事探究小组，并且利用这些叙事探究小组推进我们的研究工作，这些叙事探究小组就是一种回应团队的形式。这一点在我对安德鲁的探究中很明显，正是肖恩的回应帮助了我，使我在谱写研究文本的过程中，更深刻地理解了他的经验故事。

在探究过程中，回应团队很重要，因为他们帮助探究者们认识到他们怎样影响和塑造了参与者的经历和他们的研究疑题。这些团队一般由研究者所重视和信任的人组成，他们会为其正在展开中的探究提供反应积极的、负责任的对话。具有多样性的回应团队能够使研究更加丰富。

当这个团队由跨学科、跨代、跨文化、学术和非学术成员组成时，这一点体现得尤为明显。在进行那项关于辍学青年的研究项目时，我们特意组建了这样一些回应小组。正是在回应小组中，叙事探究者开始意识到多种方法论和理论的可能性，学习各种有关讲伦理的和反应积极的方式去建立多种关系，学会一次又一次地倾听、再倾听。在别人关注我们的临时性和最终研究文本、关注我们在探究工作中所讲述的我们作为研究者和参与者的故事时，我们也逐渐理解我们自己作为研究者的旅程中的复杂性。回应团队帮助我们重新讲述和重新生活出作为一名（以及成为一名）叙事探究者究竟意味着什么的故事。

回应团队成员需要有意识地建立在几个月之内经常见面的机制。因为叙事探究一般历时发展长达几个月，有时甚至超过一年或者更多，我发现能够有一个持续不变的回应团队最有帮助。为了保持信任、尊重和关怀感，短期的义务和长期的责任需要在团队内得到不断的协商。

由于叙事探究的反复性，在实地文本、临时性研究文本和最终研究文本之间有着一种不断的互动。正是通过回应团队的提醒，叙事探究者们才会展开这些反复性的过程，进行探究，重读实地文本，讨论有关个人、实践和社会意义的问题，并且开始探究新的研究疑题。回应团队除了提供他们对研究的思考、见解和疑惑以外，还回应团队成员、庆祝他们取得的成就和支撑相互之间的关系，所有这一切都是在互相支持、共同进步的氛围中进行的。

读者问题：评判价值的标准

读者问题也很重要。叙事探究者需要注意他们所分享的研究文本话语社区的特点，只有这样他们才能让那些被他们所再现的人们的生活得到尊重。现在已经有了一些被人们接受的评价和回应叙事探究的方法。但是，很多的读者对叙事探究的评价标准还是不熟悉。评判叙事探究的标准遵循了叙事探究的定义和叙事性思维的概念框架。

　　在最近为一本书所写的一章中，薇拉·凯恩和我（Caine & Clandinin, 2012）描述了叙事探究的十二块试金石。我们写了如下这些对试金石的理解。

　　　　虽然试金石引起我们注意的一种意思是用于检测其他东西优秀程度或真实性的一种品质或一个范例，但是我们也注意到试金石的另外一种意义，那就是试金石是像碧玉或者玄武岩一样坚硬的、黑色的石头。它们被用来检测黄金或白银的品质，检测的方式是比较这些金属划过试金石时留下的痕迹与一种标准合金划过试金石时留下的痕迹。我们想知道，如果我们隐喻性地触碰或划过了一篇叙事探究，会留下什么样的痕迹或标记。（p.169）

我们对叙事探究十二块试金石的定义编织贯穿在这本书之中：

1. 关系性责任
2. 在中途
3. 协商各种关系
4. 叙事开端
5. 协商进入实地
6. 从实地进展到实地文本
7. 从实地文本进展到临时性和最终研究文本
8. 以能够展示时间性、社会性和地点的方式再现经验叙事
9. 关系性的回应团队
10. 研究的意义——个人的、实践的和社会的
11. 关注各种不同的读者
12. 始终坚持理解生活是处于动态之中的

　　我们想象着叙事探究者和那些评论叙事探究的人会使用这些标准，考察每一块试金石在探究中是否被使用，以及它们是如何影响和塑造了该项叙事探究。如果在叙事探究中缺少这些内容中的任何一条，我们就需要推敲这项研究的质量。在薇拉·凯恩和我（Caine & Clandinin, 2012）描述这十二块试金石的时候，我们联想到，这些试金石是随着时间的推移、经过多项研究和多样背景发展出来的，而且它们会继续进化和演变。尽管我们提出了十二条，但是可能还有其

他的。就现在的情况来看，这十二条似乎是最关键的，我们预料在未来的一段时间之内，它们依然会是关键的标准。我们所选择的十二块试金石反映了我们成为叙事探究者的经验，也反映了方法论和关系性承诺的重要性。我们希望，当人们用这些试金石进行他们自己的叙事探究时，读者们能够感觉到这些试金石所留下的痕迹。

后记：
转向叙事探究的反思

在本书即将完稿的时刻，我又想起了与马克·约翰逊的那次对话，想起了他在酒店便条纸上给我写下的话。那些话改变了我作为一个社会科学研究者的研究工作轨迹。现在，我的研究不仅仅聚焦于，在课堂里和学校中表现出来的并在其中受到影响和塑造的教师和学生的经验性知识，我还花大量的时间思考进行叙事探究意味着什么，以及作为和成为一名那些正在学习作为叙事探究者应该如何生活的学生的教师意味着什么。对我来说，它已经成为一个谱写和理解叙事探究方法论的问题，一个作为一名叙事探究者应该如何生活的问题，这些问题都是围绕着我的研究兴趣和研究疑题来思考的：对教师和中小学生的校内外生活的探究，对个人和专业知识相互交织的教师身份的探究，以及对专业教育的探究。叙事性的思维充满了我所做的一切工作。

当还是一名博士生的我，坐在酒店酒吧里向人讲述我的困境、讲述我想要在博士学位论文中所写的内容时，完全没有想到我现在正在思考的这些。我并没有打算要成为一名研究方法论的学者，也没有想到成为一个将生活看作叙事性谱写的人。将"叙事"（narrative）这个术语引入我的研究，的确强有力地影响和塑造了我的工作和生活。

自从1990年，麦克·康纳利和我在具有影响力的《教育研究者》（*Educational Researcher*）上发表的那篇文章中将我们的研究称为"叙事探究"以后，麦克一直想知道，那篇文章的发表产生了什么样的影响。假如当初我们将它命名为别的会怎么样？假如我们没有赋予"叙事"这个术语那么多相互交织在一个概念里的各种意义会怎么样？

但是，我们就是将它命名为"叙事探究"（narrative inquiry），我们这样命名它是根据我们那些重要的、日渐成熟的有关叙事概念化的思想，这些思想能够让我们理解我们对教师知识和课堂实践方面的研究工作。将我们的研究工作如此命名对我作为一名社会科学研究者的工作和生活产生了重大的影响。在我与其他人一起进行研究工作时，我们努力去理解这种叙事探究的观点，在我们具体进行研究工作实践时到底意味着什么。

叙事游行

我觉得我自己很幸运，能够生活在现在这样一个思想活跃的时代，生活在社会科学研究领域正在发生着一场叙事革命的时代。的确，我认识到我一直置身于这一革命游行队伍之中，不时地以一些小的方式影响和塑造着游行队伍中的对话。

身处叙事革命的包围之中，我已经注意到"叙事"这个词所具有的一种流通性。它激发着人们的想象，可能一些不同的东西会通过叙事获得理解，那些东西是不能通过其他的研究方法论获得的。这就是叙事和故事的力量。

使用叙事，连同它带来的想象潜力，作为一个描述符去修饰描述某项研究的词语，可能意味着那项研究比较容易被人阅读并且受到关注。在本书开头的部分，我提到了，叙事现在被用来描述诸如知识、范式、数据、访谈和案例研究，并被用在许多名词术语之中，比如说，叙事分析、叙事研究、叙事探究等。"叙事"这一描述涵盖面很大。在这样一个使用关键词对数据库进行搜索而获取文献的数字化时代，我想知道对"叙事"这个词频繁但却并不总是小心慎重的使用会引起多少混淆和困惑。现在，我经常听到人们只说"叙事"，而省略掉用它所修饰的中心词或概念。"叙事"看起来是被频繁使用的一个关键词，但是搜索结果却包含着各种各样的内容。

叙事研究：从边缘进入

叙事探究或叙事研究在一些地方已经非常流行，甚至带有一点学术前沿的品质。一位博士研究生将进行叙事研究或叙事探究比作那些要酷的初中生所做的事。那些要酷的初中生，很显然，就是在"做"叙事探究。

现在让我惊叹不已的是，叙事研究是如何从边缘位置走到了现在的位置的，曾经很多人认为它甚至不是研究，但是，现在它已经成为一种越来越流行的研究，那些要酷的初中生都在"做"叙事探究。虽然叙事研究现在还没有走到主流研究方法论的位置，但是它的这种从边缘位置改变的速度相对来讲还是很快的。我清楚地记得在 1990 年代早期我被美国教育研究协会授予早期事业成就奖时的一幕：一位显赫的教育研究专家将我拉到一旁，一边向我表示祝贺，一边告诉我，以他的名字（Raymond B. Cattell，雷蒙德·B. 卡特尔）颁发的这个奖项的那个人甚至都不会认为我所做的是研究。当时我笑了，因为那时我正在将前沿向前推进。现在，我看到已经发生了很大的改变。

辨析术语的时刻

随着叙事探究和叙事研究两个领域继续在叙事革命中涌动，我想现在是时候认真关注术语的使用了。当我们随着格尔茨（Geertz, 1995）的隐喻性游行队伍一起共舞的时候，我们中的那些认真严肃地思考和理解在叙事研究和叙事探究中使用"叙事"这一术语到底对我们意味着什么的人，需要退后一步，仔细地描述我们所使用的所有术语的含义。至少，我们需要开始对话，这样我们就不会继续各说各的了。现在，我们需要关注术语的使用，仔细厘清研究者们正在使用"叙事"这个术语的种种方式，认真地描述和界定他们所做的研究。

在一些名为"叙事研究"的研究中，叙事和故事指的是研究者所收集的数据。人们将他们的故事告诉研究者。那些故事和叙事就是研究数据。通常有这么一种假设：那些故事正等待着被讲述，当被问到的时候，人们就会讲述他们的故事；故事通常会按照西方的传统，有开头、中间和结尾，有故事情节、角色和大结局。有时这些故事和叙事遵循其他的文化形式，但是基本的假设是相同的。叙事或故事本身是分析的对象。

在另外一些叙事研究中，所有口头文本都被看作是故事或叙事。那些口头话语被认为是故事，然后也被当作数据处理。有时，在这类的研究中，根据研究者的问题和研究者与参与者之间的关系，对于口头文本的共同建构会有更多的关注。对于所有谈话是否都是叙事或故事，人们有着顾虑。虽然这是一项重要的辩论，但是口头文本仍然是用来分析的数据。

在另外一些叙事研究中，对于被讲述的故事所处的更大的背景和更小的背景有着更为仔细认真的关注。它们既关注背景中更大的社会政治叙事，也关注研究者和参与者之间的信任与关系。但是，故事或叙事，以及／或者产生的这些叙事或故事仍然被用作数据。

多种形式的叙事性分析被用于从故事或叙事（用作数据）进展到分析。从讲述的故事中可以创造出文本，这些文本可以使用不同的分析框架来进行分析（Josselson, Lieblich, & McAdams, 2003；Reissman, 1990）。蔡斯（Chase, 2005）确定了分析讲述的故事的五种不同途径：社会心理发展学途径（McAdams & Bowman, 2001）；以人们在机构、文化和语篇环境中建构自身为焦点的身份认同途径（Gubrium & Holstein, 2001）；以人们生活某些具体方面为焦点的社会学途径（Mishler, 1999）；叙事民族志途径（Myerhoff, 1979）；自传性民族志途径（Ellis & Bochner, 1996）。蔡斯提出的这些途径让人感觉，可以通过多样化的分析途径去分析通过访谈、对话或参与者的写作而收集的文本。

还有另外一种情况的研究有时也被称作"叙事研究"，那就是研究文本用叙事的形式来谱写。无论研究数据被看作在形式上是叙事，还是叙事是收集数据的方法，对它们的分析都会进行，然后基于数据分析谱写叙事。正如那么多人所说的，当他们考虑再现形式的时候，他们就想到要讲一个故事。听众倾听故事，并且从故事中学习。我经常听到这样的评论："听众会记得故事的。"

叙事被看作是几种可能的表征形式之一，而且似乎正在成为越来越流行的表征形式，尤其是当研究者面向公众或媒体讲话的时候。这样这种研究因为其表征形式也被称为"叙事研究"。我已经注意到，围绕着谱写的表征形式的问题正或多或少地受到人们的全层面关注。

这些并不是我在这本书中所探讨的叙事探究的观点。我在这本书里所呈现的理解，清楚明确地表明我的观点是与它们不同的。在我的观点中，叙事探究既是所研究的现象，也是进行这种研究的方法。叙事探究是我们理解人类经验的方式。它具有一种经验的现象观。我们在故事化的场景中过着故事化的生活。经验在其本质上是叙事性的。

叙事探究是建基于我们对我们是谁和对我们赖以生存的故事的理解之上的，其本质是叙事性的。在这种叙事探究观之中，我们需要密切注意并且明确表达我们的本体论和认识论假设。

在这本书中，我比较详细地展示了怎样进行叙事探究。我的讲述包含了一些样例，以及对这些样例进行了剖析，我希望以此展示叙事探究的具体做法。我努力概括了我认为的叙事探究中的重要问题。其中，围绕着叙事探究质量的评判标准是麦克·康纳利、贾尼斯·休伯、薇拉·凯恩和我已经开始进行，并且会持续不断的研究工作的一部分。

在这个反思转向中，我呼吁其他叙事研究者回到认识论和本体论承诺的问题上来，继续关于叙事研究和叙事探究领域内应该关注什么内容的会话，并以此加深对重要方法论问题的考虑。

专有名词英汉对照表

After Virtue (MacIntyre)	《追求美德》（麦金太尔）
annals	编年史
arrogant perception	傲慢的观念
artifacts	实物
attending to audiences	关注读者 / 听众
autobiographical narrative inquiry	自传性叙事探究
borderlands	边界地带
bumping places	冲撞的地点
bus stop metaphor	公交车站的比喻
Career & Technology Studies	职业与技术研究（中学的选修课）
case study	案例研究
changing stories	发展变化的故事
chronicles	大事记
co-compositions	共同谱写
coherence	连贯性
commonplaces	共同要素 / 平台
competing stories	互相冲突的故事
Composing Diverse Identities: Narrative Inquiries into the Interwoven Lives of Children and Teachers (Clandinin et al.)	《谱写多样化的身份：师生生活交织的叙事探究》（克兰迪宁等）
conceptual commitments	概念承诺
conflicting stories	互相矛盾的故事
continuity	延续性
core curricula	核心课程

Handbook of Narrative Inquiry (Clandinin)	《叙事探究手册》（克兰迪宁）
hindsight	后见之明
identity	身份
imagination and memory	想象与记忆
imagined participants	想象中的参与者
improvisation	即兴创作
incompleteness	未完成性
Indigenous research	土著研究
informed consent	知情同意（书）
institutional narratives	机构叙事
institutional review boards	机构评估委员会
interim research texts	临时性研究文本
interpretive accounts	解释性报告
justifications	研究的意义
larger narratives	更大的叙事
liminal spaces	过渡、转型的空间
linearity	线性
linguistic narratives	语言叙事
living alongside	生活在一起
living by/in stories	生活在故事里
living stories	生活出来的故事
loving perception	友爱的观念
methodological dilemmas	方法论困境
narrative accounts	叙事性报告
narrative analysis	叙事性分析
narrative inquiry	叙事探究

Narrative Inquiry: Experience and Story in Qualitative Research (Clandinin and Connelly)	《叙事探究：质性研究中的经验与故事》（克兰迪宁、康纳利）
narrative knowing	叙事性知识
narrative unity	叙事统一性
narrative view	叙事观
narratology	叙事学
narrow rocky ridge metaphor	狭窄多石的山脊的隐喻
nested knowers	相互关系密切、相互嵌套的知识掌握者
not-knowing	不知
Ontario Institute for Studies in Education	安大略教育研究中心
ownership of stories	故事的归属权
paradigmatic knowing	范例性知识
personal justifications	个人意义
personal practical knowledge	个人实践知识
phenomenology	现象学
place	地点
positioning	定位
post-structuralism	后结构主义
practical justifications	实践意义
pragmatism	实用主义
professional knowledge landscapes	专业知识场景
reciprocity	互惠性
relational ethics	关系（性）伦理
relational research	关系性研究
relationality	关系性
reliving stories	重新生活出新的故事
research puzzles	研究疑题

resonances across accounts	跨报告的共鸣
response communities	回应社区
restorying	重新故事化
retelling stories	重新讲述故事
sacred stories	神圣故事
saving stories	救赎故事
school stories	学校故事
secret stories	隐秘故事
seeing big/seeing small	看大（看到细节）/ 看小（看到系统）
senior matriculation	大学预科
shattered mirror metaphor	破碎的镜子的比喻
"so what" questions	"那又如何"的问题
social dimension of inquiry	探究的社会维度
social justifications	社会意义
social narratives	社会叙事
sociality	社会性
stimulus-response models	刺激 - 反应模式
storied professional knowledge landscapes	故事化的专业知识场景
stories of school	关于学校的故事
stories of teachers	关于教师的故事
stories to live by	赖以生存的故事
teacher stories	教师故事
telling stories	讲述故事
temporality	时间性
tensions	张力
theoretical justifications	理论意义
thinking about stories	思考故事
thinking with stories	用故事思考
threads	线索

three-dimensional narrative inquiry space	三维叙事探究空间
touchstones for narrative inquiry	叙事探究的试金石
wakefulness	警醒
white spaces	空白空间
"who are you" question	"你是谁"的问题
"who cares" questions	"谁会在乎"的问题
word images	词汇影像
works-in-progress groups	"朗读 - 倾听 - 回应"叙事探究小组
world-travel	世界旅行

叙事报告草稿及肖恩的书面评论

我有一张照片！！ *他穿着什么？* (特殊习惯)

安德鲁
■■的叙事报告

我们的第一次见面（2008 年 4 月 16 日）是在一个咖啡店中。咖啡店里那个角落较为嘈杂，但是气氛友好，我们谈话中不时可以听到卡布奇诺咖啡机发出的嘶嘶声和水汽冲出的声音。肖恩（Sean）是一位高中教师，他当时正在修学术假。他认识■■■■■（Andrew），并邀请他参加我们这个研究项目。在此之前，肖恩就主动提出要将■■■■介绍给我，我们本来计划一周前（2008 年 4 月 11 日）在这个咖啡店见面的。但是当时肖恩和我等了一个小时左右，■■却没有来。我一周前就感觉紧张，这一次更紧张。我担心■■会感到不自在，不愿意跟我讲述他的故事，因为我在一个教育机构工作。我想知道■■是什么感觉，也想知道他前一周为什么没有来。

牛仔裤/便装
↓
转向更亮
一些的颜色

这一次，肖恩陪着■■一起来了。在介绍我们两人认识之后，他就退到了咖啡店的另一个角落，留下我和■■进行交谈。我们一起通读了一遍那些关于参与研究的伦理道德准则的材料，■■在同意参加研究的文件上签了字，我们开始谈起来。这是我和■■三次谈话中的第一次。我们的谈话每次都超过一个小时，这三次谈话历时六个月，从四月一直到十月，此后我们又有过一次简短的交流。第一次谈话地点是这个咖啡店，后面几次谈话的地点都在我大学的办公室。

会不会有批评者说是种族偏见？？

安德鲁 (很高) (超过6英尺高)
■■大约 19 岁，个头高高的，有着篮球队员高大魁梧的身材。即使穿着牛仔裤和便装，也很难让人不注意到他。我非常仔细地倾听他的讲述，因为他声音很轻，而且讲得很谨慎。在对彼此有了一点点了解之后，我们经常一起开怀大笑，开始领会到他丝丝的幽默感。在 2008 年秋天我们再见面时，■■的穿着已经变得时髦起来，我感觉到他正在改变他的风格。

我们的谈话从他的学校故事开始。他告诉我，从 12 年级中间开始，也就是在他被校篮球队开除之后，他对学校就已经渐渐疏远了。通过他的讲述，我逐渐明白他的生活中有来自家庭和社区的多层次的支持。我们第一次见面时，他离开学校已经有一年多，他大约是在 2007 年 1 月离开学校的。

家庭关系

安德鲁
在与■■的交谈中，我渐渐认识到他的生活充满了诸多的复杂关系。在我们的谈话跨越的几个月中，■■慢慢地分享了越来越多关于在家中他是什么样的人的故事。一开始，我只是了解到他住在家里，和他妈妈生活在一起。他的妈妈是一名护士。他也经常说起他的两个哥哥，他们现在都已经结婚了，他们一起开了一个餐馆。他的两个哥哥都读完了高中，也都喜欢运动。他很欣然地谈到他的侄女和侄子们，谈到和他们一起度过的黄金时光。

他说：

我家里有很多孩子，我、还有我一个(表弟)，我们是这些孩子里年龄最大的……所以经常有照看孩子的活要干。很明显地，我们两个不得不看着这些孩子，所以我身边经常是围着一群孩子，我的两个哥哥都有两个孩子。

引用？

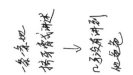

在我们交谈更多一点后，我了解到他妈妈是从西印度群岛来到加拿大的，开始时住在新不伦瑞克省（New Brunswick），后来搬到埃德蒙顿市。他出生于埃德蒙顿。他父亲在他的生活中不再是一个中心角色。

他谈到，他和他的哥哥们很亲近，也谈到与他的表兄弟们很亲近。随着话题的深入，他开始讲述一个从埃德蒙顿延伸到西印度群岛中的一个岛屿的家庭故事。他讲到几年前，他的妈妈、外婆、阿姨和表兄弟们回到西印度群岛，看望还住在那儿的表兄弟、阿姨和舅舅们。在那儿，他们住在他外婆的一个妹妹家。通过他对那段返乡生活的描述，我了解到家庭、运动和强有力的教会纽带将这个跨越千山万里的大家庭联系在一起。他提到住在那儿的表兄弟们也喜欢运动："踢足球、打篮球、打板球。"在讲到那些表兄弟的时候，他提到了在六年前也迁移到埃德蒙顿的表兄弟，提到了他们大家庭成员之间在经历这么多年、跨越这么远的距离还是能保持着非常紧密的联系。

____说"我妈妈那边的所有姐妹和兄弟现在都在这儿"，在阿尔伯塔省，大部分都住在埃德蒙顿，其中有一个生活在埃德蒙顿北边的一个社区。后来，他说有一个生活在加勒比（Caribbean）的另外一个地方。他现在也仍然和他父亲那边的家庭保持着联系，他们也住在埃德蒙顿。从他的谈话中，我了解到他妈妈的表兄弟和他外婆的一个姐妹和她的孩子们也住在这里。

家庭对____很重要。这种大家庭成员之间的亲情跨越几代人、延绵几万里，这种亲情是非常深厚的。毫无疑问，家庭对____是很重要的，同时____对家庭也很重要。在我们第三次的谈话中，我才弄清楚____所生活的那个大家庭的所有家人和亲戚。____说，"我们相当亲近，所有人都是。我们每个周末几乎都在一起度过。"教会是他们所有人聚会的众多场所中的一个。家庭和教会被绑定在一起。

做一名负责任的家庭成员
在____分享的故事中，他讲到了帮他的哥哥照看孩子，在他两个哥哥开的餐馆里帮忙，帮助他家寄养的那些孩子们，他还讲到了帮助他亲戚家的人。在这些故事中，我非常强烈地感觉到他已经学会了做一名负责任的家庭成员的生活故事。

养活自己看来是他负责任生活的一部分。虽然是住在家里，但是，自从他到了能打工的年龄开始，他就一直是自己挣钱养活自己。上高中的时候，他就在一家大型购物商城的一个店里打工。离开学校，他先在一个食品杂货店打工，然后同时在一个建筑工地工作了一段时间。后来他离开了食品杂货店，一直在那个建筑工地打工。

张力？ 在高中？

新的女朋友、新的挫折、新的同伴、各种尝试

2008 年秋天我再见到他的时候，他在一个车场打工。

参与教会活动

在█████所生活和讲述的他的家庭故事中，教会的影响力很大。他的大家庭里的所有成员都属于同一个教会，有着相同的信仰。我觉得，在他们一家人来加拿大之前，教会就已经是他那个大家庭的生活的一部分了。

在第一次谈话中，█████告诉过我，他母亲将他转到了那所宗教学校（Logos school）。从那开始，我就知道他家与教会有密切的联系。他说，"我们家人都是基督徒，所以我妈妈觉得让我去上那样的学校对我有好处。所以在那所学校成立的第一年，那时我还在读小学，我妈妈就决定将我转学到了那所学校。"

在我们第二次谈话中，我提到了他的信仰。他回答我说，"从我很小的时候开始，我就一直去教会，现在我还是去教会。"在交谈中，他提到"教会里负责青少年的牧师跟我很处得来……每个星期天我们都一起打篮球……所以一切都挺好的。"在我们更多地谈到教会联系的时候，他说起他全家人都去教会的故事。后来，在第三次交谈中，他说教会是他的大家庭里的亲戚们每周都能见面联系的地方。

他也谈到每周五的圣经学习小组和其他各种教会活动，以及"后来，我们一帮人一般在每个星期天都去那所附属教会的学校打篮球"，他说，"他们允许我们使用场地，他们允许所有的教会成员使用他们的体育馆健身或做运动什么的，所以我们经常在星期天去。"

在我倾听着█████的故事的时候，我开始明白他生活中的篮球运动与教会活动是互相交织在一起的。在█████所讲述的故事中，运动是一条主线，这不仅体现在他的初中和高中的学校生活之中，也体现在他的教会和社区生活之中。 即使在高中辍学之后，他仍然在基督教青年会（YMCA）（加拿大一个提供健康、教育和社会服务的慈善组织——译者注）、社区和教会继续打篮球。

喜欢球类运动

因为█████的表兄弟们，无论是生活在埃德蒙顿的，还是生活在西印度群岛的，都喜欢球类运动，所以█████对多种球类运动的热爱、以及他在这方面的能力，帮他在大家庭里建立起了诸多的联系。他的母亲和哥哥们都赞成、并且鼓励他热爱运动。

239

他对运动的热爱也将他与教会联系在一起，教会里的那个负责青少年的牧师鼓励他继续下去、发展成为职业运动员。

在███████的大家庭中，运动似乎跨越了代际和地点，是家人和亲戚们共同参与的一项活动。███████第一次谈到运动时，是这样说的，"大约在 4 年级的时候，我踢足球，我开始踢足球，那时我在校队和一个俱乐部球队踢球。"他踢足球"一直踢到 7 年级，然后我开始打篮球……我在初中那所学校里和社区里都打球，我既踢足球也打篮球。"一直到 8 年级结束或 9 年级开始，他足球和篮球两种球都玩。后来，他停下了足球，因为"同时参加两种球类运动实在太辛苦了，因为在学校时我为学校打篮球，然后我又需要为社区和俱乐部踢足球，每天都做两种运动有点太辛苦了。"

███████说他两种运动都喜欢，"但是我想，就只在学校打篮球，可能比同时还在校外踢足球要好些，如果我在校内同时玩这两种运动，那可能就难以决定了。"他的意图是"想弄清楚我想要做哪种运动，然后就集中精力只做那种运动，将它玩好。"

在谈话中，我听到过███████谈起球类运动在他的生活中所处的位置。他说，"在初中的时候，也总是和打篮球有关，但是，初中的老师们，他们看起来更关心我、更理解我，所以，我跟他们有点谈得来，是的，跟他们真的很谈得来。"球类运动是他生活的主线，正是能够进行球类运动，特别是篮球运动，才使得他一直参与学校的其他活动。

> 我上学就是去打篮球，有时候我也喜欢读书什么的，但是，到了高中有
> 个很大的变化，高中老师和初中老师很不一样，所以那时开始我就只
> 真正集中注意力想要打篮球 (而不再想要读书了——译者注)。

在███████读初中的那几年里，他继续打球，主要是打篮球，无论是校内还是校外，他都打。他谈到过他初中体育老师对他的支持。在他玩"俱乐部篮球"的时候，他结识了那位老师的女儿。到初中结束的时候，他不得不在两种运动中选择一种、并集中精力在一种运动上，他选择了篮球。但是，他也提到过，在他读 11 年级的时候，他也在校排球队打过排球，不过，那只是"为了好玩"。

在选择高中的时候，███████选择了对他的篮球特长感兴趣的那所学校。他说，"因为我就是喜欢，从上 6 年级的时候开始，我就和那名教练保持着联系，所以，有点像是，我和那儿有联系，所以我就决定了要去那儿。"我说，"那么，很长一段时间都是和打篮球有关了。"他认同我的话。███████的关于他自己的故事是围绕着他是一名篮球运动员而谱写的。

6 年级录取他和 12 年级开除他的是同一个人

身份的剥离   没有教育帮助，只有篮球

在我们所有的谈话中，运动话题，特别是篮球，屡屡重现。他有一个表兄在上大学，他提到过与那位表兄在大学校园打过篮球，他也提到过在基督教青年会(YMCA)打过篮球，他还提到过被职业球队吸纳。即使是在辍学之后，他还在进行训练，

> 和那些朋友，那些我知道在学院球队打球的朋友一起，所以我总和他们一起，这样我就跟得上其他人，他们现在有一个球队，我每周去一次，去和他们一起练习，我的表兄在大学球队，所以我也和他们一起练习。

当我们四月和五月谈话的时候，他说他还在继续每周打三次篮球。即使他已经开始谱写他未来想要成为什么样的人、以及他想要做什么，但他还是想要或多或少地继续打球。

虽然对███来说很难讲述他的篮球天赋和技巧有多好，但是在认真聆听之中，我了解到他的高中校队曾经常常去很多其它的国家打过球，而███是球队里的优秀球员。

运动，尤其是打篮球，为他的生活提供了连贯性。如果不理解他是多么渴望打球、他作为篮球运动员是多么优秀，那么就很难理解他的关于学校的故事。

通过音乐理解生活
谈到他对说唱音乐和即兴音乐的热爱，███告诉我，在音乐中

> 人们喜欢表达他们的生活，例如，他们怎样去上学，然后发生了一些什么事情，他们不得不辍学，是否是为了照顾家人还是别的什么。听那些音乐使我想到我并不是唯一的一个不走运的、需要面对那些事情和问题的人。所以听那些音乐也让我继续生活下去。

在读 10 年级的时候，███自己做过一些说唱音乐，他还是一个乐队中的一份子。在他读 10 年级时，那个乐队在一次大型篮球联赛的开幕式上做过表演。我能想象到在那么多人面前演出，他该是多么的自信。

去上学
███上过的学校都在埃德蒙顿。他在一个小学上到 5 年级，然后他母亲将他转入一所有学术性导向的、公立基督教教会学校。后来，███告诉我，因为他在小学成绩一直都很好，他的母亲想要他在那个教会学校的学术性课程里学到更多的东西。他说，"因为那个学校里很多人真的很聪明，

我那时成绩真的很好，所以她决定考验一下我，看看我在那儿会怎么样，结果我表现得不错。"

我想知道他自己是否想去那所学校，但是，正如他说的，"其实对我来说真的没关系。学校就是学校而已。"我想知道他有没有担心会失去他的朋友，但是他说他们"都住在同一个地方，所以我还能看见他们，所以没什么大问题。"虽然关于学校的学术性课程，他谈得很少，但是他的确喜欢那儿的老师，也交了"一些朋友，并且和他们相处得很好。"他喜欢在一个特别的学校里，那个宗教学校。他说，"那是一所好学校。很容易就可以认识新人。因为和普通学校相比，那儿有自己的宗教信仰，所以你可以和所有的孩子交往。整天你都和他们一起上课，所以认识新朋友并不是那么难的一件事。"

上初中的时候，他又回到了他居住的社区的一所学校。他说，"初中，我所有的朋友，先前和我一起上那所小学的朋友，我们都去了同一所初中，因为那所学校离我们住的地方近，所以我仍然还是和他们一起玩。"

他用积极肯定的话语描述了他的初中经历，他注意到：

> 在初中，老师们会不嫌麻烦地，如果他们看到你正在努力或是有困难什么的，他们会竭尽全力地去帮助你。但是到高中的时候，他们看起来好像，如果你想要做好什么事，你不得不放学之后来，在课内他们不会真的帮你什么，但那时你能记得你想要问的大多数问题，所以，等到放学之后再问就有些困难了。

特别提到了两位初中教师：一位是他的体育课老师，他在俱乐部打球时结识了那名老师的女儿；另一位是他的建筑课老师。他说，体育老师告诉他可以"去找她，她会帮我的，无论什么时候都行，所以那就是我为什么有点喜欢她。"的建筑课老师告诉他，他认为"真地投身于我正在做的事，所以他说如果我需要什么帮助，例如建筑课或其它回家作业之类的，他也会帮助我。"

谈到在初中的时候，他喜欢数学，因为"老师教数学的方法。他让数学课更好玩，而不是仅仅教授知识。"初中的篮球教练，将他描述为"就是纯粹地打篮球。"

> 他在学校里好像除了篮球别的什么都不关心，因为我记得有几次，我不想，我想，前一天晚上我打了一场篮球赛，

然后第二天早上我会赖床，不去上学，我知道我会翘一天的课。但是在那同一天，我们又有一场篮球赛，我没打算去学校，后来他电话给我，问我要不要参加球赛。他应该知道我是没去学校的，所以我想对他来说就是纯粹地打篮球。

他之所以选择了那所高中，是因为那个篮球教练的鼓励。在那儿，他一直待到 12 年级过了一半。██████选择那所学校是因为他是被招募进那儿的。

到他上高中的时候，██████对任何一门课程都不怎么感兴趣。他说，

我之所以感兴趣，是因为我知道我需要那门课程，然后可以去一个打篮球的地方，但是，我真的没有兴趣，去确保我能得高分，嗯，我只要确保能得过关的分数，那样我就能继续打篮球，所以我并没有真正地好好学习。

因为"一个情况"，在 12 年级过一半的时候，██████被开除出了篮球队。队里的几个家伙到教练那儿说了几件并非事实的事，然后，没有，我也确实没有为自己辩护，我只是让他们说他们想说的，然后就把它放在一边没管它，所以，因为那件事，就将我赶出了球队……我去上那所学校其实真的就是因为篮球，就是为了一天上课结束的时候我可以在那儿打篮球，所以，当那个被剥夺了之后，我没有任何真正的动机去继续上学。

我想让他多说一点，好让我了解得更多一些。我了解到原来██████没有深究，没有替自己辩护，因为他们是球队的队长，所以是他们的话针对我的话，有出入……我在那儿真的就是为了一天上课结束时能打篮球，所以当那一切都不存在之后，然后学校里就再也没有任何事情能让我留下来了，因为能打篮球才让我留在学校里，因为我知道我在一天上课结束的时候能打球。

我想弄明白为什么他没有抗拒被从球队开除，他说，那是两个对一个，两个队长对我一个人，所以真的，那真的是，两败俱伤的情景，即便是我说了我的意见，但是两个对一个，真的不是什么，我真的不认为别人会相信我，所以我并没有真正想清楚应该要自己澄清事实，所以他们想说什么我就让他们说。我问起他妈妈对此的反应，他说，"我并没有告诉她真实的情景是什么样子，因为我不想将事情闹大，所以我就把它放在一边没管那个事情。"我想知道他是怎么和他妈妈说的，对他来说，将被踢出篮球队这件事告诉他妈妈是多么的困难，对他妈妈来说，听他讲述这件事的来龙去脉又是多么的困难。

[手写批注：]
- 单列一节 → 分开　重要！
- 失去目标物框
- 伤感失去此物框
- 失去篮球故事
- 状失去了身份
- 感觉他似乎不存在
- 你们谈过吸毒/酗酒/意灸吗？
- 从未入招募过保留竞技成绩永久的陈帅
- 儿的？身份于给球队会身心部入谈话

██谈到了愤怒，有一次，他说，"他们那么说我，我感到更多的是震惊而不是其它的情绪。因为，我们应该是一个团队。当我们组成一个团队的时候，我们应该彼此互相维护，而不应该做那样的事情。"

后来，在我们十月份的那次谈话中，██说起他比那些老队员们获得了更多的上场参赛的时间，[在他和另一个赶得上他的人]参赛之前都是那些老队员们上场。所以我比那些老队员和一些新手获得了更多上场的机会，所以那些家伙，像是，一起密谋的，他们想说什么就说什么吧。

我感觉██开始将嫉妒看作是其他队员讲述的关于他的故事的动因之一。

他的 12 年级需要修习很多课程（社会、数学、科学、英语、电脑技术、焊接、体育），但是，在没有了篮球的日子，他这样描述他的经历：最终我只是，我还是继续去上学，但是，我一次又一次的翘课，因为上午有课，然后就是午餐，然后午餐后我有一堂课，剩下的时间就全部都没课，所以后来我会上午去上学，然后午餐之后我就不会去上下午的课，因为我想就为了去上那一堂课然后就没事了去一趟，没意义，于是我就不去上上那门课了，然后，我开始翘上午的第一门课。我睡过头了，会错过上午的第一门课，然后，我觉得我只有两门课要上，然后，那两门课我也不去上了，就这样，一次又一次，我去了，错过了一堂课，然后，就一直错过，错过，错过一堂又一堂的课。

他说：过了一阵子，我会看到，人们，当他们，去参加篮球训练的时候，因为储物柜，都在同一个地方，所以，我，就是，真的再也不值得去学校了。为什么他们可以做他们想做的，而我却不能，就因为，发生的那件事的原因吗，所以，我就，不再去学校了。

当他被踢出球队之后，"学校里再也没有什么事可做了，因为我做学校里的其他一切就是为了能打篮球"。

在倾听██讲述他的故事的时候，我能够听出，对于██来说，仍然要去和其它的篮球队员们放在同一个地方的储物柜是多么困难的一件事，那些人还是球队的队员，而他已经成了一个外人，一个不再属于那个球队的人。失去球队成员的资格使他感觉自己几乎不存在，因为那意味着他不再参与球队队员之间的对话，他也不再拥有球队队员所拥有的特权。他不再被人们看成是一个强壮的篮球运动员，虽然他仍然认为自己是的。██讲述了一个自己作为好学生的故事，他"知道如果我多一点努力的话，我能够成功。"坚持认为自己是一个好学生的故事有助于他自信地重返学校。

即将重返校园的故事

██████并没有将自己的故事讲述成一个辍学青年的故事，而是讲述成他会完成高中学业、"去读大学，一边读书，一边打篮球"的故事。虽然在 12 年级的中间中断了学业，██仍然计划想办法读完 12 年级，然后进入一个他可以继续打球的高等教育机构。在我们的第一次谈话中，他说到，

> 我一直都在打工，也一直在和一帮教练们交流，想要获得奖学金进入一个社区学院，在那儿打球，在看了他们的一场球赛之后，有一个和我交谈过的教练主动找到我，问我愿不愿意为他们球队效力，就是即将到来的今年，因为他是在我 11 年级的时候看到我的，我们交流过我现在的处境，看看怎么进行下去。他邀请我和他们一起训练一天，在那次训练之后，他要我在指定的那几天里保持参与训练。一周要训练三天。于是我就一直参加训练了，后来他问我是否愿意下一年度继续打球，他说他会给我提供奖学金。但是，他可能要调离，如果他调离的话，我可能就没得打球了，但是如果他还是教练，那我肯定能得到那个机会。

他犹豫不决，不知道选择学习什么，社会工作看起来是他最感兴趣的。当我跟他谈起社会工作的时候，他说，"因为我的哥哥们有孩子，我经常照看他们，当其中一个哥哥拥有一个餐馆之后，很多时候都是我在照看他的孩子。我不工作的时候，身边总是围满了孩子，说不定我也可以以此为生。"

对于██████来说，社会工作就是和那些家庭有问题的孩子打交道。从过去的三年中他妈妈收养孩子的事情中，他对这方面有一些了解。██说，他妈妈开始这项工作是因为"我的一个姨妈是这样做的，因为我妈妈下午都在家，所以她跟我妈妈说，你为什么不做这件事呢。所以我妈妈就学了一门课，然后就开始干这个工作了。是她给我出了这个[成为社会工作者]的主意。

公平竞争：做一个遵守道德规则的队员

对于██████来说，作为团队中的一员意味着什么是他深深信守的一个生活隐喻的一部分，因为他用它来思考如何采取行动。例如，他说，"好吧，我说了那不是真的，

但是我并没有深究下去替自己辩护，因为他们是球队的队长，是他们的话与我的话相左。"

卡尔（Carr, 1986）的话帮我理解了 ▇▇ 正在展开的生活故事中的一些东西。 ▇▇ 认为他在寻求一种叙事连贯性、寻求一根情节主线，这根情节主线能够帮他认识到生活的意义。在他被篮球队开除之后，他生活故事之中的叙事连贯性被中断，于是，▇▇ 开始搜寻重建那种连贯性的方法。

在他回头审视自己的经历、并尽力重建一种叙事连贯性的时候，他讲到了他深深信守的那些感觉：作为一个大集体的一份子意味着什么、作为一个大家庭的一份子意味着什么、作为一个团队中的一份子意味着什么。对于 ▇▇ 来说，属于一个团队或家庭意味着努力思考作为一个团队或家庭中的一员他的角色是什么，并且要对作为团队一员的自己的角色负责任。他觉得他不能评判他人，他只能依照他自己的个人道德规则而生活。

正如我前文所注意到的，▇▇ 的生活故事的叙事连贯性的被中断使得他要努力重新构筑自己的生活故事。当我问 ▇▇ 是否因为离开球队而难过时，他说，

我既难过、又不难过。我难过是因为那是我的最后一年，关于我未来的去向，它本来可以给我更多的机会。我不难过是因为它使我用另外一种方式看待生活……它使我更负责任，使我观察，你应该怎样对待别人，期望什么，你知道的，即使你们是一个团队，你们是一个亲密的团队，仍然可能会有几个人会因为你的优秀而嫉恨你，等等诸如此类的问题。

注：▇▇ 没有在 4 月 30 日来和我见面，后来肖恩和我计划于 2008 年 10 月 29 日在中心和他见面，他也没来。在 10 月 29 那一天他没有来之后，肖恩打电话给他说，如果约好了时间，他就应该要来，这是负责任的一种表现。他约了第二天晚上的时间，来了。

246

参考文献

Anzaldúa, G. (1987). *Borderlands/La frontera: le new mestiza*. San Francisco: Aunt Lute Books.

Archibald, J. (2008). *Indigenous storywork: Educating the heart, mind, bodyand spirit*. Vancouver: University of British Columbia Press.

Atkinson, R. (2007). The life story interview as a bridge in narrative inquiry. In D. J. Clandinin (Ed.), *Handbook of narrative inquiry: Mapping a methodology* (pp. 224-45). Thousand Oaks, CA: Sage Publications.

Bach, H. (2007). Composing a visual narrative inquiry. In D. J. Clandinin (Ed.), *Handbook of narrative inquiry: Mapping a methodology* (pp. 280-307). Thousand Oaks, CA: Sage Publications.

BassoK. K. (1996). *Wisdom sits in places. Landscape and language among the westernApache*. Albuquerque: University of New Mexico Press.

Bateson, M. C. (1989). *Composing a life*. New York: Atlantic Monthly Press.

_____. (1994). *Peripheral visions: Learning along the way*. New York: HarperCollins.

_____. (2000). *Full circles overlapping lives: Culture and generation in transition*. New York: Random House.

Battiste, M. (2002). *Reclaiming indigenous voice and vision*. Seattle: University of Washington Press.

Bergu, V., & Dosseter, J. (2005). *Relational ethics: The full meaning of respect*. Hagerstown MD: University Publishing Group.

Boydston, J. A. (1981). *The later works, 1925-1953: John Dewey, Volume 1, 1925, Experience and nature*. Carbondale: Southern Illinois University Press.

Brophy, J., & Pinnegar, S. (Eds.). (2005). *Learning from research on teaching: Perspective method ologyand representation* (Vol. 11) (pp. 313-36). Amsterdam: Elsevier Ltd.

Bruner, J. (1986). *Actual mindspossible worlds*. Cambridge, MA: Harvard University Press.

_____. (2002). *Making stories: Law, literature, life*. New York: Farrar, Strauss and Giroux.

_____. (2004). Life as narrative. *Social Research*, 71(3), 691-710.

Caine, V. (2002). *Storied moments: A visual narrative inquiry of Aboriginal womenliving with HIV*. Unpublished master's thesis, University of Alberta, Edmonton, Alberta, Canada.

Caine, V. (2007). *Dwelling with/in stories: Ongoing conversations about narrativeinquiry, including visual narrative inquiry, imagination, and relational ethics.* Unpublished doctoral dissertation, University of Alberta, Edmonton, Alberta, Canada.

Cardinal, T. (2010). *For all my relations: An autobiographical narrative inquiry intothe lived experiences of one Aboriginal graduate student.* Unpublished master' sthesis, University of Alberta, Edmonton, Alberta, Canada.

_____. (2011). Stepping-stone or saving story? *LEARNing Landscapes: Inquiry, Perspectives, Processes, and Possibilities,* 4(2), 79-91.

Carr, D. (1986). *Time, narrative, and history.* Bloomington: Indiana University-Press.

Castellano, M. B., Davis, L., & Lahach, L. (2001). *Aboriginal education: Fulfilling thepromise.* Vancouver: University of British Columbia Press.

Cave, M., & Clandinin, D. J. (2007). Learning to live with being a physician. *Reflective Practice,* 8(1), 75-91.

Chan, E. (2006). Teacher experience of culture in curriculum. *Journal of Curriculum Studies,* 38(2), 161-76.

Charon, R., & Montello, M. (Eds.). (2002). *Stories matter: The role of narrative inmedical ethics.* New York: Routledge.

Chase, S. E. (2005). Narrative inquiry: Multiple lenses, approaches, voices. InN. K. Denzin & Y. Lincoln (Eds.), *The Sage handbook of qualitative research* (3rd ed.) (pp. 651-79). Thousand Oaks, CA: Sage Publications.

Chung, S. (2008). *Composing a curriculum of lives: A narrative inquiry into theinterwoven intergenerational stories of teachers, children, and families.* Unpublishedmaster' s thesis, University of Alberta, Edmonton, Alberta, Canada.

Clandinin, D. J. (1983). *A conceptualization of image as a component of teacher-personal practical knowledge in primary teachers' reading and language arts programs.* Unpublished doctoral dissertation, University of Toronto.

_____. (1986). *Classroom practice: Teacher images in action.* London: Palmer Press.

_____. (2006). Narrative inquiry: A methodology for studying lived experience. *Research Studies in Music Education,* 27, 44-54.

_____. (Ed.). (2007). *Handbook of narrative inquiry: Mapping a methodology.* Thousand Oaks, CA: Sage Publications.

Clandinin, D. J., & Caine, V. (2012). Narrative inquiry. In A. Trainor & E. Graue(Eds.), *Reviewing qualitative research in the social sciences.* New York: Taylorand Francis/Routledge.

Clandinin, D. J., & Connelly, F. M. (1988). Studying teachers' knowledge of classrooms: Collaborative research, ethics, and the negotiation of narrative. *Journal of Educational Thought,* 22(2A), 269-82.

Clandinin, D. J., & Connelly, F. M. (1994). Personal experience methods. InN. Denzin & Y. Lincoln (Eds.), *Handbook of qualitative research methods* (pp. 413-27). San Francisco: Sage Publications.

_____. (1995). *Teachers' professional knowledge landscapes*. New York: Teachers College Press.

_____. (1996). Teachers' professional knowledge landscapes: Teacher stories-stories of teachers-school stories-stories of school. *Educational Researcher*, 25(3), 24-30.

_____. (1998). Stories to live by: Narrative understandings of school reform. *Curriculum Inquiry*, 28(2), 149-64.

_____. (2000). *Narrative inquiry: Experience and story in qualitative research*. San Francisco: Jossey-Bass.

Clandinin, D. J., Davies, A., Hogan, P., & Kennard, B. (1993). *Learning to teach, teaching to learn: Stories of collaboration in teacher education*. New York: Teachers College Press.

Clandinin, D. J., Downey, C. A., & Huber, J. (2009). Attending to changing landscapes: Shaping the interwoven identities of teachers and teacher educators. *Asia-Pacific Journal of Teacher Education*, 37(2), 141-54.

Clandinin, D. J., & Huber, J. (2002). Narrative inquiry: Toward understanding life's artistry. *Curriculum Inquiry*, 32(2), 161-70.

Clandinin, D. J., Huber, J., Huber, M., Murphy, M. S., Murray Orr, A., Pearce, M., & Steeves, P. (2006). *Composing diverse identities: Narrative inquiries into the interwoven lives of children and teachers*. London: Routledge.

Clandinin, D. J., Huber, J., & Murphy, M.S. (2012). Reverberations from narrative inquiries: Reliving our lives. Paper presented at Narrative Matters Conference, Paris, France, June, 2012.

Clandinin, D. J., Lessard, S., & Caine, V. (submitted). Reverberations of narrative inquiry: How resonant echoes of an inquiry with early school leavers shaped further inquiries. *Educacao, Sociedade e Culturas*.

Clandinin, D. J., & Murphy, S. (2007). Looking ahead: Conversations with Elliot Mishler, Don Polkinghorne, and Amia Lieblich. In D. J. Clandinin (Ed.), *Handbook of narrative inquiry: Mapping a methodology* (pp. 632-50). Thousand Oaks, CA: Sage Publications.

_____. (2009). Relational ontological commitments in narrative research. *Educational Researcher*, 38(8), 598-602.

Clandinin, D. J., Murphy, M.S., & Huber, J. (2012). Narrative inquiry spaces in two worlds of curriculum making. *LEARNing Landscapes*, 5(2), 219-33.

Clandinin, D. J., Murphy, M. S., Huber, J., & Murray Orr, A. (2009). Negotiating narrative inquiries: Living in a tension-filled midst. *Journal of Educational Research*, 103(2), 81-90.

Clandinin, D. J., Push or, D., & Murray Orr, A. (2007). Navigating sites for narrative inquiry. *Journal of Teacher Education*, 58(1), 21-35.

Clandinin, D. J., & Rosiek, J. (2007). Mapping a landscape of narrative inquiry: Borderland spaces and tensions. In D. J. Clandinin (Ed.), *Handbook of nar-

rative inquiry: *Mapping a methodology* (pp. 35-76). Thousand Oaks, CA: Sage Publications.

Clandinin, J., Steeves, P., Li, Y., Mickelson, R., Buck, G., Pearce, M., Caine, V.,Lessard, S., Desrochers, C., Stewart, M., & Huber, M. (2010). *Composing lives*: *Anarrative account into the experiences of youth who left school early*. Edmonton: Alberta Centre for Child, Family, & Community Research.

Coles, R. (1989). *The call of stories*: *Teaching and the moral imagination*. Boston: Houghton Mifflin.

_____. (1997). *Doing documentary work*. New York: Oxford University Press.

Connelly, F. M., & Clandinin, D. J. (1988). *Teachers as curriculum planners*: *Narratives of experience*. New York: Teachers College Press.

_____. (1990). Stories of experience and narrative inquiry. *Educational Researcher*, 19(5), 2-14.

_____. (1999). *Shaping a professional identity*: *Stories of educational practice*. New York: Teachers College Press.

_____. (2006). Narrative inquiry. In J. Green, G. Camilli, & P. Elmore (Eds.), *Handbook of complementary methods in education research* (3rd ed.) (pp. 477-87). Mahwah, NJ: Lawrence Erlbaum.

Craig, C., & Huber, J. (2007). Relational reverberations: Shaping and reshapingnarrative inquiries in the midst of storied lives and contexts. In D. J. Clandinin(Ed.), *Handbook of narrative inquiry*: *Mapping a methodology* (pp. 251-79).Thousand Oaks, CA: Sage Publications.

Crites, S. (1971). The narrative quality of experience. *Journal of the American Academy of Religion*, 39(3), 291-311.

Davies, A. (1996). *Team teaching relationships*: *Teachers' stories and stories of school on the professional knowledge landscape*. Unpublished doctoral dissertation,University of Alberta, Edmonton, Canada.

Desrochers, C. (2006). *Towards a new borderland in teacher education for diversity*:*A narrative inquiry into preservice teachers' shifting identities through service learning*. Unpublished doctoral dissertation, University of Alberta, Edmonton,Canada.

Dewey, J. (1938). *Experience and education*. New York: Collier Books.

_____. (1958). *Experience and nature*. New York: Dover.

Downey, C. A., & Clandinin, D. J. (2010). Narrative inquiry as reflective practice:Tensions and possibilities. InN. Lyons (Ed.), *Handbook of reflection and reflective inquiry*: *Mapping a way of knowing for professional reflective practice* (pp.285-397). Dordrecht: Springer.

Elbaz, F. (1983). *Teacher thinking*: *A study of practical knowledge*. London: Croom Helm.

Ellis, C., & Bochner, A. (Eds.). (1996). *Composing ethnography*: *Alternative forms of qualitative writing*. Walnut Creek, CA: AltaMira.

Freeman, M. (2007). Autobiographical understanding and narrative inquiry. InD. J. Clandinin (Ed.), *Handbook of narrative inquiry: Mapping a methodology* (pp. 120-45). Thousand Oaks: Sage Publications.

Freeman, M. (2010). *Hindsight: The promise and peril of looking backward.* New York: Oxford University Press.

Frye, M. (1983). *Politics of reality: Essays in feminist theory.* Freedom, CA: Crossing Press.

Geertz, C. (1995). *After the fact: Two countries, four decades, one anthropologist.* Cambridge, MA: Harvard University Press.

Gergen, M. (2003). Once upon a time: A narratologist's tale. In C. Daiute &A. Lightfoot (Eds.), *Narrative analysis: Studying the development of individualsin society* (pp. 267-85). Thousand Oaks, CA: Sage Publications.

Greene, M. (1995). *Releasing the imagination: Essays on education, the arts, andsocial change.* San Francisco: Jossey-Bass.

Gubrium, J. F., & Holstein, J. (Eds.). (2001). *Institutional selves: Troubled identitiesin a post-modern world.* Oxford: Oxford University Press.

Hollingsworth, S., & Dybdahl, M. (2007). Talking to learn: The critical role ofconversation in narrative inquiry. In D. J. Clandinin (Ed.), *Handbook of narrativeinquiry: Mapping a methodology* (pp. 146-76). Thousand Oaks, CA: Sage Publications.

Hooks, B. (1998). *Wounds of passion: A writing life.* New York: Henry Holt and Company.

Houle, S. (2012). *A narrative inquiry into the lived curriculum of grade 1 childreni-dentified as struggling readers: Experiences of children, parents, and teachers.* Unpublished doctoral dissertation, University of Alberta, Edmonton, Canada.

Huber, J., & Keats, W. K. (2000). *Stories within and between selves: Identities in relation on the professional knowledge landscape.* Unpublished doctoral dissertation, University of Alberta, Edmonton, Canada.

Huber, J., & Clandinin, D. J. (2005). Living in tension: Negotiating a curriculum of lives on the professional knowledge landscape. In J. Brophy & S. Pinnegar (Eds.), *Learning from research on teaching: Perspective, methodology and representation*(pp. 313-36). Oxford: Elsevier Ltd.

Huber, J., Murphy, M.S., & Clandinin, D. J. (2011). *Places of curriculum mak-ing:Narrative inquiries into children's lives in motion.* London: Emerald.

Huber, M. (2008). *Narrative curriculum making as identity making: Intersecting-family, cultural, and school landscapes.* Unpublished doctoral dissertation, U-niversity of Alberta, Edmonton, Canada.

Huber, M., Clandinin, D. J., & Huber, J. (2006). Relational responsibilities as narrative inquirers. *Curriculum and Teaching Dialogue*, 8(1 & 2), 209-23.

Johnson, M. (1987). *The body in the mind: The bodily basis of meaning, imagina-tion,and reason.* Chicago: University of Chicago Press.

Josselson, R., & Lieblich, A. (Eds.). (1995). *Interpreting experience: The narrati study of lives* (Vol. 3). Thousand Oaks, CA: Sage Publications.

Josselson, R., Lieblich, A., & McAdams, D.P. (Eds.). (2003). *Up close and personal*: *The teaching and learning of narrative research.* Washington, D.C.: AmericanPsychological Association.

Kerby, A. P. (1991). *Narrative and the self*: *Studies in continental thought.* Bloomington: Indiana University Press.

King, T. (2003). *The truth about stories*: *A native narrative.* Toronto: House of Anansi Press.

Lessard, S. (2010). *"Two-stones" stories*: *Shared teachings through the narrative-experiences of early school leavers.* Unpublished master's thesis, University of Alberta, Edmonton, Alberta.

Lieblich, A. (1996). Some unforeseen outcomes of conducting narrative research-with people of one's own culture. In R. Josselson (Ed.), *Ethics and process in the narrative study of lives* (The narrative study of lives, Vol. 4), (pp. 172-84).Thousand Oaks, CA: Sage Publications.

Lopez, B. (1990). *Crow and weasel.* New York: North Point Press.

Lortie, D. (1975). *Schoolteacher*: *A sociological study.* Chicago: University of Chicago Press.

Lugones, M. (1987). Playfulness, "world" -travelling, and loving perception. *Hypatia*, 2(2), 3-19.

Macintyre, A. C. (1981). *After virtue*: *A study in moral theory.* Notre Dame, IN: University of Notre Dame Press.

MacLachlan, P. (1995). *What you know first.* New York: HarperCollins.

Marmon Silko, L. (1996). *Yellow woman and a beauty of the spirit.* Markham: Simon & Schuster.

McAdams, D., & Bowman, P. (2001). Narrating life's turning points: Redemptionand contamination. In D. McAdams, R. Josselson, & A. Lieblich (Eds.), *Turns in the road*: *Narrative studies of lives in transition* (pp. 3-34). Washington, D.C.: American Psychological Association.

Mcintosh, M. J. (2009). *Participants' perspectives of risk inherent in unstructured qualitative interviews.* Unpublished doctoral dissertation, University of Alberta, Edmonton, Alberta.

Mishler, E. (1999). *Storylines*: *Craft artists' narratives of identity.* Cambridge, MA: Harvard University Press.

Morris, D. B. (2002). Narrative, ethics, and pain: Thinking with stories. In R. Charon& M. Montello (Eds.), *Stories matter*: *The role of narratives in medical ethics* (pp. 196-218). New York: Routledge.

Murphy, M. S. (2004). *Understanding children's knowledge*: *A narrative inquiry into school experiences.* Unpublished doctoral dissertation. University of Alberta, Edmonton, Canada.

Murray Orr, A. (2005). *Stories to live by*: *Book conversations as spaces for attending to children's lives in school.* Unpublished doctoral dissertation, University of Alberta.

Myerhoff, B. (1979). *Number our days: Culture and community among elderly Jews in an American ghetto.* New York: Meridian.

Nelson, C. (2008). Shifting teacher identities through inquiry into "stories to live by." *Reflective Practice*, 9(2), 207-17.

Neumann, A. (1997). Ways without words: Learning from silence and story inpost-Holocaust lives. In A. Neumann & L. Penelope Peterson (Eds.), *Learning from our lives: Women, research, and autobiography in education.* New York: Teachers College Press.

Noddings, N. (1984). *Caring: A feminine approach to ethics and moral education.* Berkeley and Los Angeles: University of California Press.

_____. (1986). Fidelity in teaching, teacher education, and research for teaching. *Harvard Educational Review*, 56(4), 496-510.

Okri, B. (1997). *A way of being free.* London: Phoenix House.

Olson, M. (1995). Conceptualizing narrative authority: Implications for teacher education. *Teaching and Teacher Education*, 11(2), 119-35.

Pearce, M. (2005). *Community as relationship: A narrative inquiry into the school experiences of two children.* Unpublished doctoral dissertation, University of Alberta, Edmonton, Canada.

Pinnegar, S., & Daynes, J. G. (2007). Locating narrative inquiry historically: Thematics in the turn to narrative. In D. J. Clandinin (Ed.), *Handbook of narrative inquiry: Mapping a methodology* (pp. 3-34). Thousand Oaks, CA: Sage Publications.

Polkinghorne, D. E. (1988). *Narrative knowing and the human sciences.* New York: State University of New York Press.

Raymond, H. (2002). *A narrative inquiry into mothers' experiences of securing inclusive education.* Unpublished doctoral dissertation, University of Alberta, Edmonton, Canada.

Reissman, C. K. (1990). *Divorce talk: Women and men make sense of personal relationships.* New Brunswick, NJ: Rutgers University Press.

_____. (2008). *Narrative methods for the human sciences.* Thousand Oaks, CA: Sage Publications.

Reissman, C. K., & Speedy, J. (2007). Narrative inquiry in the psychotherapy professions: A critical review. In D. J. Clandinin (Ed.), *Handbook of narrative inquiry: Mapping a methodology* (pp. 426-56). Thousand Oaks, CA: Sage Publications.

Richardson, L. (1994). Writing: A method of inquiry. InN. Denzin & Y. Lincoln (Eds.), *Handbook of qualitative research.* London: Sage Publications.

_____. (1997). *Fields of play: Constructing an academic life.* New Brunswick, NJ: Rutgers University Press.

Rogers, A. (2007). The unsayable, Lacanian psychoanalysis, and the art of narrativeinterviewing. In D. J. Clandinin (Ed.), *Handbook of narrative inquiry:*

Mapping a methodology (pp. 99-119). Thousand Oaks, CA: Sage Publications.

Rose, C. (1997). *Stories of teacher practice: Exploring the professional knowledge landscape.* Unpublished doctoral dissertation, University of Alberta, Edmonton, Canada.

Sarbin, T. R. (2004). The role of imagination in narrative construction. In C. Daiute& C. Lightfoot (Eds.), *Narrative analysis: Studying the development of individuals in society* (pp. 5-20). Thousand Oaks, CA: Sage Publications.

Sarris, G. (1993). *Keeping slug woman alive: A holistic approach to American Indiantexts.* Berkeley and Los Angeles: University of California Press.

Schaefer, L., Long, J. S., & Clandinin, D. J. (2012). Questioning the research on earlycareer teacher attrition and retention. *Alberta journal of Educational Research*,58(1), 106-21.

Schultz, R. (1997). *Interpreting teacher practice: Two continuing stories.* New York:Teachers College Press.

Smith, L. T. (1999). *Decolonizing methodologies: Research and indigenous peoples.* Dunedin, New Zealand: University of Otago Press.

Steeves, P. (2000). *Crazy quilt: Continuity, identity, and the storied school landscapein transition: A teacher's and a principal's works in progress.* Unpublished doctoraldissertation, University of Alberta, Edmonton, Alberta, Canada.

_____. (2006). Sliding doors-Opening our world. *Equity & Excellence in Education*,39(2), 105-14.

Stone, E. (1988). *Black sheep and kissing cousins.* New York: Times Books.

Sweetland, W., Huber, J., & Whelan, K. (2004). Narrative inter-lappings: Recognising difference across tension. *Reflective Practice*, 5(1), 47-77.

Taylor, S. (2007). *A narrative inquiry into the experience of women seeking professional help with severe chronic migraines.* Unpublished doctoral dissertation, University of Alberta, Edmonton, Canada.

Torgovnick, M. (1994). *Crossing ocean parkway.* Chicago: The University of Chicago Press.

Young, M. (2005). *Pimatisiwin: Walking in a good way, a narrative inquiry intolanguage as identity.* Winnipeg: Pemmican.

Zinsser, W. (1987). *Inventing the truth: The art and craft of memoir.* Boston: Houghton Mifflin.